JN451985

카페 바체프

cafe bachef

체스♤바둑 소설 IV

글 바체프

카페바체프 Ⅳ

초판1쇄: 2025년 11월 1일

발행일: 2025년 11월 7일

저자: 바체프

디자인: 예송 기획

미디어 콘텐츠: 배우리

발행처: 가다출판사

인쇄: 트윈벨 미디어

발행인: 배희선

등록번호: 226-95-04958

등록일자: 2009년 10월 23일

강원 강릉시 죽헌길 44번길 17-2

전화: (033)642-9362

ISBN: 978-89-964655-2-2

작가의 말

강릉에서 36년간 바둑학원을 운영했고,

10여 년은 바둑과 함께 체스도 가르쳤다.

오랜 세월 바둑에 관한 유물을, 체스를 가르치며 체스 유물을,

수집하여 관심 있는 분들께 보여드리고 싶었다.

바둑 · 체스 박물관으로 소장품 전시하고,

22.4월 카페 바체프 · 미니골프장을 오픈했다.

전시물에 관한 역사적인 사연들을 알게 된 후 바둑과 체스에

대해 사진과 글 함께 책으로 보여드릴 수 있어서 너무 기쁘다.

카페 바체프를 중심으로 벌어진 일과 그 전에 발생한 일에 대해

자전+허구를 소설 형식으로 바둑 · 체스 소설 시리즈로 출간하게

되었다.

자전뿐만 아니라 창작도 한몫했기에 저자명을 바체프로 한다.

1~5권 시리즈가 출간되기까지 미디어 콘텐츠 부문에서 물심양면

도와준 둘째 딸 「우리」에게 고마운 마음을 한껏 전한다.

2025년 11월 강릉에서 바체프

차례

1. 사라진 기억

“엄마. 혹시 예전에 바둑 잘 두던 사람 중 아는 분 있어?”

다은이 뜬금없이 묻는다.

미국대학이 방학이라 귀국하더니 요즘 강릉에서 며칠씩 머물다 온 다은의 얼굴을 오정원 여사는 물끄러미 쳐다보았다.

-바둑?

-바둑 잘 두던 사람?

오 여사는 선뜻 대답 못 하고 다은의 궁금해하는 얼굴을 말없이 찬찬히 살핀다.

다은이 바라보는 엄마의 얼굴은 기억 속에서 무언가 찾으려는 모습으로 비쳤다.

오 여사의 오빠인 다은의 외삼촌 오정훈은 대학 시절 전국대학 바둑대회에서 우승한 경력이 있었다. 일반인 전국바둑대회에서 준우승한 경력도 있는 아마추어 고수였다.

-어디서 외삼촌 소문을 들은 걸까?

오정훈은 한동안 멀리했던 바둑에서 체스로 옮겨가 미쳐 있다는 소식이 요즘 간간이 들려오고 있었다.
정훈은 미국으로 건너가 꽤 성공한 사업가로 통했다.
그렇게 되기까지 오 여사의 드러나지 않는 뒷바라지가 있었다.
그걸 누구보다 가장 잘 아는 정훈은 입단을 꿈꾸던 바둑을 뒤로 한 채 미국행을 택했다.
이제 나이도 들며 사업도 탄탄하게 자리 잡았다.
좀 더 국제적으로 사업을 확장하기 위하여 힘을 쏟던 중 체스에 미쳐 있다는 소식이 이래저래 오 여사에게도 들려오고 있었다.

-오빠는, 그 승부 근성은 죽을 때까지도 가져가려나?

대답을 기다리며 엄마를 유심히 바라보는 다은의 시선을 그대로 받으며 오 여사는 다은의 눈동자에서 과거 속으로 빠져들었다.

자세한 내막까지는 알 수는 없으나, 오빠는 요즘 체스로 인해 막대한 재산 손실이 발생했다는 소식을 접하고 있을 때이다.
다은의 느닷없는 물음에 어떻게 대답해야 할까?

-다은 아빠가 요즘 외삼촌 근황을 말해준 걸까?
-아니면 나에게 전해준 것처럼 외숙모가 다은에게?

30여 년 전, 절박한 상황일 때 바둑 세계에 빠져 있던 오빠를 바둑이라는 늪에서 구해준 바둑 고수가 불현듯 떠올랐다.

“엄마. 갑자기 무슨 생각을 그렇게 깊게 해?”
다은이 나지막이 묻는다.
“어… 그랬어? 네가 느닷없이 바둑 얘기를 꺼내서 그랬지. 넌 갑자기 바둑에 관해 가족사는 왜 묻는 건데?”
놀란 음성과 화들짝 놀란 표정으로 되묻는다.
“별다른 의미는 없어. 그냥 이번 강릉여행에서 이상하다면 좀 이상한 일이 있었는데 그냥 순간적인 거야.”
엄마한테 말하는 건지 본인한테 말하는 건지 다은은 대상 모를 중얼거림하고 있었다.
“그래? 그게 뭔 일인지 엄마한테 얘기하기는 좀 불편하니?”

강릉과 바둑? 강릉이라는 말에 오 여사는 오래전의 어떤 상념 하나가 쏜살같이 지나간다.

그리고 안심이 되었다.

일단 다은은 외삼촌의 바둑에 관한 일은 모르는 눈치였다.

그러나 의문은 함께 왔다.

-강릉, 그리고 해변? 아니야. 바둑이 앞으로 와야겠지?

저 먼 기억의 저편. 바둑. 강릉. 해변. 하룻밤.

아니다. 이번엔 오빠가, 오빠의 바둑이 앞으로 와야 했다.

오래전, 30여 년 저편?

누구보다 잘 생기고 누구보다 똑똑한 오빠 오정훈.

바둑을 너무 좋아하던 아빠의 권유로 시작한 남매의 바둑 수업.

어릴 적 같이 바둑을 배우고 누구보다 앞서나가던 실력.

유단자 실력에 오르자 바둑학원을 끊고 바둑 선생님을 집으로 초빙하여 일주일에 두 번 개인지도를 받게 할 정도였다.

바둑학원 오가는 시간을 아껴 학과공부도 열심히 하라는 의미와 좀 더 고급스럽게 가르침을 받으라는 취지였다.

그렇게 뒷바라지해주시던 부모님도 지금 안 계신다.

오 여사는 바둑에 미쳐 있던 오빠에게서 바둑을 떼어내어야만 대학생 오빠의 인생에서 살길을 찾을 수 있을 것으로 판단했다. 그때 도움을 주었던 바둑고수. 일명 바둑의 지하세계라는 음지에서 최고라는 고수를 수소문하여 찾아가 구원을 요청했던 일. 처음 청원을 듣고 의아해하던 그 표정이 아직도 기억 속에 남아 있었다. 일반적이 아닌 정반대의 부탁에 믿기지 않는다는 표정. 심사숙고의 기획과 부탁. 모든 일이 계획한 대로 이루어졌다. 그리고 강릉으로의 여행과 강릉에서의 하룻밤.

"엄마나 우리 가족하고는 아무런 관계가 없을 나이 드신 분이 사진 속 엄마를 알아보는 듯하여 그냥 물어본 거야."

집에서 엄마랑 모처럼 한가하게 차 마시다 다은도 문득 생각나 물었을 뿐이었다.

엄마도 아빠도 그리고 가끔 만나는 외삼촌도 우리 집안에서 그 누구도 바둑이라는 단어를 지금까지 꺼낸 적이 없었다.

가끔 바둑이 뉴스거리가 되어 TV 등 화면에 보이거나 들려와도, 스쳐 지나가는 말로라도 가족 대화에 바둑은 아예 없었다.

마치 애써 외면하는 것처럼.

"그 나이 드신 분이 바둑과 관련 있는 거야?"

오 여사의 음성에 아니겠지, 하는 부정과 의문이 묻어난다.

“응. 평생 바둑만 두면서 살아오셨대.”

엄마와 달리 다은 음성은 바람결에 떨어지는 나뭇잎 하나였다.

“그분이 지금 강릉에 살고?”

조금은 부풀어 오르는 오 여사의 의문.

“응. 원래 서울에 사셨는데 최근에 강릉으로 이사하셨대.”

다은은 귀국 후 모처럼 엄마와 차담인데 쓸데없는 화제를 꺼낸 것에 대해 후회하고 있었다.

그렇다고 엄마가 자신의 물음에 성의껏 문답해주는데, 됐다고 말을 돌리거나 끊을 수도 없었다.

“나이가 어느 정도인데?”

다은의 후회와 달리 엄마는 관심을 보였다.

엄마도 아빠도 외삼촌도 단 한 번도 잡담거리도 안 된 생경한 바둑일 텐데 엄마는 의외로 캐묻고 있었다.

“아마 칠십은 조금 넘긴 듯한데 정확히는 몰라.”

작금의 정황이 30여 년 전과 유사하다고 오 여사는 생각했다.

다만 바둑이 체스로 변모했다.

오 여사 편에서는 직접이 아닌 간접으로.

그리고 손실된 돈의 액수가 엄청나게 크다는 점이 다를 뿐.

“혹시 그분 성함을 아니?”

오 여사는 뭔가 예감이 이상했다.

“성함은 모르겠고, 엄마. 기정 오빠 절친인 영하 오빠 알지?”

“영하? 그래. 영하는 여러 번 만났으니 알지. 왜?”

“영하 오빠가 어릴 적 바둑을 배웠던 사범님이 지금 강릉에서 바둑・체스 카페를 운영하시는데, 그분한테는 강 사범님이라고 부른다고 했어.”

다은은 강릉에서 들은 그대로 말했다.

기정과 영하도 그분 성함을 들은 적이 없다고 했다.

배 사범님이 “강 사범님”이라 호칭하는 것만 들었다고 했다.

“강 사범님이라고?”

“응. 혹시 엄마도 아는 분이야?”

다은은 엄마가 바둑두는 사람을 안다는 게 신기한 듯 묻는다.

강 사범이라… 성이나 나이는 얼추 맞는 것 같은데 오 여사는 확신할 수 없었다.

“글쎄. 워낙 오래전 일이라 얼굴을 봐야 알 것 같은데…”

오 여사는 확신은 안 서지만 직감은 뭔가 와닿고 있었다.

-그때처럼 이번에도 누군가 나타나 오빠를 구원할 수 있을까?

-벼랑 끝에서 오빠 스스로 구원할 수 있을까?

-바둑처럼 체스도?

오 여사는 절박한 심정으로 스스로 묻고 있었다.

오빠는 평탄한 길을 버리고 어찌하여 다시 가시밭길을 맨발로 고단하고 긴장된 걸음으로 한 걸음씩 떼려고 하는 걸까?

“엄마.”

“응.”

“바둑두는 사람 알아 몰라?”

다은은 엄마의 애매모호 한 태도와 응답에 음성을 높인다.

“딱 한 사람 알아. 아니다… 그 딱 한 사람 때문에 한 사람을 더 안다고 할 수 있지.”

감추는 건지 흘리는 건지 알 수 없는 모호함이다.

“엄마. 대답이 좀 이상하다는 건 스스로 느끼고 있지?”

엄마의 말 그늘 속에 감춰진 뭔가 있다고 감지하는 다은.

바둑의 바 자도 꺼낸 적 없는 우리 집안에 바둑고수를 안다고?

그것도 엄마가? 이런 정황은 신기한 건가? 신비스러운 건가?

“그런가? 호호.”

오 여사는 씁쓸한 웃음을 흘렸다.

오 여사는 그리웠다.

제2의 위기 상황인 지금 절박함 속에 상황을 변화시킬 수 있는 예전의 그런 구원자가 다시 내 앞에, 우리 가족 앞에 나타날까?

그런 기적이, 기적 같은 일이 일어날까?

다은은 다은대로 은근 속으로 놀라고 있었다.

-애써 내색하지 않던 바둑에 관한 사연이 우리 가족에게 나만 모르는 비밀이 감춰져 있는 걸까?

바둑은 관심으로나 스치는 말로라도 단 한 번도 우리 가족에게 나타나지 않았었다.
지금 엄마는 의외로 미스터리 한 언행을 드러내고 있었다.
엄마의 평소 모습이 분명 아니었다.
다은은 코앞에서 엄마의 얼굴에서 가는 주름 하나의 움직임과 눈동자의 움직임까지도 주시하며 비밀을 살펴보려고 노력했다.
"다은인 강릉 가면 재미있니?"
오 여사는 다은의 질문을 살짝 비껴가며 묻는다.
"재미도 있고… 볼일도 있었고… 그냥 좋아."
다은의 얼굴에 홍조가 봄빛처럼 스친다.
오 여사는 그런 다은에게서 청춘의 감미로움을 느낀다.
"넌 강릉에 언제 또 가니?"
"왜? 엄마?"
"나도 모처럼 강릉여행 한 번 가려고."
"그래? 엄마는 강릉에 언제 갔다 왔어?"

"꽤 오래되었어. 기억이 안 날 정도로. 네가 강릉 자주 가니까 나도 갑자기 한번 가고 싶어서."

"그럼 나랑 같이 가려고?"

다은은 반가운 마음과 의문을 담은 시선으로 엄마를 살핀다.

-바둑으로 한 사람에 의한 또 한 사람?

-어쩌면 사진 속 엄마를 알아보는 듯한 행동하던 강 사범님을 한 번 만나보려는 것일까?

-먼 옛적에 어떤 사연으로 서로 아는 사이였을까?

다은은 그림 속에서 또 다른 숨은 그림을 찾아내려고 노력하는 아이처럼 상상이 이어지고 있었다.

"딸이 오랜만에 귀국했는데 딸과 함께 동해안 여행하는 것도 엄만 좋지. 네가 재미없어할까 봐 걱정이지."

"내가 엄마랑 둘이 여행가는 게 왜 재미없다고 생각해?"

"네 나이면 남자친구나 친한 친구랑 어울려 다녀야 제격이지. 엄마랑 무슨 재미가 있겠니."

오 여사는 다은이 귀국 후 친한 친구와 어울리며 강릉을 자주 다니고 있다고 짐작했다.

"아니야. 엄마. 난 엄마만 좋다면 어디든 같이 다니고 싶어."

"정말?"

오 여사는 정다움을 나타냈다.

엄마가 다은에게 얼굴을 가까이하며 묻는 눈동자 속에는 어떤 간절함도 들어있다는 느낌이 다은에게 강하게 다가왔다.

-유학 생활하며 여러 인종과 어울리며 사람의 감정선을 살피는 버릇 아닌 버릇이 습관처럼 몸에 밴 것일까?

-엄마에게 왜 이런 생경한 느낌이 묻어나는 걸까?

부모님은 딸 다은이 아무 탈 없이 유학 생활을 마치길 바라면서 조금이라도 근심할 내용은 일절 내비치지 않았다.

다은은 어릴 적부터 스스로 잘 버티면 되는 생활을 이어왔다. 지금도 기정 가족과의 관계 개선만 잘 되면 세상 부러울 것이 없을 터이다. 그 상황을 엄마 아빠한테 선뜻 말 못 하듯 엄마도 어떤 절실함이 있지만 나에게 말 못 하는 것일까?

다은은 엄마와 짧은 문답의 대화 중 정말 많은 의문이 모닥불의 불티처럼 머릿속에서 튀고 있었다.

"엄마. 우리 사람들 붐비는 피서철보다 조금 이르게 날 잡아서 둘이 동해안 여행갈까?"

다은은 손뼉을 짝 소리 나게 세 번 치면서 말했다.

너무 좋다는 몸동작이었다.

좀 과장된 표현을 하며 다은은 엄마가 지금 말할 수 없는 비밀 같은 건 여행하면서 차차 알아보기로 했다.

“난 너무 좋지. 우리 예쁜 딸하고 모처럼 여행한다면.”

“아빠는 미국에서 당분간 못 오시겠지?”

다은이 잊고 있었다는 듯 묻는다.

“그럴 거야. 미국 쪽 회사 일도 그렇고 외삼촌 일도 그렇고… 아마 당분간 못 들어올걸.”

오 여사 얼굴에 근심이 살짝 스쳐 지나갔다.

남편은 미국 지사 일보다 오빠의 상황을 우려하고 있었다.

“엄마. 우리 말 나온 김에 이번 주말에 강릉 갈까?”

다은은 기꺼운 마음으로 묻는다.

절박함? 풀어내야 할 문제? 간절함? 아니면 외로움?

늘 따듯하고 차분한 엄마에게서 퍽 보기 드문 그런 비밀스러운 모호함이 미세하게 감지되었다.

기쁨보다는 슬픔에 가까운 쓸쓸한 기운을 느끼도록 만들었다.

“정말? 넌 이번 주말 일정이 없어?”

오 여사는 기쁨을 꾹 누르며 옅은 미소만 나타내었다.

확신은 안 서지만, 강릉 가서 확인하고 싶었다.

“일정이 있어도 뒤로 미루고 엄마랑 둘이 강릉에 가고 싶어!”

다은은 엄마와의 강릉여행을 좀 과장된 반가움으로 드러냈다.

"그래. 아무 생각 없이 훌쩍 떠나자."

오 여사는 아무 생각 없는 듯 그렇게 말하고 있었지만, 얼굴과 그 생각 없음의 말 속에 많은 상념이 담겨있었다.

*　*　*

경포대

주말 아침에 다은이 렌터카가 아니라 엄마의 승용차로 영동고속도로를 천천히 운전하며 강릉 고속도로 요금소를 빠져나왔다.

아직 점심때가 안 되었다.

"강릉인데 엄만 어디부터 가고 싶어?"

미소 띤 얼굴로 강릉의 어디든 모시겠다는 다은의 태세였다.

두어 달 동안 몇 번인가 셀 수 없이 방문한 강릉이었다.

한 번 오면 일주일 이상 머물기도 했다.

가볼 만한 곳, 유명한 맛집은 아니더라도 먹을 만한 곳은 이제 다은의 머리에 다 들어있었다.

이색적인 곳도 어느 정도 알고 있다고 자부했다.

솔향 속으로 걷고 싶은 길, 바다를 바라보며 걸을 수 있는 길,

앉아서 가만히 풍경에 취할 수 있는 장소도 몇 군데?

엄마가 가보지 않았어도, 감성적으로 말 만해도 알아서 그리로 모실 수 있다는 태세였다.

-어디부터 가고 싶어?

다은의 물음에 오 여사는 스스로 되물으며 먹먹함이 느껴졌다.

동시에 아련함이 다가왔다.

국내 여행을 대부분 다 다녔지만 애써 강릉은 피하고 다녔다.

동행한 남편은 그런 오 여사를 좀 의아하게 생각하기도 했다.

결혼 전 강릉 여행하다 안 좋은 일을 겪었나보다 짐작하며 넘어갔었다. 본인이 밝히지 않는데 굳이 따져 물을 일도 없었다.

그런 터라 오 여사는 강릉에 대해 아는 게 별로 없어 막막했다.

그런데 아련함 속에 떠오르는 곳이 한 곳 있었다.

"오. 우리 딸. 강릉은 어디든 자신 있다는 건가?"

"그럼. 강릉은 이제 나의 놀이터야. 호호"

"그래? 청춘이 다르긴 다르네."

"말 만해 엄마. 가고 싶은 곳 모시고 갈게."

"여기서 경포대가 먼가?"

"멀어 봐야 10여 분이면 갈 수 있어. 경포대 가고 싶어?"

“그래. 우리 어디 가서 점심 먹고 갈까, 아니면 경포대 가보고 점심 먹을까?”

“일단 경포대 가보자. 그 근처에도 맛집 많아. 엄마.”

오 여사와 다은은 천천히 걸어서 경포대에 올랐다.

오 여사가 강릉에 대해 아는 곳이라곤 오래전 한 남자와 잠깐 걷던 경포해변과 경포대뿐이었다. 경포호수만 그대로이며 눈에 꽉 차는 해변의 호텔과 호수 주변의 박물관 등이 새로웠다.

오래전, 경포대 정자에서 밖을 바라보며 대화를 나누다 걸어서 경포 호숫길을 돌아 경포해변으로 갔었다.

해변의 허름한 횟집에서 둘이 술을 마시며 바둑에 대해, 그리고 인생에 대해 버벅거리며 대화하고, 늦은 밤 취한 끝에 해변의 허름한 여관에서 하룻밤 머물고 떠나온 게 강릉에 대한 기억의 전부였다.

술 마시기 전에는 별로 말이 없던, 술이 들어간 후 버벅거리며 짧은 답변의 남자는 바둑이 인생의 전부인 바둑고수였다.

처음 간청할 때와 강릉여행 때, 딱 두 번의 만남이었다.

오 여사의 간청과 약속. 남자는 오 여사의 간청대로 해주었고, 그 남자는 약속의 요구대로 1박 2일 강릉행을 택했다.

-나의 1박 2일과 오빠의 미국행 바꿔치기는 잘한 것일까?

-승부 근성이 강한 사람은 승부의 긴장감을 잊지 못하는 걸까?

-내가 오히려 수십 배 수백 배로 금액만 키워놓은 것일까?

30년쯤 저 뒤쪽에 어른거리는 두 그림자.

오 여사는 맞다 틀리다 그런 OX 문제가 아니라고 생각했다.

알 수 없으나, 그 당시는 잘한 일이라고 스스로 위로했다.

다은은 여기 경포대가 먼 옛적의 엄마에게 매우 커다란 의미가 있을 것이라고 짐작했다. 다은은 기다리며 엄마를 지켜보기만 할 뿐 말을 하지도 말을 걸지도 않았다.

정자에 올라 보니 호숫가 나룻배가 아주 가까운 곳에 있었다.

“다은아.”

오 여사는 나직이 불렀다.

“응. 엄마.”

“엄마가 바둑두는 사람 아는지 왜 물었어?”

“나도 얘기를 들었을 뿐이야. 그분이 엄마를 아는 것 같다고 기정 오빠가 말해줘서.”

다은은 우울한 음성으로 처지고 있었다.

물음 하나에 엄마와 강릉의 경포대에 서 있었다.

진정한 여행의 기쁨이 빠진, 웃고 있는 가면을 쓴 기분이었다.

"기정이?"

"응."

"기정이 어떻게?"

다은이 엄마와 함께 서 있는 경포대에서 아래로 내려다보이는 호수 산책길은 며칠 전 호연이 공부하는 모습을 뒤로하고 해변으로 갈 때, 기정과 영하와 함께 지나간 길이다.

*　*　*

다은은 눈길이 가는 언저리 어디쯤 며칠 전으로 걸어 들어갔다. 기정과 영하와 함께 그때 나눈 대화가 문득 떠올랐다.

"저분은 누구예요?"

다은이 이제야 생각난 듯 묻는다.

"흘러간 바둑고수라고 선생님이 알려주셨어."

영하가 짤막하게 답했다.

"저분은 아이에게 신분을 노출 시키지 않으려고 노력하는데, 오빠들은 왜 저분한테 신분을 드러내지 않으려고 해요?"

다은은 의문에 의문이 더한 걸 물었다.

둘의 행동이 좀 이상했다.

"강릉에서 우리 신분을 노출 시켜서 좋을 게 하나도 없으니까 그저 조심하는 거지. 별 의미는 없어."
이번엔 기정이 그렇게 얼버무리며 발걸음을 떼었다.

다은은 뒤에서 눈치 못 채게 호연이를 도와주는 장년의 사내가 궁금했지만, 기정과 영하는 간단하게 바둑고수라고만 말했다.
서로 아는 듯한데 둘은 장년을 아는 척하지 않고 노출되는 것을 오히려 꺼리고 있었다. 장년은 몸 어딘가 조금 불편해 보였지만 바둑과 체스 대국을 주시하는 눈빛은 범상치 않았다.
호연의 바둑판으로 다른 사람과 대국 후 가던 중년의 가는 길을 막아서서 단호하게 아이와 대국을 원할 때도 모른 척 지나치며 힐끗 살펴본 눈빛 역시 그 나이답지 않게 비범해 보였다.

"아, 맞다. 강 사범님이 다은 어머니를 아는 눈치던데… 영하 너도 그때 그런 느낌이 안 들었어?"
불현듯 생각난 것처럼 기정이 말했다.
"강 사범님이? 아, 카페에서 그 지갑?"
"맞아. 그때 말이야."
"그래. 나도 그런 느낌이 강했는데, 강 사범님이 흐지부지 그냥 넘어가 버렸잖아."

영하는 자신 없는 말투가 되었다.

“하긴 그래. 다은 어머니가 예전에 잠깐 탤런트 생활을 하셨고, 미인이시라 강 사범님 연배라면 어렴풋이 알 수도 있을 거야.”

기정 역시 말꼬리가 흐려졌다.

“잠깐. 기정 오빠 카페에서 지갑은 뭐예요?”

다은이 나섰다.

“아까 저분이 강 사범님이고, 바체프에서 사범님께 전시물에 관해 호연이랑 설명을 들을 때인데, 내가 지갑을 떨어뜨렸었어. 강 사범님이 주면서 접는 지갑 속 사진을 보게 된 거야.”

“기정 오빠의 지갑 속 사진을 보고 엄마를 알아보셨다고요?”

“그래. 접는 지갑이 벌어지면서 한쪽에 끼워놨던 작은 사진이 드러났던 거지.”

“그게 어떤 사진인데요. 오빠?”

“다은이와 엄마가 둘이 포토클럽에서 찍은 사진을 나한테 준 적 있지? 그 사진.”

기정은 말하며 지갑을 꺼냈다.

두툼한 접는 지갑은 익은 밤송이처럼 벌어지려고 했다.

지갑을 펼치자 한쪽의 투명한 면에 닮은꼴 여인 두 명이 사진 속에서 살포시 미소를 머금고 있었다.

누가 봐도 모녀간이었고, 미인이었다.

“아, 이 사진. 기억나요. 그런데 저분이 이 사진 속의 엄마를 알아보는 눈치였다고요?”

그 사진은 다은이 미국대학에 합격하고 엄마랑 쇼핑도 하면서 거리를 돌아다니다 포토클럽에 불쑥 들어가 찍은 사진이었다.

비슷한 사진이 여러 장이라 한 장을 기정에게 준 적이 있었다.

“그래. 강 사범님은 ‘탤런트 하던 오정원’이란 분이 맞냐고 까지 물었었어.”

강 사범은 그렇게 물으며 잠깐이지만 눈빛이 반짝거렸던 느낌을 기정은 지금도 잊을 수 없었다.

“하긴 엄마가 결혼 전 2년 정도 탤런트 활동하셨다니까 알 수도 있겠네요. 대중에게 인기가 있었는지는 잘 모르겠지만.”

경포해변으로 가던 중 대화는 거기까지였다.

다은은 손에 잘 잡히지도 않는 연기 같은 의문이었다.

차를 마시다 문득 생각나 지나가는 투로 물었을 뿐인데, 오히려 엄마가 집요(?)하게 문답하며 지금 경포대에 같이 서 있었다.

다은의 눈길이 그때 걷던 위치에서 조금 더 뒤로 가며 나룻배가 설치된 부근까지 살펴보고 있었다.

오늘 주말이라 나룻배 근방의 돌 탁자에 호연이 공부하고 있을 것으로 짐작되었다.

2. 미인과 거래

바둑 지하세계의 마귀 중에서도 찐 마귀로 통하는 강동인.
봄이 무르익어 따듯한 기운이 천지에 퍼지며 걸친 옷이 무겁게 느껴지고 있었다.
매화 기원에서 이따금 하품하면서 다른 사람의 대국을 하릴없이 구경하며 앉아있는 강동인 앞에 미모의 여인이 다가와 섰다.
어디서 본듯한 얼굴.

-이 미인을 어디서 봤을까?

나한테는 볼일이 없을 것이라는 생각에 무심히 그 미인 얼굴을 쳐다보았다. 대국자 옆 의자에 앉아 구경하던 중이라 바둑판을 올린 탁자 맞은편에 선 그 여인을 정면에서 쳐다볼 수 있었다.

매화 기원의 모든 손님이 바둑돌 두드리는 소리를 일순 멈춘 것 같은 적막이 잠시 흐르고 있었다.

강동인은 주변을 둘러보았다.

기원의 모든 사람이 자신과 그 여인을 번갈아 쳐다보는 눈길을 주고 있다는 느낌이었다.

기원 입구 쪽에 서 있던 원장과 눈이 마주쳤다.

원장은 말없이 턱으로 그 여인을 가리켰다.

강동인은 다시 여인을 쳐다보았다.

여인도 강동인을 쳐다보고 있었다.

-뭔가. 원장의 저 몸짓은?

-나를 찾아왔다는 건가?

매우 어리둥절한 표정의 강동인을 맞은편에 서서 여인은 잠자코 조금쯤 내려다보고 있었다.

바둑돌 두드리는 소리가 양철지붕 위로 우박이 떨어지는 것처럼 들려야 정상인데 짤그락거리는 소리조차 멈추었다.

"탤런트 오정원이잖아!"

천둥처럼 정적을 가르는 한마디.

“맞다. 오정원. 그런데 여긴 웬일이야?”

두 번째 천둥소리.

“실물이 훨씬 예쁘네.”

세 번째 천둥소리.

소리 죽이는 말소리가 소리 죽여 강동인에게도 들려왔다.

누군가 틱틱 소리 내며 라이터를 켜고 있었다.

다시 한번 주위를 둘러보던 강동인은 뿌옇고 매캐한 담배 연기가 눈에 들어올 정도로 기원 안을 돌아다니는 것을 목격했다.

강동인이 쳐다보는 여인은 담배 연기를 삼키지 않으려고 숨을 참고 있는 모습처럼 느껴졌다.

-아닌가. 할 말을 망설이는 건가?

-탤런트 오정원이라고?

강동인과 분명 서로 눈길이 마주치는데, 탤런트 오정원이라는 그 여인은 말없이 머뭇거리고 있었다.

강동인도 과감히 마주친 여인의 눈동자에는 갈등이 어려있었다.

따닥, 탁, 탁. 비로소 바둑돌 소리가 하나둘 나기 시작했다.

“강동인 사범님이시죠?”

오정원은 결심이 선 듯 음성에 힘이 들어가 있었다.

“네. 제가 강동인인데 무슨 일이죠?”

강동인은 주위를 다시 둘러보았다.

본인은 어리둥절한데 주변인은 호기심 어린 시선을 강동인에게 보내고 있었다.

“저랑 다른 곳에서 잠깐 얘기 좀 할 수 있을까요?”

오정원은 담배 연기 때문인지 숨을 길게 쉬면서 말했다.

얼굴을 찡그릴 법한데 잘 참고 있었다.

“부탁드릴 일이 있어서 찾아왔습니다.”

건물 내 한 층 내려간 다방에 앉자마자 오정원이 말했다.

“저에게 부탁하실 일이 있다고요?”

“네. 강 사범님.”

“저를 어떻게 알고 찾아오셨나요?”

“제가 잘 아는 분의 소개로 물어물어 왔는데, 그분에 대해서는 묻지 말아 주세요.”

오정원은 미리 방어벽을 쳤다.

미안하지만 어쩔 수 없다는 양해를 구하는 태도를 보였다.

강동인은 오정원을 지긋이 쳐다보며 어떤 곡절이 있을 것으로 짐작하면서 다음 말을 기다렸다.

“저, 정말 탤런트 오정원 씨가 맞습니까?”

말 없음이 길어지자 강 사범이 확인했다.

“네. 인사가 늦어 죄송합니다. 어디서부터 말씀드려야 하는지 감을 잡을 수 없어서…”

정원은 시선을 찻잔으로 내리깔고 있었다.

다시 입을 앙다문 듯한 느낌을 주고 있었다.

“저한테는 어쩐 일로?”

마냥 시간만 죽일 수 없었다.

“강 사범님은 요즘도 바둑대회는 안 나가시죠?”

찻잔을 만지작거리다 들어 올린 시선, 눈에는 수심이 어렸다.

“네. 안 나갑니다.”

강 사범은 역시 바둑인가, 스스로 수긍하고 있었다.

“어려운 부탁을 드리려고 하는데… 죄송하지만… 저의 오빠와 내기바둑 한판 부탁드리려고 하는데… 죄송합니다. 강 사범님.”

오정원은 버벅거리며 안간힘을 쓰며, 강동인과 눈도 제대로 못 맞추고 있었다.

“오정원 씨 오빠와 내기바둑을요?”

가끔 바둑대회 출전을 앞두고 작은 상금을 내걸며 도전해오는 선수도 있었다. 강동인의 실력을 알고 있기에 내기바둑으로 돈을 따려는 것이 아니라 거친 바둑을 경험한 후 심기일전하려는 의도였다. 소액은 지도대국료 성격이었다.

오늘도 그리 낯선 상황은 아니었다.

어찌 보면 내기바둑 전문의 강동인에겐 지극히 자연스러운 건데 부탁하는 의도가 다를 수 있었다.

“제가 거두절미하고 그런 부탁을 드려 죄송한데, 혹시 오정훈이라고 들어보셨나요?”

“오정훈? 명문 S대 재학 중이며 대학바둑대회에서 우승하고, 얼마 전 끝난 아마 10강전에서 준우승한 친구?”

강동인은 잠깐 생각 후 되물었다.

바둑 관련 기사에 입상자와 경력이 나와 있었다.

“알고 계시는군요.”

정원은 다행이라는 생각이 들었다.

오빠를 잘 모르면 부연 설명이 필요할 터나 신상과 실력을 알고 있다면 바로 가늠이 될 것이었다.

“그런데 왜 나에게 그런 부탁을 하는 거죠?”

내기바둑 한판을 부탁하는 의도가 궁금했다.

“오빠가 이제 바둑은 그만하고 대학 졸업 후 경영학과 전공을 살려 일을 했으면 좋겠어요.”

정원은 차분해졌다.

“그런데요?”

그런 걸 왜 나에게 말하는가, 묻고 있었다.

"사범님은 지하세계라는 내기 바둑계에서 알아주는 실력자라고 알고 왔어요. 제가 듣기론 전국바둑대회 상위입상자와 내기바둑에서 진 적이 없다는 실력과 명성까지도 알고 왔습니다."

그대의 신상을 웬만큼 알아보고 왔다는 걸 드러내는 오정원.

오정원의 얘기를 들으며 강동인은 본인과 아주 가까운 사람이 자신에 대한 정보를 모두 털어놓았다는 걸 직감할 수 있었다.

그런 까닭에 그게 누구인지 처음부터 밝히길 꺼린 것으로 이해되었다. 아마도 오정원은 내 앞에 두어 명을 거쳐왔으리라, 짐작되었다. 가끔 전국대회 상위입상자와 내기바둑을 두기도 하는데, 스폰서 간에 자존심 싸움 같은 양상을 띠기도 했다.

-강동인이 아무리 지하세계에서 명성을 날린다 해도 이번에 OO대회에서 우승한 누구한테는 안 될 거야.

-옛날에 날렸을지언정 40대의 한물간 강 사범도 하루가 다르게 커가는 애들한텐 안 통할걸.

수년 전까지 그런 도발이 간간이 행해졌으나, 여러 선수가 방내기로 나가떨어진 후 더는 도전자가 없었다. 한 집까지 따지는 무제한 방 내기로 다져진 강동인에게 전국대회의 상위입상자는 결국 가진 돈 다 털리고 자리를 털고 일어나야 했다.
판 내기는 거절했다. 상대 스폰서가 장담하는 것처럼 판 내기는 승부를 낼 수 없을 수도 있기 때문이었다.
한 집만 이겨도 되는 피 말리는 판 승부는 재미가 없다.
두세 판 지다가도 한 판 왕창 이기면 오히려 돈을 더 가져오는 방 내기를 선호하는 강동인의 특성이었다. 그렇다고 판 승부가 서툴다는 게 아니었다. 누구와 붙어도 질(?) 자신이 없었다.
이름과 실력을 알릴 수 있는 바둑대회를 멀리하는 지하세계의 특성이었다. 이름이 팔리면 도전자가 없어진다.

“오정훈의 그런 정황은 알겠습니다. 그런데 오정원 씨. 그걸 왜 나한테 말하는지 전 이해가 안 됩니다.”
“오빠는 사범님을 잘 모를 거예요. 한 판에 작은 상금을 걸고 내기바둑을 두면서 조건 하나만 더 걸어주세요.”
“상금 외 조건 하나 더?”
“네. 조건 하나 더. 오빠가 바둑에 패하면 바둑계에서 명성도 없는 사람한테 지는 실력으로 입단을 넘보지 말고 학업에 전념하고 졸업 후 전공대로 인생을 살아가라고 충고하는 조건이요. 다만 자존심이 안 다치게 미리 조건을 걸어주세요.”
그렇게 말하는 정원은 얼음장 같은 냉기를 뿜어내고 있었다.

-바둑계에서 명성 없는 사람이라고 말하기가 미안했을까?

-기원에서, 그리고 여기 다방에서 그래서 머뭇거렸을까?

강동인은 내기바둑에서 한번 져 달라고 부탁하는 건 들어봤지만 자기편인 가족을 꼭 이겨달라는 부탁은 들어본 적이 없었다.

듣고 있으며 믿기지 않았으나 그렇게 부탁할 만도 했다.

명문대생이 굳이 배고픈 바둑계를 기웃거릴 필요가 없었다.

졸업 후 직장을 갖고 취미로 얼마든지 바둑을 즐길 수 있었다.

탤런트 오정원의 오빠에 대한 가족 간의 사랑은 알 수 있었다.

그러나 냉정하게 따지자면 바둑 한판의 승부에 따라 바둑계를 은퇴하라는 무서운 대가가 도사리고 있었다.

명문대생의 동생이 오빠의 장래를 위하여 거래하자는 것이지만, 그래서 이해가 되지만 직업을 뺏는 엄청난 행위이기도 하다.

“내가 오정훈을 이기면 그 대가는 뭐죠?”

강동인도 냉정하게 묻는다.

오정훈을 찾는 건 어렵지 않다고 짐작되었다.

어디서든 바둑두며 연구하기에 전화 한두 통이면 어딜 가는지 알 수 있을 것이다. 다만 입단을 전제로 연구하는 정통파라면 내기바둑에 응하지 않을 것이 우려될 뿐이었다.

거기에 패하면 바둑계를 떠나라는 조건이 걸린다면?
즉흥적으로 바둑 한판 두는 그런 상황이 아니라 본인의 미래와 자존심도 걸어야 하는, 상금 약간 걸린 한판이 아니었다.
강동인에게 도전하는 스폰서와 선수가 하는 뒷말처럼 청춘들은 점점 더 강해지고 있었다.

오정원은 잠시 아무 말 없이 강동인을 지긋이 쳐다보았다.
어쩌면 입술을 꽉 깨물고 있을지도 모르는 표정을 하고 있었다.
대가에 따라 부탁한 것의 성패 여부가 달려있었다.
내기바둑 한판을 두나 안 두나 강동인은 아쉬울 게 없었다.
그런 종류의 내기바둑은 중간 역할 하는 사람이 나서서 조건을 조율하고 장소를 정해 한판 두면 된다.
강동인이 정면으로 바라본 스물의 초반에서 중반으로 넘어가는 미인의 얼굴에 고심이 가득하다.

다방 안의 손님들이 수군거리고 있었다.
"재 요즘 뜨는 탤런트 오정원 아냐?"
소곤거리지만 오정원이라는 이름은 뚜렷이 들려온다.
"맞는 것 같은데 오정원이 왜 이런 허름한 다방에 오겠어?"
긍정과 의문이 뒤따른다.

오정원은 이런 상황을 가끔 맞이하겠지만, 강동인은 두더지가 따가운 햇볕을 받는 기분이라 자리를 빨리 뜨고 싶었다.

-부탁의 대가를 준비하지 않고 온 건가?

묻고 줄곧 오정원의 얼굴에 시선을 고정한 강동인은 의아하게 생각하고 있었다. 자존심도 걸리고 명성과 내기 상금도 걸리는 바둑에 어렵게 부탁하면서 설마 대가 없이?
다방 안 따가운 시선 때문이라도 자리를 빨리 벗어나고 싶었다.
오정원은 입술을 깨무는지 입을 앙다무는지 모를 표정을 하고 처연한 듯 비장감을 품고 앉아있었다.

-이래도 저래도 예쁜 얼굴은 감춰지지 않는구나?

강동인은 싱거우면서 어쩌면 현실적인 생각이 들었다.
오정원이 대가를 말할 때까지 얼굴에 시선을 고정할 수 있었다.

“강 사범님. 정말 외람되게 들리시겠지만, 오빠를 이겨주신다면 저와 1박 2일의 시간을 보내는 것으로 대가를 대신하는 건 어떨까요?”

오정원은 어렵게 입을 열어 비장하게 대가를 말하고 있었다.

-오정원과 1박 2일?

강동인은 듣고 있으면서 이해가 될까 말까 한 대가였다.
금전적이거나 어떤 물질적으로(가치 있는 물건 등) 보상을 하는 것이 아니라, 생각지도 못한 뜻밖의 대가에 대한 제안이었다.
그녀와 1박 2일이 어떤 의미인지, 그에 따른 가치는 어느 정도인지 가늠하기 힘들었다.
강동인은 먼저 주변을 둘러보았다.
"오정원 씨와 1박 2일을 보낸다고 제안하는 겁니까?"
나지막이 되묻는다.
"그렇습니다. 강 사범님. 어디 분위기 좋은 곳에서 둘이 밤새워 술 마셔도 좋고, 둘이 동행으로 어디 여행을 다녀와도 좋습니다. 그 모든 경비는 제가 내겠습니다."
오정원은 가라앉은 음성으로 담담하게 제안하고 있었다.

-이런 조건을 파격적이라고 해야 하나?
-1박 2일 안에 내가 생각하는 의미도 포함되는 걸까?

오정원은 고심하던 흔적도 사라지고 없었다.

결심까지가 힘들다.

부탁할 때는 그런 대가를 준비하고 있었을지도 모른다.

상대가 대가로서 물질적인 게 아니라 그런 조건을 마땅치 않게 받아들일까 봐 고심했을 수도 있었다.

-미인 탤런트와 1박 2일의 데이트.

-거기에 따르는 모든 비용은 모두 책임짐.

-아직 미혼인 사십 대의 강동인에겐 다시없는 기회?

-오늘 만나고 헤어졌다 내일 다시 만남이 아니었다. 1박 2일의 데이트에는 어떤 의미심장한 속셈이 담겨 있을까?

오정원은 부탁을 거절 못 하도록 나에 대해 철저히 알고 왔을 수도 있다는 생각이 강하게 들었다.

누굴까?

누가 나의 신상에 대해 상세히 알려주었을까?

조금 전까지 이 불편한 자리를 빨리 벗어나고 싶다는 바람에서 강동인은 장고에 빠져들었다.

그리고 본인의 머릿속 생각만으로는 숨은 가치를 찾기 어렵다는 것을 깨달았다.

“내기바둑을 둬서 내가 이겼어요. 오정훈이 사전 약속한 조건대로 한다고 했어요. 그때 오정원 씨가 내게 약속을 안 지키면 나는 어떡하죠?”

우선 확신이 필요했다.

“사범님. 그건 걱정하지 마세요. 약속 불이행 시 일천만 원을 지급한다는 각서를 써 드릴게요.”

오정원은 가방에서 종이와 펜을 꺼내 짧지만 강력하게 자필로 계약보증 지급각서를 작성하고 사인했다.

-약속을 안 지키고 사회에 노출된다면?

약속은 틀림없이 지킵니다. 바둑을 이겨만 주십시오.

오정원은 각서를 넘기며 그런 얼굴을 하고 있었다.

“좋습니다. 그럼 1박 2일은 어떠한 조건 없이 내 맘대로 내가 하고 싶은 대로 해도 된다는 거죠?”

큰 내기바둑 둘 때의 결기처럼 냉정하게 물었다.

그 물음은 어떠한 행위든 용납이 되냐는 의미였다.

“그렇습니다. 오빠가 패배 후 바둑계에 등을 돌리겠다고 내게 약속만 한다면 기꺼운 마음으로 강 사범님의 1박 2일 파트너가 되어드리겠습니다.”

오정원은 언뜻 비장감을 내비쳤다.
오빠에게서 바둑만 떼어내면 무엇이든 할 수 있다는 비장감이 몸에서 뿜어져 나온다면 과장일까?

-오정훈과 무 자르듯 바둑의 결별 약속이 관건인가?

그런 생각과 함께 강동인은 오정원의 눈을 들여다보았다.
조금 우울한 바탕이 눈빛에 깔려있었다.
내기바둑을 두기 전과 패한 후의 상대 눈을 숱하게 들여다보며 지나왔다. 얼마나 많은 감정이 작은 눈동자 안에서 변화하는지 잘 알고 있었다.

-오빠에게서 바둑만 떼어낼 수 있다면

어떤 대가라도 치를 비장미가 오정원에게서 뿜어지고 있었다.
친오빠인데 이렇게까지 하는 이유는 오빠 인생을 살리려고?
강동인은 조건대로 오정훈을 이긴 후 오정원에게 왜 그렇게까지 해야 하는가, 묻기로 하고 내기바둑을 두기로 작정했다.

"언제까지 기간이 정해진 겁니까?"

-만약 오정훈이 이런 조건의 대국을 수락한다면?

강동인의 일생에서 또 다른 흥미로운 대국 중 하나일 것이다.
오정훈은 이런 내막을 모른 채 젊은 혈기와 본인의 실력을 믿고 도전해올 것으로 짐작했다.
오정훈은 전국바둑대회에 출전하며 아마추어 강자들은 대부분 알고 있을 것이다. 무명의 사십 대가 얼토당토않은 조건을 내건 내기바둑을 제안하면 잠시의 의심 뒤에 덥석 물어오리라.

"한 달 내로 끝내주십시오. 사범님. 오빠가 바둑계를 떠난다는 각서 한 장 정도는 있어야 합니다. 오빠가 약속한다면 반드시 지킬 겁니다."
오정원은 오빠에 대한 믿음이 강했다.
어쩌면 그 강한 믿음 때문에 바둑을 떼어내려는 것일까?
상위 몇 명만 포식하고 하위자들은 허울뿐인 바둑의 프로세계를 너무 잘 알기에 오빠의 인생을 전공대로 돌리려는 것일까?
내기바둑 한판 이기고 의문을 풀려니 너무 멀게만 느껴졌고, 궁금증은 코앞에 다가와 짙은 내음을 풍기고 있었다.
무엇보다 바둑을 이겨야 몇 사람의 뜻을 이룰 수 있었다.

3. 화초 바둑

강동인은 오랫동안 뒤를 봐주는 후원인 강철민에게 상황을 설명한 후 오정훈을 찾아내어 오정원이 제시한 조건으로 내기바둑을 주선하도록 했다.

강동인보다 몇 년 연장자인 강철민은 바둑계 안팎으로 발이 넓었다. 그는 아마추어 고수였으며, 지하세계의 선수끼리 큰 내기바둑도 주선하기도 하고, 전국바둑대회 입상자와 강동인과 대결을 성사시키기도 했다.

다방면으로 내기바둑을 성사시키는 과정에서 승자에게 몇 %의 중간 수수료를 챙겨가는 인물이었다.

내기바둑은 패배한 쪽에선 엄청난 금액을 몽땅 손실 당하지만, 승리한 쪽에선 이리저리 쪼개어 나누기에 소문난 잔치 먹을 게 없다는 속담처럼 되어버린다.

강철민은 이번 내기바둑은 여타의 수수료 없이 촉망받는 청년 한 명 구제해주는 조건(?)으로 활동하기로 했다.

각서- 이 대국에서 패배할 경우 오정훈은 바둑계를 은퇴한다.

1. 내기바둑의 상금은 일백만 원으로 정하는데, 만일 오정훈이 승리하면 그 상금을 갖고 모든 조건은 없던 일로 한다.
2. 단 오정훈이 패배하면 일백만 원의 상금은 안 내도 되지만, 작성한 각서에 따라 바둑계에서 은퇴한 후 학업에 열중한다.
3. 명문대생이 미래가 불투명한 바둑에 몰두해 있는 것에 심히 염려스러워 바둑계 선배가 이런 제안을 한다.

오정훈은 그런 조건을 수락하며 조건을 하나 내세웠다.
대국 장소를 본인의 집으로 하자는 조건이었다.
아마바둑계에선 꽤 알려진 자신이 내기바둑으로 대국 한판 두고 패배하면 바둑계를 은퇴하겠다는 각서를 작성한 구설에 오르는 건 싫다고 했다.
본인 집에서 아무도 모르게 그런 조건으로 한판 두자고 했다.
강동인은 좋다는 의사를 전달하며 오정훈에게 대국 날짜를 잡아 통보해달라고 했다.

-대국 조건은 제한시간 : 각 1시간. 30초 초읽기 3회. 덤 5.5

중간에서 그런 조건의 내기바둑 대국을 주선한 강철민이 심판 겸 초읽기 담당으로 나서게 되었다.

일사천리로 대국이 성립된 후 3월 말, 겨울 외투를 완전히 벗어버릴 즈음 강철민과 강동인은 오정훈의 집으로 향했다.

종로의 북촌한옥마을에 있는 오정훈의 집은 찾아가기 수월했다.

“집으로 오시라 해서 죄송합니다.”

조금은 굳은 표정의 오정훈이 반긴다.

오정훈의 조금 뒤쪽으로 검은 뿔테안경을 쓴 오정원이 말없이 꾸벅 인사만 하고 있었다.

“아닙니다. 내기바둑에 대한 요구조건을 다 들어주는데 우리가 움직이는 게 맞습니다.”

강동인은 오정훈의 집이 오히려 조용하여 좋았다.

이 대국을 기획한 오정원이 집에 있을 줄은 예상하지 못했다.

모범생 같은 뿔테안경을 착용해도 미모는 감출 수가 없었다.

강동인은 오정원과 초면인 듯 서로 아는 체하지 않았다.

-어디서 본 적이 있는데?

오정원을 처음 대하는 강철민은 그런 느낌이었다.
미모에 잠시 놀라는 눈치였으며 어디서 봤는지 기억해 내려고 애쓰는 모습이 역력했다.
강철민은 오정원을 힐끗거리면서 이따금 고개를 갸웃거렸다.

"여동생입니다. 어릴 때부터 같이 바둑을 배워서 유단자입니다. 오늘 대국을 관전하고 싶다고 청하여 그러라고 허락했습니다. 불편하지 않으시겠지요?"
오정훈은 강동인에게 물었다.
"전 괜찮습니다."
강동인은 좀 당황스러웠지만 안 된다고 할 수도 없었다.
만에 하나 오늘 대국에서 강동인이 패배하면 오정훈에게 주는 상금 일백만 원을 오정원이 주기로 약속되어 있었다.
가족 관계가 어떻게 되는지는 몰라도 집안에 두 남매만 보였다.
거실에는 다리 달린 4치쯤의 고풍스러운 바둑판이 놓여있었다.
바둑판의 한 면에 한 명씩 네 명이 둘러앉은 모양새가 되었다.
미리 확인한 각서에 오정훈이 바둑판 위에서 사인하고 동생이 내온 차를 마시며 대국이 시작되었다.
다들 별다른 말이 없었다.
접이식 작은 밥상을 가져다 놓고 초시계를 올려놓았다.

방 내기 선수

돌을 가리자 강동인의 흑번이 되었다.

대국 편의상 초시계 누르는 것과 초읽기 부르는 것까지 심판인 강철민이 담당해주기로 합의했다.

둘의 동시 인사와 함께 강철민이 백의 초시계 꼭지를 눌렀다.

째깍째깍 흑 초시계 소리와 함께 강동인은 호흡을 가다듬으며 생각했다.

-정통으로 공부한 오정훈에게 포석부터 깔끔하게 나간다면?

승부는 알 수 없는 방향으로 흘러갈 것이다.

가능하면 거칠고 사납게 싸움으로 유도하여 혼돈으로 몰아가야 승산이 있을 것이라는 생각이 들었다.

첫수는 우상귀의 강동인 쪽의 고목에 두었다.

고목을 지긋이 쳐다보던 오정훈은 본인의 우상귀 오른쪽 소목에 두었다.

오정훈은 이 대국을 승낙한 후 바둑 친구를 통해 알아본 정보에 의하면 강동인은 음지에서 소문난 마귀로 알려져 있다고 했다.

특히 접바둑의 귀신이며, 어지간한 프로보다 더 접는다고 했다.

그렇다면 오늘 한 치 앞도 모르게 어지러운 싸움 바둑으로 몰고 갈 것으로 예상할 수 있었다.

일단 실리를 챙기며 타개하는 쪽으로 전략을 세웠다.

강동인은 우하귀에서 좌변 쪽으로 다시 고목.

오정훈은 본인의 우하귀에서 본인 쪽으로 소목.

강동인은 오정훈의 우하귀 소목에 한 칸 걸침.

오정훈은 걸친 수에 밑의 날일 자로 붙이며 실리 차지.

강동인은 평범하게 밖으로 젖히지 않고 백 소목에 흑 두 점으로 치받으며 거친 길로 들어갔다. 백에게 확실한 실리를 내주지 않고 변화무쌍한 길로 유도했다. 백은 단단하게 실리를 추구하고 흑은 넓게 벌리며 들어오기를 바라는 포석으로 전개되었다.

서로 원하던 길로 가고 있으나, 오정훈의 백은 결국 흑의 너른 품속으로 뛰어 들어가 타개하며 빠져 나와야 할 운명이었다.

아마강자라면 다 예상할 수 있는 포석의 흐름이었다.

이런 흐름이면 산전수전 공중전에 지하전까지 두루 섭렵한 흑의 강동인이 미세하지만 유리하게 이끌고 갈 수 있었다.

큰 내기바둑 대국 수가 무수히 많은 강동인의 전략에 오정훈은 백으로 어쩔 수 없이 끌려가고 있었다.

-이런 수법이 지하세계의 흐름인가?

중반으로 들어가면서 백의 오정훈은 조금씩 괴로운 내색을 내비치고 있었다.
아직 유불리는 명확히 모르더라도 모양에 구애받지 않고 기묘하게 움직이는 흑의 행마에 가끔 인상을 찡그리고 있었다.
오정훈은 그동안 공부하며 바둑대회에 출전하여 유려한 행마로 마주하던 상대들하고 완전 다른 행마를 맛보고 있었다.
흑은 빈틈이 많은 듯한데도 양 떼 몰이하듯 그쪽으로 내몰리는 기분 나쁜 흐름을 강동인이 구사하고 있었다.
몰리는 듯하던 백이 흑의 돌 몇 점을 잡으며 타개가 되었는데, 전체적으론 오정훈의 백이 밀리는 양상으로 흐르고 있었다.
이를테면 미생마였던 곤마가 상대의 돌을 잡으며 살아갔는데, 그 잡은 돌만 집으로 계산할 수 있었다. 상대방은 그보다 훨씬 많은 집을 어음처럼 확보하는 모양새가 되었다.

-마구잡이식으로 심기를 건드는데 응징 수가 마땅찮다니?

전국대회에 출전하면서 이런 바둑은 누구한테도 겪은 적 없는 거친 행마인데 대응하기가 만만치 않았다.
중반전이 무르익을 무렵 오정훈은 이 바둑을 둔 걸 후회했다.
바둑이 밀려서가 아니라 바둑판 전체의 모양이 너무 혼탁했다.

누가 잘 수습하느냐에 따라 승부가 결정되는 국면인데 한 수만 삐끗해도 낭떠러지에서 떨어질 상황이었다.

아마고수의 바둑이 이렇게 지저분하게 행마가 전개된다는 것이 신기할 지경이었다.

흑의 강동인은 전 국면에 걸쳐 사방팔방 붙이며 응수타진했고, 아직 미생인 백의 한 무리를 공격하기 위해 도남의재북 행마로 반대쪽 중앙에서 붙여 눌러가면서 날아다니고 있었다.

이젠 실리를 챙길 만큼 챙긴 백이 미생마만 타개할 수 있다면 승리를 거머쥘 수 있는 국면이 되었는데 타개가 쉽지 않았다.

강동인은 미생마를 포획하기 위하여 반대쪽에서 큰 손해를 감수하며 도남의재북 전략으로 나왔기 때문이었다.

한 집 두 집 다투는 대회 바둑에선 절대 나올 수 없는 수법이 오정훈이 지금 눈앞에서 직접 당하고 있었다.

상대는 패배를 각오하고 두는 건지, 정밀한 수읽기를 마친 건지, 거침없는 공격을 해오고 있었다.

흑은 그물을 엉성하게 치는 듯한데 백이 빠져나간 후 살펴보면 강력했던 돌들을 포획하려 해도 이미 가치가 사라졌다.

그런데 상대는 또 반대쪽에 상당한 세력을 쌓고 있었다.

오정훈이 그동안 일본 바둑책으로 공부하던 내용에선 한 번도 볼 수 없었던 강압적인 수들이었다.

찐 마귀

“강동인은 마귀 중 찐 마귀인데 주로 방 내기를 둔다고 했어. 우리가 책으로 공부하던 유수부쟁선 같은 물 흐르듯 하는 행마, 모양이나 방식과 완전 다른 스타일로 둔다고 했어. 이미 대국을 약속했으면 야생적인 거친 수법에 조심해야 할 거야.”

오정훈의 친구는 강동인에 대해 알아본 후 그렇게 말했었다.

“그래 봤자 바둑 아냐?”

오정훈은 그렇게 반문했다.

상대의 실력이나 스타일을 무시하는 건 아니었다.

-바둑판 위에서는 눈에 보이는 바둑일 뿐이다

오정훈은 거칠든 부드럽든 결국 눈으로 볼 수 있다는 것이었다.

“나도 어렵게 입수한 정보니까 여하튼 네가 나름대로 전략을 세워 겨루어 봐. 건투를 빈다.”

친구는 거기까지라며 건투를 빈다고 했다.

그동안 책으로 공부하고, 공부한 실력으로 바둑대회에 출전하여 상위입상도 여러 번 했는데, 방 내기 스타일도 결국 바둑이다, 라는 이론엔 여지가 없었다.

한 집만 이겨도 되는 훈련과 연구하며 대회 경험이 많은 본인이 더 유리할 것으로 오정훈은 스스로 예상했다.

내기바둑 꾼은 본인을 잘 드러내지 않으려는 특성이 있었다.

드러나든 드러나지 않든 결국 아마추어일 뿐이다.

오정훈은 분열되는 생각을 그렇게 쉽게 정리하고 말았다.

뒤따른 생각은 아무리 바둑의 음지인 지하세계에서 잔뼈가 굵고 막강한 실력을 갖추었다고 해도 역시 아마추어이다.

그런 아마추어를 꺾지 못한다면, 내가 그 실력밖에 안 된다면 입단의 꿈을 꾸지 말아야 할 것이다.

오정훈은 대국에서 패배 뒤 은퇴 운운할 때 그런 각오로 순순히 각서도 미리 써주고 대국 날 바둑판 위에서 사인한 것이었다.

-나는 양지의 아마 정상

-당신은 음지의 아마 정상

한물간 사십 대 vs 물오른 이십 대.

초반의 이십 대 기세를 꺾기가 쉽지 않을 것이다.

물론 사십 대까지 온갖 산전수전 경험을 쌓았을 테지만, 경험은 그저 경험일 뿐이다.

오정훈은 여러모로 본인이 유리하다는 예상을 하고 있었다.

구원하다

오정훈과 강동인이 마주 앉아 대국하고 옆자리에서 탁상 위에 초시계를 올려놓고 심판 겸 초를 읽기 위해 앉아 있는 강철민. 맞은편에는 오정원이 앉아 관전하고 있었다.

강철민은 바둑의 흐름을 살피면서 정면의 여동생을 힐끔거렸다.

분명 어디서 본듯한 얼굴이었다.

모범생 같은 뿔테안경을 착용하고 있었지만, 본바탕의 미모는 감출 수가 없었다.

바둑계에서 모사에만 능한 그가 보더라도 여동생은 그저 미모만 드러나는 것이 아니었다.

지적인 얼굴과 품위 있는 기운이 은은하게 배어 나왔다.

강동인은 누군가에게 부탁을 받았다는 말만 했다.

명문대생이 바둑에 빠져 있는데, 프로 입단을 하더라도 성적을 못 내면 배를 곯으며 전공은 빛이 바랜다고 도와달라고 했다.

강동인의 말을 듣고 오늘 이 자리에 앉아 있는 건 예전의 일이 떠올랐기 때문이다.

강철민도 입단대회에 나간 적이 있었다.

종로2가 관철동에 한국기원이 있을 때였다.

입단대회 본선이 열리고 막바지에 접어들었을 때 입단이 가능한 선수가 네 명 정도로 부각 되었을 때였다.
휴식 시간, 강철민이 담배를 피우기 위해 옥상으로 올라가는데, 앞에서 계단을 오르던 사람이 주먹으로 벽을 치기 시작했다.

-크흐흐흐

그 사람은 짐승 같은 울음소리를 내면서 주먹에서 피가 나도록 벽을 여러 번 치고 있었다. 그 모습에 놀라 강철민은 비켜 올라가지도 못하고 밑에서 지켜보아야만 했다.
잠시 후 입단대회 진행자에게 그 사람에 관해 물었다.

"이긴 바둑을 어처구니없게 끝내기를 실수하는 바람에 졌어요. 입단 문턱이었는데 너무 아쉽고 안타깝게 되었어요. 다음부턴 나이 제한 때문에 입단대회 출전도 못 할 텐데……"

아마추어 강자인 진행자도 안타까워했다.
바둑의 프로 입단도 어렵지만, 입단 후 바둑 천재들한테 밀리면 성적 내기도 만만치 않다. 바둑 공부하는 시간에, 바둑 공부하는 열정으로 다른 공부하여 훨씬 더 좋은 직업을 가질 수 있다.

오정훈은 S대 4학년이라고 했다.

분명 머리도 좋고 공부도 잘하고 바둑 실력도 뛰어나다.

그러나 바둑으로 대성하긴 이미 나이가 많았다.

-젊은 인재가 넓은 사회로 나가도록 해야겠죠?

바둑계의 실상을 잘 아는 우리가 구원해주어야 한다.

강동인이 강력하게 주장하여 강철민이 무보수로 주선하여 지금 이 자리에 앉게 된 것이었다.

모든 기획이 맞은편에 다소곳이 앉아 관전하는 미인 여동생이 꾸민 일이라는 걸 강철민이 알게 되면 까무러치지 않을까?

화초 바둑

강동인의 흑 그물망을 찢고 나오면 다른 그물망이 엉성하게 다가왔다. 다시 오정훈의 엉성하게 느껴지는 흑의 그물망을 찢고 빠져나오길 반복하다가 바둑은 어느덧 종반에 이르렀다.

그러나 느낌은 느낌일 뿐이었다.

포석을 가장 잘하는 기사는 상대방에게 계속 갈 자리를 만들어 주면서 본인이 앞서간다.

본인은 10점짜리 차지하고 상대에겐 9점짜리로 가도록 한다.
고수는 그렇게 상대를 배려(?)하면서 앞서 나간다.
중반전에 들어서며 불리함을 느낀 상대가 무리하게 만든다.
미세하지만 그런 종이 한 장의 차이로 승패가 갈린다.
그렇게 뒤쫓는 양상에서 벗어나 대등한 흐름으로 가기 위해선 그만큼의 실력을 갖추어야 한다.
심리적으로 밀리면 바둑의 흐름에서도 밀린다.
강동인은 아직 10여 분의 제한시간이 남아 있었지만, 오정훈은 초읽기에 몰려있었다.
오정훈은 시간에 쫓겨 정밀계가를 할 수 없어 눈어림으로 계가했을 때 10여 집은 부족하다는 걸 직감할 수 있었다.

-아, 세상엔 이런 바둑도 존재하네

덤 5.5집을 받아도 4~5집은 부족했다. 초읽기에 몰리며 세상에는 이런 괴초식 바둑도 존재한다는 걸 뼈저리게 깨닫고 있었다.
그동안 화초처럼 키워진 본인 바둑이 한없이 작아지고 있었다.
온몸의 세포도 오그라들고 있었다.
오정훈은 그래도 던지진 않았다.
초읽기에 몰리면서도 최선을 다해 끝내기하고 계가도 마쳤다.

대국 중 어림잡은 계가에서 반면 10여 집 언저리에서 부족함을 느꼈는데 덤을 받고도 4집 반이 모자랐다.
오정훈. 패배를 인정하지도 않으며 미동도 없이 반면을 응시하고 있었다. 강동인, 강철민, 오정원은 그가 머릿속으로 복기를 하고 있다고 짐작하며 기다리고 있었다.
오정훈의 얼굴은 참담함에서 평온함으로 돌아오고 있었다.
상대가 음지의 숨은 고수라지만 아마추어였다.

-언감생심인가?

지하세계든 지상 세계든 아마바둑이고 그저 바둑일 뿐이다.
그런데 시종일관 상대가 던져주는 떡밥을 따먹고 다닌 흔적만 바둑판 위에 존재하고 있었다. 이런 강압적이고 마구잡이식의 바둑도 제압을 못 하면서 프로에 입문하여 대성을 노린다는 건 언감생심 어림없는 꿈이었다. 차라리 오늘 바둑을 잊고 전공을 찾아가도록 도움 준 상대에게 고마워해야 할 것이다.
오정훈은 섭섭함보다 그렇게 마음을 다잡고 있었다.

오정훈은 탁상 위 초시계 옆의 각서를 북북 찢어버렸다.
오정원. 강동인. 강철민은 놀라워하며 말릴 틈도 없었다.

“이런 건 필요 없습니다. 오늘 저를 꿈에서 깨어나게 해주신 사범님께 감사드립니다.”

오정훈은 악수를 청했고, 강동인은 얼떨결에 그 손을 잡았다.

“전 오늘부터 바둑계에 일절 모습을 드러내지 않겠습니다. 두 분께선 오늘 일은 그 누구에게도 발설하지 말아 주십시오.”

오정훈은 그 말을 남기고 일어섰다.

얼굴은 섭섭하면서도 후련한 기색이라 강동인과 강철민은 어떤 말이라도 해야 하는데 어떤 위로의 말도 할 수 없었다.

“그럼 두 분 사범님. 안녕히 가십시오.”

쫓기듯 한옥을 나온 둘은 서로 얼굴을 바라보며 웃지도 못하고 울지도 못하는, 허탈하면서도 씁쓸한 표정으로 한옥마을을 걸어 내려오고 있었다.

“오늘 우리가 젊은이 하나 구제한 거 맞지?”

강철민이 강동인을 쳐다본다.

“나라에 제각기 쓰임새가 다른데 인재 한 명 구제한 거죠.”

오정훈이 S대생임을 강조하는 의미였다.

“여동생의 미모가 뛰어나던데… 분명 어디서 본 듯도 한데… 기억이 안 나던데…”

강철민이 묻는 것도 아니며 혼자 더듬거리며 중얼거렸다.

강동인은 모른 척 한 발짝 앞서서 걸어갔다.

4. 자기 부가세 10%

하룻밤을 같이 보낸 오정원을 아침에 강릉에서 떠나보내고 홀로 남아 강동인은 경포해변을 걸었다.

어젯밤의 술자리 대화를 곱씹고 있었다.

“오빠가 바둑으로 이루고자 했던 높은 경지에 오른 분을 한 번쯤 만나고 싶었어요. 그 정도 수준이면 평소 어떤 생각과 어떤 생활을 하면서 지내는지 궁금했어요.”

오정원은 발그레한 얼굴로 고백하듯 말하고 있었다.

그녀 입으로 직접 말하지 않았으나 오정훈이 분명 대국하기 전 여동생도 유단자라고 소개했었다.

어릴 때 바둑의 유단자 수준이 되려면 아무리 영민해도 바둑을 최소한 수년간 배워야 한다.

그리고 유단자에서 고단자로 오르려면 느릿한 걸음으로 한 발씩 계단을 올라야 한다. 바둑의 그런 단계를 겪어보기도 하고 다른 이를 지켜보기도 했을 것이다.

“그런 게 왜 궁금한 거죠?”

높은 수준의 바둑 실력을 갖추고 있다 하더라도 일상이 특별할 것도 생각이 특별할 것도 없었다.

강동인이 알고 있는 프로기사라 해도 역시 의식 수준이 특별히 내세울 것이 없었다. 아는 사람만 아는 사실은 담배 연기만큼의 소문 속에 사라지기 일쑤인, 뒤 담화 같은 소문이지만 강동인 같은 지하세계의 고수는 프로기사와도 내기바둑을 둔다.

후원자끼리 서로 자존심을 내걸고 설전을 벌이다 끝내 대국으로 이어지기도 한다. 물론 치수는 호선이다.

-바둑에서 호선(互先)은 서로 동등한 조건의 겨루기이다.

-서로 치수를 접어주지 않는 대등한 조건의 돌을 가려서 흑백을 정하고 흑이 백에게 유리한 만큼 덤을 내는 조건이다.

“누군가 그러더군요. 지하세계의 아마고수는 프로 위의 프로. 프로를 능가하는 프로. 진짜 프로를 아래로 내려다보는 경지에 이른 고수라고요.”

오정원은 혀가 꼬부라질 지경은 아니었으나, 강동인은 그녀가 취했다는 걸 느낄 수 있었다.
강동인은 혹시 주위에서 누군가 듣는 이 없나, 살펴보았다.
오정원이 횟집에 들어서며 주인에게 회와 술은 넉넉히 주문할 테니 조용한 작은 방을 달라고 한 것은 다행이었다.
오정원은 넓은 홀에서 남자와 둘이 술을 마시다 혹시 알아보는 사람이 구설수를 퍼뜨릴까 조심한 것이었다.

-누가 터무니없는 허세를 부렸을까?

과장이 심해도 너무 심해 듣고 있는 강동인은 몸 둘 바를 몰라 심히 부끄러웠다.
"누군지 너무 심한 과장으로 떠벌린 것 같습니다. 아마는 그저 아마일 따름이며, 실력으로 절대 프로를 능가하지 못합니다."
강동인은 너무 터무니없다고 양손을 들고 강조했다.
"그건 강 사범님의 겸손이 너무 지나친 겁니다. 겸손이 지나치면 오히려 오만으로 들립니다. 오빠가 아마바둑대회에서 우승도 하고 준우승도 하는 실력이지만 강 사범님께는 무조건 진다고 생각했어요. 그만큼 여러 사람이 강 사범님을 믿으라고 했어요. 전 믿었고, 믿음대로 결과가 나왔어요."

오정원은 조금 흐릿한 눈빛을 보이며 입가에 미소가 번진다.

-다 알고 있는데 자세를 너무 낮추는 것 아닌가요?
-그런 눈빛과 몸짓으로 지금 그녀를 이해해도 될까?

취기가 오르는 강동인도 그렇게 의식하게 보이는 태도였다.
강동인은 취기에 언행을 실수하지 않으려고 조심을 거듭하건대 그녀가 지금 하는 말은 적어도 그렇게 들려왔다.

-한집에 같이 사는 오빠 오정훈은 아마추어로서 정상급이지만 어딘지 미진한 면을 그녀에게 보였을까?

"그렇게 말한 사람들은 내가 어지간한 아마추어는 다 이기는 상황을 봤기 때문이겠지만 절대 프로를 능가하지는 못합니다."
강동인은 변명 아닌 변명을 해야 했다.
사실 프로세계에서 성적을 못 내는 어지간한 프로와 내기바둑을 두면 강동인은 겨룰 만한 실력을 갖추고 있는 건 사실이다.
그러나 버금간다고 할 순 있어도 능가한다고 할 순 없었다.
일반인 입단대회에서 나이 들어 어렵게 입단한 프로와 입단하기 전 후원자끼리 힘자랑하다 크게 겨룬 경우는 가끔 있다.

프로세계에서 몇 년의 프로 밥을 먹은 후 실력이 좀 늘었다고 다시 겨루자는 경우도 가끔 있었다. 그런 프로와 다시 겨루어도 강동인이 이겼다. 그런 경우 실력이 아니라 심리적인 면이 작용한다. 병아리 때 쫓기면 장닭이 되어도 쫓긴다.라는 속담처럼. 필요에 따라 누군가를 치켜세울 때는 하늘을 뚫을 때도 있다.

-병아리 때 쫓기면 장닭이 되어도 쫓긴다?

강동인은 그런 속담을 비유로 말할까, 하다가 그만두었다.
지금 오정원이 믿는, 그 믿음을 저버리는 설명이 될 것이다.
취기 오르는 오정원의 말이 일방적이라도 더 듣고 싶었다.

"전 유단자가 된 후 아버지 배려로 오빠와 함께 집에서 바둑을 개인지도도 받았습니다. 그런데 학원에서 또래의 아이들과 어울려 자유롭게 공부하던 때와 너무 다르게 이기기 위한 딱딱한 분위기를 참지 못하고 그만두었습니다. 오빠는 개인지도가 좋다며 지도하는 프로를 이겨보려고 기를 쓰고 덤비며 실력이 일취월장 했습니다."
오정원은 본인 바둑을 그만둔 상황, 오빠의 실력이 부쩍 향상된 과정을 설명하고 있었다.

오정원이 어릴 때면 우리나라에 바둑(교실)이 하나둘 나타나며 정착할 때이다. 부모님이 바둑에 대해 깊은 이해가 없으면 바둑 학원에 보내지 않았을 것으로 짐작했다.
바둑프로기사를 집으로 초빙하여 개인지도를 받게 하려면 상당한 비용이 필요하다. 두 남매의 부모님이 상당한 재력가였다는 것을 알려주는 대목이었다. 바둑애호가로서 가능하다면 자녀가 프로 입단까지 노린 건지도 모를 일이다.

-집에서 방문 프로기사의 개인지도를 뿌리쳤다고?

그렇게 소리쳐 반문하고 싶었다.
부모님의 배려에 오정원은 어릴 때 복에 겨운 행동을 했다.
강동인은 술잔을 기울이며 듣기만 했다.
들으면서 과거의 순간들을 짐작과 추정만 하고 있었다.
"전 바둑의 높은 경지의 그 의식세계를 한번 들여다보고, 한번 건드려보고, 한번 느껴보고 싶었어요. 1박 2일의 만남을 제안한 것도 그런 의미가 들어있습니다. 오늘 술기운을 빌어 두서없이 떠들면서 지금 알아보기도 하는 겁니다. 강 사범님."
오정원은 취중에도 눈빛이 반짝였다.
무언가를 기대하는 눈치였다.

“그렇다면 오정원 씨가 사람을 잘못 골랐습니다. 전 그런 수준의 경지에 도달하지 못했습니다. 어릴 적부터 내기바둑 세계를 떠돌며 익힌 실력으로 그저 내기바둑만 두며 사는 사람입니다. 높은 경지, 깊은 의식세계 등 그런 걸 따지며 같이 대화할 정도의 지식을 갖추지도 못했습니다.”

그렇게 말하며 강동인은 부끄러웠다.

-높은 경지의 의식세계를 들여다보고 싶다고?

사십이 넘도록 바둑책을 빼면 읽은 책도 몇 권 되지 않았다.

정규학교도 변변히 다닌 적도 없이 바둑만 두면서 살아왔다.

차라리 같은 무리끼리 바둑이며 장기, 체스, 포커, 마작, 고스톱 등 앉아서 하는 게임이나 도박, 그리고 경마를 얘기했다면 큰 판에서 활약했던 경험담을 의기양양하게 말할 수 있었을 텐데, 고등의식 수준의 대화로 들어가자 할 말이 별로 없었다.

“우리 현실적으로 따져봐요. 강 사범님. 제가 알아본 결과에는 바둑의 지하세계란 곳의 상금은 엄청나요. 그런데 프로세계의 상금도 많긴 하지만 이백 명이 넘는 프로가 겨루어서 우승했을 때의 상금이잖아요. 지하세계의 내기바둑은 둘 중 하나가 엄청난 상금을 가져가요. 그럼 누가 더 센 건가요?”

억지스러운 논리로 현실 운운하며 따지는 오정원이 귀여웠다. 그렇게 따진다면 그 세계의 능력 면에서 우월한 것이지, 바둑계 전체적으로 실력이 월등한 것이 아니었다.

강동인이 잠자코 무응답으로 있자 오정원은 피식 웃었다.

“전 지금 제 생각을 말하고 있지만, 프로를 존경하진 않아요. 강 사범님 같은 분을 좋아합니다. 제가 귀동냥으로 듣기론 바둑 아마추어 고수이면서 프로로 입단하지 않고, 지하세계에서 큰 내기바둑만 두는 프로 위의 프로가 있다고 들었습니다.”

오정원은 거침없이 속내를 털어놓았다.

-프로를 존경하지 않고 나 같은 사람을 좋아한다고?

-내기바둑의 아마추어 고수가 프로 위의 프로라고?

강동인은 본인의 생각을 말하기도, 말하지 않기도 껄끄러웠다. 물끄러미 오정원을 쳐다보며 그녀의 말을 귀담아듣고 있었다.

그녀는 이젠 강동인의 대답을 길게 기다리지 않았다.

“어디에도 예속되어있지 않으며, 누군가의 도움 없이도 본인이 노력한 만큼 대가를 바구니에 담을 수 있잖아요.”

오정원은 알 듯 모를 듯한 말을 남기고 술잔을 들었다.

강동인은 오정원을 주시하며 그 말의 의미를 해석해야만 했다.

여러 의미를 여러 차례에 걸쳐 전달하고자 하는 건 알겠는데, 그 의미를 뒤미처 간파해내기가 쉽지 않았다.

-예속되지 않으며, 본인이 노력한 만큼 대가를 담을 수 있다?
-그 의미 속에는 승리와 패배의 무게가 들어있을까?

술잔을 만지작거리며 강동인은 문득 자유로움을 하나 떠올렸다.

-그럼 둘도 자유로움인가?
-자유로운 삶이 이런 거?

어릴 적 배운 바둑 유단자이며 미모의 여성이 쉽게 설명하는데, 나는 쉽게 해석도 어렵게 해석도 못 하고 있었다.
대화가, 대화를 할 수 없을 정도로 내세울 게 없는 너무 초라한 자신의 지식수준을 부끄러워하며, 그 부끄러움을 그저 느끼기만 하고 있어야 했다.
그녀는 이제 의문도 질문도 더 드러내지 않았다.

-강동인의 지적 수준을 간파했을까?

바둑 실력은 아마추어 최고수인데, 삶에 대한 의식은? 아무런 생각 없이 하루하루 살아가는 하루살이 존재로만 파악했을까? 강동인의 명쾌한 답변이나 정신세계를 단 한마디도 듣지 못하고 그녀는 거푸 술만 마시고 있었다.

-소통 불가?
-지식수준의 불균형?

아침에 떠나간 오정원은 경포해변을 걷는 강동인에게 숙제 하나 남기고 떠났다.
지금의 이런 삶이 어떠한가?
존경받을 수는 없지만, 그 세계에서 무시당하는 삶도 아니었다.

-오정원이 말하는 건 강동인의 삶?
-아니면 강동인의 바둑 실력?

존경받을 정도는 아니지만 좋아할 수는 있다는 의미로 말했다.
누구의 도움 없이 홀로 선 지하세계의 바둑 실력만을?
친오빠인 오정훈이 부모의 지원으로 어릴 적부터 오랫동안 노력했으나 도달하지 못한 수준을 말하는 것인지도 모른다.

이제 본업(내기바둑)이 없을 때는 책도 읽고 글도 써보며 지식 수준을 높여야겠다는 다짐을 하고 있었다.

그동안 비수기(?)일 때 마작판으로 포커판으로 고스톱판 등 그저 승부가 있는 곳만 찾아다닌 자신이 너무 한심했다.

주말에는 경마장으로 달려가 경주마와 미친 듯이 달렸다.

본업에서 크게 한탕 하면 그렇게 기웃거린 곳에다 몽땅 뿌리고 다닌, 정신과 물질에서 빈털터리인 강동인은 40대의 지푸라기 허수아비가 걷듯 허청거리며 바닷가를 걷고 있었다.

뒤돌아보니 십 대 때의 처절하게 맹세하던 강동인은 간곳없고 나이보다 더 나이 들어 보이는 사십 대 중반의 중년이 머릿속이 빈 채 바닷가를 걷고 있었다.

바둑을 빼면 어떤 일반인과 일반적인 대화가 가능할까?

그동안 몸이, 나의 의식이 그런 걸 피해 그런 대화가 필요 없는 승부가 있는 판으로만 이끌고 있었다.

-이상한 조건의 바둑 한판으로 삶을 배웠다?

-이번에 오정훈이 아니라 스스로 자신을 구원한 걸까?

나 같이 먹고사는 사람도 존경받지는 못할지언정 함께 살만한 사람으로 인정받을 수 있겠다는 희망이 문득 들었다.

그동안 어느 정도 자포자기 상태로, 어쩌면 되는대로 살아가는 자신이 보였다. 지난 세월 곳곳에도 얼핏 그런 의식이 들라치면 스스로 본인이 늘 하던 어느 한 곳으로 도망가듯 찾아갔었다.
강동인은 경포해변에 털썩 주저앉았다.
바닷물은 모래 위로 더 올라오든 덜 올라오든 그만큼의 흔적을 남기고 다시 밀려갔다.

-파도는 모래 위에 저렇게 흔적을 남기는데, 나는?

무심코 밀려왔다 가는 바로 앞의 바닷물을 바라보며 강동인은 두 손으로 모래를 움켜쥐었다. 바닷물을 손에 쥘 수는 없어도 바닷물이 흔적을 남긴 모래는 움켜잡을 수 있지 않은가?
문득 그런 생각이 들었다.
오정원이 남기고 간 숙제를 푸는 방법은 눈앞에 있었다.

-나의 흔적으로 나에게 내는 10% 부가세?

강동인. 오늘부터 어떤 경로로든 수입이 생긴다면 무조건 10%는 나에 대한 부가가치세로 떼어서 저축한다!

-나는 내 육체, 내 정신에 10%의 부가세를 낸다.

-그 어떤 경우에도 그 10%는 절대 건들지 않는다.

모래가 으스러지도록 힘을 주며 강동인은 다짐했다.

넘치는 많은 시간 중 시간이 날 때마다, 가 아니라 시간을 내어 다방면의 책을 읽어라. 강동인.

누구와 어떤 대화도 할 수 있는 상식과 지적인 수준을 높인다면 나를 좋아하는 여성을 만날 수도 있을 것이라는 희망이 보였다.

-개과천선 같은 거창한 의미는 아니어도 바꿀 수 있지?

그렇게 다짐한 후 강동인은 30년 가까운 세월 동안 그렇게 실천했다. 본업이 없을 때는 도서관에 찾아가 책을 읽고, 두 번이고 세 번이고 더 읽고 싶은 책은 서점에서 구매하여 좋은 대목의 글은 외우고 다닐 정도가 되었다.

(재)한국기원에서 1986년 연구생 교육을 받았던 이창호 9단이 프로로 입단하면서 연구생 제도는 정착됐다. 이세돌 9단 역시 연구생 출신이다. (재)한국기원에는 132명의 연구생이 매주 리그전을 치르며 프로 입단을 위해 고군분투하고 있었다.

강동인이 그런 다짐 할 즈음 연구생에서 만18세 이상이 되도록 입단하지 못한 젊은 강자들이 사회로 하나둘 나오기 시작했다.
다짐과 함께 지하세계에서 강동인의 입지도 좁아지고 있었다.
술, 담배는 고사하고 학업도 포기하고 오직 바둑만 파고든 젊은 강자가 그의 앞에 나타나기 시작했다.
그건 강동인의 수입이 줄어드는 걸 의미했다.
강동인의 자금 후원자도 위험한 내기바둑은 기피 했다.
세상살이에서 매우 중요한 하나를 우연한 계기로 깨닫고 난 후 세상을 바라보니 예전 같지 않았다.
실력은 밀리고 나이는 들어가고 있었다.
물 좋은 세상은 지나가고 힘겨운 세상이 도래했다.
세상은 힘겨웠으나, 켜켜이 쌓인 세월이 보상해주었다.

부가세 10%.

얼핏 그리 도드라지지 않는 퍼센트이지만, 3박 4일간의 혈전 끝에 1억 원이라는 수익이 발생하면 1천만 원이다. 아무리 청년 강자가 등장해도 중년층의 내기 꾼들에겐 일 년에 가끔 그 정도의 내기바둑은 돌아온다.
소소한 1~2천만 원 정도의 내기도 10%는 적은 금액이 아니었다.

금액은 살피지도 돌아보지도 않으며 무조건으로 예치하며 10년, 20년, 30여 년이 지난 후 그 가치는 작지 않았다.
해가 갈수록 수입이 줄어드는 건 어쩔 수 없었다.
가끔 주말에 경마로 탕진하고 바둑 외의 다른 도박으로 금전적 손실이 와서 생활비가 빠듯해도 10%의 부가세는 절대 건드리지 않았다. 이미 내 곁을 떠난 돈으로 치부해버렸다.
그렇게 금전적 10%의 부가세로 70대 은퇴 후 강릉의 경포호수 부근에 작은 집 한 채 구하여 노후(老後)를 보내고 있었다.

-왜 강릉에서 여생을?

강릉에서 여생을 보내는 것도 오정원이 숙제처럼 흔적을 남기고 해변의 바닷물이 흔적을 남기며, 너도 미래에 흔적을 남겨보라는 의식에서 비롯된 것이었다.
하릴없이 경포호수를 산책하고 경포대 부근에서 시간을 보내는 것도 그의 의식을 한 꺼풀씩 벗겨보면 오정원부터 시작되었다.

이따금 호수를 벗어나서 경포해변에 앉아 바닷물이 오르내리는 광경을 하염없이 바라보다 돌아오기도 했다.
때론 짧은 상념은 문맥도 안 맞지만, 나만의 시(詩)가 되었다.

올해는 이른 봄부터 어린아이가 주말마다 바둑판 · 체스판, 책을 가져와 나룻배 앞의 돌 탁자에서 공부하는 모습을 보였다.
아이가 등장한 첫날의 그곳에 강동인이 잘 아는 반가운 인물이 아이와 한참 대화한 후 사라졌다. 아이가 누군지 알 수 없어도 누구에게 바둑과 체스를 지도받는지는 알 수 있는 정경이었다.

-신비로운 전설이 사라진 퇴물인가?

가만히 떠올려보니 강릉으로 이주한 1년여 속에 그를 찾아가지 않았다. 서울에서 지낼 때 이따금 바다가 그리워지면 훌쩍 강릉으로 내려왔다. 홀로 바다를 하염없이 바라본 후 그를 찾아가 밤새 술잔을 기울이다 새벽 무렵 떠나온 기억이 여러 번이다.
어쩌면 바둑계의 전설적인 신비로움(?)은 사라지고 지금 퇴물이 되어 나타난 자신의 초라한 모습을 보이기 싫었던 것일까?
자책까진 아니지만 스스로 오그라들었다. 그런 마음이라 그에게 가던 발길을 돌린 적도 여러 번이었다. 어느 날 그의 바둑학원 앞을 지나가며 올려다보았는데 바둑학원 간판이 사라지고 없었다. 강동인은 전화 한 통 정도로 수소문하면 그의 소식을 알 수 있었으나 그리하지 않았다.
그리고 카페 영업이 시작되며 찾아갔었다.

5. 바둑에서 체스로

“엄마. 저 아래 호수에 나룻배가 있어. 거기서 쉬어가자.”

다은은 엄마를 나룻배 쪽으로 이끌었다.

경포대에 오르기 위해 주차해 놓은 반대 방향이었다.

“경포호수에 나룻배가 있어?”

“응. 엄마. 나룻배가 다니는 건 아닌데 거기 쉼터가 있어.”

나룻배는 터벅터벅 2분 정도 걸어 내려가는 거리에 있었다.

나룻배가 선명하게 보이는 곳까지 걸었을 때 주말이라 다은의 예상대로 호연이 무언가 열중하고 있었다.

바둑과 체스를 번갈아 공부하겠지. 다은은 호연이를 발견하고 다시 두리번거리며 호연의 주변을 잘 살펴보았다.

역시 예상되던 인물이 호연이 뒤에서 지나가며 한번 살펴보더니 조금 멀찍이 앉아 있었다.

다은은 다정하게 엄마의 팔짱을 끼고 그가 앉은 곳으로 걸었다. 호연이 공부하는 돌 탁자에서 서너 개 건너의 가장 멀리 떨어진 돌 탁자가 있는 곳이었다. 다은은 일부러 팔짱을 낀 채 천천히 걸으며 그를 알아볼 수 있는 곳까지 갔다.

오 여사는 순간 주춤거리며 놀라고 있었다.

강 사범도 그녀를 언뜻 알아보고 흠칫 놀라긴 마찬가지였다.

다은은 이제 엄마의 비밀이 풀릴 것이라는 기대를 하고 있었다.

"…맞죠? …오정원 씨?"

강 사범은 놀라면서 눈빛을 빛내고 있었다.

자리에서 벌떡 일어날 정도로 놀라서 다은도 따라 놀랐다.

"사범님은 세월이 흘러도 그 형형한 눈빛은 여전하시네요."

오 여사가 강동인의 과거에서 현재의 눈빛 그대로 끌어내오며 인사를 대신하고 있었다.

"오정원 씨. 아니 오 여사는 벌써 30여 년의 세월이 흘렀는데, 그 미모는 변함이 없으시네요. 그런데 어쩐지 예전의 그 간절한 눈빛이 지금도 보인다는 느낌입니다."

강 사범은 오랜만에 만난 첫 감상을 그대로 드러내었다.

이젠 나이가 오십 대이므로 예전의 이십 대처럼 함부로 이름을 부르는 건 실례로 느꼈기에 얼른 오 여사로 호칭을 바꿨다.
그런데 어쩐 일인지 조금은 수심이 깃든 예전의 부탁하던 눈빛이 눈동자에 그대로 담겨 있었다. 그녀의 집에 찾아가 오정훈과 대국할 때는 평온한 일상적인 얼굴과 눈빛이었다.

-설마 어떤 일이 발생하여 나를 다시 찾아온 것은 아니겠지?

지금 지극히 짧은 만남에도 강 사범은 그런 느낌이 들었다.
하지만 이내 아니라고 부정해 버렸다.
자신이 여기 있다는 걸 오정원이 알 턱이 없었다.
“호호. 그런가요. 역시 강 사범님은 예리하시네요.”
오 여사는 바로 시인했다.

-서로 느낌이 닿은 걸까?

다은은 두 분의 대화가 겉도는 건지 서로 반가운 건지 구분하기 힘든 상황이었다.
명확한 건 두 분이 오래전부터 아는 사이라는 것이며, 엄마가 바둑의 전설인 강 사범님을 알고 있다는 것이 경이로웠다.

일단 다은은 두 사람의 만남을 성사시킨 것에 대해 기뻤다.
엄마가 관심을 드러내며 꼬치꼬치 캐묻던 사람이 강 사범님으로 밝혀진 것이 내심 무엇보다 기뻤다.
두 사람의 만남으로 엄마의 드러내지 않으려는 수심이 걷혔으면 좋겠다는 바람이었다.
다은은 본인의 어떤 촉감으로 인하여 요일과 시간에 맞춰 여기 온 것에 대해 스스로 대견해 했다.

-이런 경우는 우연일까, 필연일까?

인연의 끈은 억겁으로 질기다.
그 인연은 악연이든 선연이든 어디선가 반드시 부딪힌다.
완전히 끊어진 듯하지만, 눈으로 보이지 않는 희미한 연결고리는 겹겹의 세월을 다시 묶는다.

다은은 본인만 그런 생각을 하는 것이 아니라 엄마도 강 사범도 그런 생각이 들 것으로 느껴졌다.
"누구?"
강 사범은 오 여사 옆에서 아직도 팔짱을 낀 다은을 묻는다.
너무나 닮은꼴에서 이미 모녀라는 걸 직감하고 있었다.

“아. 제가 너무 놀라서 그만 깜박했어요. 제 딸입니다.”

오 여사는 그제야 팔짱을 풀며 다은을 소개했다.

“다은아, 인사드려. 엄마가 예전에 크게 한번 신세 졌던 강동인 바둑 사범님이셔.”

-어쩌면 맞을까?

오 여사는 딸과의 문답에서 떠올린 인물을 우연인지 인연인지 까마득한 예전의 그 자리에서 다시 만나 놀라고 있었다.

다은과 팔짱을 끼고 있는 것조차 느끼지 못할 정도였다.

“사범님. 안녕하세요! 최다은입니다.”

“엄마를 닮아서 미인입니다. 최다은 씨.”

강 사범은 모녀를 동시에 칭찬하는 인사말을 꺼냈다.

오 여사는 강 사범과 다은이 인사하는 순간, 설마 다은이 나를 이리로 인도한 것인가? 하며 다은의 얼굴을 주시했다.

다은은 엷은 미소가 보일 듯 말 듯 그런 표정이었다.

오 여사는 다은이 재미있다는 표정을 숨기려는 것을 감지했다.

“오정훈 씨도 잘 지내시죠?”

강 사범이 외삼촌의 안부를 묻는 순간 다은은 역시 우리 집안이 바둑에 얽힌 사연이 있다는 것을 확연하게 느끼게 되었다.

“네. 사범님 덕분에 잘 지내고 있습니다.”

오 여사는 정말 고맙다는 얼굴이었다.

강 사범은 오 여사의 기색으로 진심임을 알 수 있었다.

“대국 한참 지난 뒤에 얼핏 듣기로는 대학 졸업하고 미국으로 갔다는 소문이 있던데 맞나요?”

서서 대화하다 강 사범은 좀 불편한 듯 앉았다.

“맞습니다. 오빤 졸업하면 제 남편의 미국지사에서 일하기로 이미 약속이 되어 있었습니다.”

“그래요? 그럼 그때 오 여사는 결혼한 상태였나요?”

“오빠 대학 졸업 후 결혼했는데 사전 약속이 있었습니다.”

강 사범은 잠시 그때를 떠올렸다.

딸이 옆에 있어서 묻진 못하겠지만 의문이 다가온다.

그럼 그때 1박 2일 강릉으로 올 때 이미 결혼을 약속한 사람이 있었다는 건가?

-그게 특별한 건가?

-오빠를 졸업 후 미국으로 보내기 위해 그런 조건의 내기바둑을 주선한 것인가?

지금 와서 특별할 것도 궁금할 것도 아니었다.

오정훈이 패배 후 쉽게 바둑계에서 은퇴를 수긍한 것도 어쩌면 갈등을 겪고 있었을지도 모르는 일이었다.

-차라리 결정해주길 잘한 일이었을까?

“승부를 즐기던 사람은 승부의 짜릿한 맛을 못 버리는가 봐요. 그런가요, 강 사범님?”

오 여사는 약간의 푸념도 곁들여 있었다.

“왜요? 오빠가 미국으로 건너가 바둑을 둡니까?”

“그건 아닌데… 바둑이 아니라… 다른 것으로 승부를 즐기고 있어요.”

“바둑이 아니라면 미국에서 다른 걸 배웠나요?”

“네. 체스로 그 승부 근성이 옮겨 갔어요.”

“체스요? 오정훈 씨가 이젠 체스를 둔다고요?”

강 사범은 놀라워하면서 바로 그럴 수 있다는 표정이었다.

바둑의 짜릿한 손맛을 체스에서 느낀다는 의미였다.

다은은 대화를 들으며 내색하진 않았지만 놀라고 있었다.

강 사범의 입에서 대국이라는 단어가 튀어나왔다.

외삼촌은 내기바둑의 전설적 인물인 강 사범님과 겨룰 정도의 고수였다는 게 아닌가.

"엄마. 외삼촌이 바둑 고수였어?"

다은이 두 사람의 대화 중 불쑥 끼어들었다.

너무나 큰 의문이라 그냥 넘어갈 수 없었다.

오 여사는 호수로 시선을 돌리며 다은의 시선을 피했다.

다은은 엄마의 그런 태도로 보아 대답을 듣긴 틀렸다는 판단과 함께 강 사범을 주시했다.

강 사범 역시 눈치로 다은의 시선을 피하고 있었다.

이런 경우 꼭 대답을 들어야 확인되는 게 아니었다.

엄마나 강 사범의 태도에서 이미 외삼촌이 바둑의 고수였으며 어떤 사연에 의하여 바둑에서 손을 떼고 미국으로 건너갔다는 것을 알 수 있었다. 또 하나 지금 미국의 외삼촌에게서 바둑이 아니라 체스로 어떤 불미스러운 일이 벌어지고 있다는 것을 두 사람의 대화가 암시하고 있었다.

다은은 요즘 이상하리만치 주변에서 체스에 의한 사건이 자꾸 벌어진다고 생각되었다.

-체스라는 바람이 내 주위를 지나가는 시기일까?

그리고 체스라면 강 사범보다 기정과 영하가 해결 면에서 훨씬 월등한 위치에 있지 않을까? 하는 생각이 스치고 지나갔다.

엄마는 바둑계의 전설적인 고수인 강 사범님한테 바둑으로 신세 진 적이 있어서 혹시 체스로도 도움이 가능한지 타진하는 건가? 엄마와 강 사범의 대화에 끼어들어 던진 질문 하나에 두 사람 다 대답을 회피하는 것으로 보아 쉽게 말 못 할 사연이 숨겨져 있는 것은 확실했다.

-엄마는 외삼촌에 대한, 체스에 대한 고민은 무엇일까?

지금까지 엄마나 아빠는 본인들의 고민거리는 한 번도 내색한 적이 없었다. 딸이 아무런 도움도 안 될뿐더러 딸에게 쓸데없이 고민거리를 안길 필요도 없었다.

“엄마. 난 요 옆에서 철새 감상하고 올게.”
다은은 1차로 두 분의 만남을 주선했으므로 눈치껏 빠져주기로 마음먹었다.
“그럴래?”
엄마의 표정이 순간 밝아진다. 다은에게 내비치기 꺼리던 것을 강 사범님과 상의하고자 하는 마음이 드러났다고 느꼈다.
다은은 강 사범이 하던 것처럼 호연이 뒤에서 왔다 갔다 하면서 무슨 공부하는지 유심히 지켜보았다.

바둑은 한 번도 배운 적이 없어 전혀 몰랐다.
체스는 기본기를 지나서 중급이상의 실력을 갖추고 있었다.
더군다나 주위에 체스 실력으로는 막강한 영하, 기정이 있었다.
친구 미래도 덩달아 체스를 배운 후 즐겼던 터라 체스의 중요 오프닝 등 체스 대국도 체스의 어떤 대화든 즐거이 가능했다.
다은도 호연이를 아는 체하지 않고 지켜보고 있었다.
호연인 바둑책을 덮으며 호수를 멍하니 바라보고 있었다.
그 시간이 좀 길어지고 있었다.

-아이가 바둑 · 체스 공부 중 무슨 생각을 저리 길게 할까?

다은은 나룻배 뒤쪽의 화단에 둘러쳐진 돌 위에 앉아 호연이도 지켜보고 호수에서 한가로이 노니는 물새도 지켜보고 있었다.
호연이는 이제 양손으로 턱받이하고 호수를 하염없이 바라보는 모습이 멍때린다는 생각이 들게 했다.
아이가 어떤 부분을 고심하는 건지 그저 멍때리는 건지 구분이 안 되었으나, 주말마다 경포호수에 나와 홀로 공부한다는 것이 대견했다.

-나랑 호연이 체스를 겨루면 누가 이길까?

다은은 인터넷으로 체스를 둔 적이 단 한 번도 없었다.

주변엔 친구 미래부터 체스를 두는 사람이 여럿이었다.

다은과 미래가 체스 대국을 끝마치면 영하와 기정이 상세하게 복기도 해주며 실력향상에 많은 도움을 주었다.

둘은 복기해주며 칭찬을 아끼지 않았다.

물론 격려 차원으로 제법 잘 둔다는 말을 자주 하고 있었으나, 나와 미래의 실력이 어느 수준인지 가늠이 안 되었다.

인터넷으로 홀로 체스를 둘 시간도 거의 없었으며 그럴 마음도 전혀 없었다.

휴대전화가 알려오고 액정을 바라보는 다은은 웃음을 참을 수 없어 지나가는 사람이 쳐다보도록 혼자 크게 웃었다.

반갑기도 하고 신기하게 느껴지는 순간이었다.

“오빠. 어떻게 알았어? 내가 지금 오빠 생각하고 있는지?”

기정의 이름이 떠서 소리쳤다.

이런 게 이심전심일까?

떠나오기 전 다은은 엄마와 강릉 간다고 문자로 알렸었다.

“하하하. 그래? 정말이야. 이 순간 내 생각하고 있었단 말이지? 죽도록 보고 싶어서?”

기정도 휴대전화 속에서 크게 웃었다.

“그렇다니까. 죽도록 보고 싶어서 그런 건 아니고, 호호 맞나? 지금 호숫가에서 호연이 공부하는 모습을 뒤에 지켜보는 중인데 재하고 나하고 체스를 두면 누가 이길까, 생각하면서 오빠들이 복기해주던 생각이 났어.”

다은은 말끝에 다시 한번 웃었다.

“에이. 그럼 날 진정으로 생각한 게 아니라 체스를 생각했네.”

기정은 짐짓 실망한 음성이었다.

다은은 기정의 응석을 느끼며 웃고 있었다.

-그동안 몰랐던 엄청난 사실을 말해야 할까?

“그새 보고 싶어서 전화한 거야?”

다은은 혼자 묘한 웃음을 흘리며 묻는다.

“그래. 나는 진심인데 다은인 엄마와 강릉 여행이 재미있나 봐. 겨우 체스와 연결하며 날 생각하는 걸 보면.”

다은이 보고 싶은 건 진심이므로 기정은 나름대로 실망을 드러내고 있었다.

“오빠. 지금 겨우 체스가 아니야.”

다은은 음성에서 짐짓 무게를 잡고 있었다.

특별한 거 같기도 하고 아닌 거 같기도 하고, 말해야 하나?

“겨우 체스란 건 실언이고, 무게만 잡지 말고 말해 봐.”

기정은 대화 중 무심코 내뱉었지만 겨우 체스는 분명 아니었다.

“난 엄마가 강 사범님을 알고 있는 게 너무 신기해.”

“뭐? 그럼 저번에 내 지갑 속 엄마 사진을 보고 알아보시는 것 같더니 실제 서로 아는 사이였네?”

“맞아. 그리고 외삼촌 바둑 실력이 아마추어 강자였대.”

-우리 가족들 완전 신비주의지?

다은은 기정에게 이렇게 한 번 더 묻고 싶었다.

사실은 더 깜짝 놀랄 일이 남아 있어서 참고 있었다.

“정말? 다은인 외삼촌이 바둑 아마추어 강자인데 몰랐어?”

기정도 바둑 유단자였다.

따져보면 다은 외삼촌이 까마득한 바둑의 선배였다.

더군다나 아마추어 고수였다니.

“식구 중 지나가는 말이라도 바둑 얘기를 꺼내지 않았으니까, 당연히 몰랐지. 더 놀랍고도 신기한 게 있어. 오빠.”

누가 들을까 다은은 나룻배 뒤쪽의 비교적 한산한 주차장으로 발길을 옮기며 목소리를 깔고 있었다.

“아직도 놀랄 일이 남았어?”

"그래. 오빠. 우리 엄마도 바둑 유단자래."

다은은 누가 들을세라 속삭이듯 말했다.

"정말이야? 아니 엄마가 바둑 유단자인데 어떻게 딸인 다은이 그동안 모를 수가 있었어?"

기정도 목소리를 낮추며 의문을 드러내고 있었다.

"나도 그게 신기한 거야. 더욱 신기한 건… 신기한 건지 심각한 건지 어쨌든 미국지사장으로 근무하는 외삼촌이 지금 체스로 인해서 곤경에 처해 있나 봐. 엄마가 나한테는 말을 안 하지만 지금 강 사범님을 만나서 상의하는 중이야."

다은은 목소리를 더욱 낮출 수밖에 없었다.

-이런 것까지 말해야 하나?

다은은 잠시 고심하다가 체스 문제라 말해버렸다.

"그래? 바둑에 대한 거야, 체스에 대한 거야?"

바둑에 대한 일이면 배 사범님과 의논할 일이고, 체스에 대한 일이라면 본인과 영하가 나서야 할 것으로 느꼈다.

"체스에 대한 거야."

다은은 단호한 어조로 짧게 끊었다.

오빠가 나서주어야 할 것 같다는 느낌도 짧고 강하게 들어있다.

휴대전화 저편의 다은에게서 기정도 그걸 감지하고 있었다.
"흠."
기정은 짧은 신음과 함께 선뜻 말을 잇지 못했다.

-걱정하지 마. 체스에 대한 거라면 내가 다 해결해줄게.

이렇게 선부른 판단이나 말이 앞서는 해결론으로 다은을 일순간 안정시키기보다는 일단 어떤 문제인지 먼저 알아야 했다.
다은도 외삼촌이 체스에 얽힌 문제라고만 알고 있으며 문제의 실체는 전혀 모르는 상태였다.
"언제까지 강릉에 있을 거야?"
길어지는 침묵을 기정이 먼저 깨고 나왔다.
침통까지는 아니더라도 가라앉는 음성이었다.
"오늘은 강릉에서 자고 내일 오후나 올라가려고 해."
서로 웃음기가 사라진 음성으로 묻고 답했다.
"다은아. 일단 알았어. 내가 영하와 상의해보고 연락할게."
기정은 일단 말을 아꼈다.
"알았어. 오빠. 쓸데없는 걱정은 하지 말고……"
다은도 기정에게 걱정거리를 넘긴 상황이라 마음이 편치 않아 뒷말을 흐리고 있었다.

제법 시간이 흘렀다고 생각한 다은은 힐끔 엄마 쪽을 살폈는데, 엄마는 강 사범에게 인사를 하며 자리에서 막 일어나고 있었다.

-무엇이 아이의 눈길을 사로잡고 있을까?

호연은 아직도 호수를 응시하고 있었다.
깊은 생각에 잠겼는지 멍 때리는지 모를 자세로 앉아 있는 모습이 다은의 눈에 들어왔다. 초등학생의 눈에는 바둑과 체스가 어떻게 비칠까? 무한한 연구와 아낌없는 사랑을 준다면 그만큼의 바둑과 체스 실력으로 되받을 수 있다고 생각할까?
아이 모습에서 바둑과 체스의 심오함이 호수의 깊이보다 훨씬 더 깊을 것으로 추정할 수 있었다. 초등학생 때 바둑과 체스를 배워보지 못한 다은은 그 또래의 그 세계에 대한 의식을 알 수 없지만 순수함만은 깊을 것으로 추정하고 있었다.

“오랜만의 만남으로 엄마 고민거리가 해결되었어?”
다은이 엄마에게 다가가 다시 팔짱을 끼고 있었다.
“아니야. 네가 말하던 체스 카페 얘기를 저 사범님도 하더라. 우리 어디 가서 점심 먹고 그 카페에 가서 차 한잔할까?”
“좋지. 나도 엄마를 그 바둑·체스 카페로 모시려고 했어.”

체스의 내기 세계

“사범님. 우리 엄마예요.”

다은이 카페로 들어오며 엄마를 소개했다.

“다은이가 여기서 신세를 많이 지고 있다는 말씀 들었습니다. 고맙습니다. 오정원인데, 그냥 오 여사로 불러주십시오.”

다은 엄마는 아예 호칭까지 정해버렸다.

“아, 예. 오 여사님. 반갑습니다.”

오십 대 초반 같은데 지성미의 얼굴은 훨씬 젊어 보였다.

다은이 엄마를 닮아 미모와 밝은 성격으로 느껴지는 순간이다.

처음 보는 중년 여성이 이름까지 밝히는데 좀 당혹스럽게 느껴졌으나 웃으며 넘어갔다.

직장생활을 한다면 그녀의 일상일 터였다.

“먼저 이 놀라운 전시물부터 감상하겠습니다.”

오 여사는 카페 안을 둘러보며 감탄하고 있었다.

“네. 그러시죠. 찬찬히 둘러보십시오.”

40대로 느껴지는 미모가 지금도 빛이 나는데 젊은 시절엔 대단했을 것으로 짐작되었다.

“엄마. 이 루이스 체스맨 진품은 대영박물관에 전시되어 있는데 12세기에 바이킹족이 바다코끼리 상아로 만들었대. 여기 봐.

이 기물 하나에 15억이래."

다은이 엄마 옆에 착 붙어서 그동안 들어서 아는 만큼 일일이 설명해주고 있었다.

다은은 입구 쪽에 전시된 체스부터 설명하고 있었다.

"정말? 체스 기물 하나에 그렇게 고가야?"

오 여사는 진정으로 놀라워했다.

"이것 봐. 여기에 기록이 있잖아. 소더비 경매에서 15억 원에 낙찰되었다고."

그 체스 앞에는 기물에 대한 사연이 조그맣게 설명되어 있었다.

"우와. 대단하다. 체스 기물 하나에 15억이라니."

"엄마. 인도에서 처음 체스를 만들었을 때 이렇게 4인용으로 시작했대. 유럽으로 넘어가 3인용으로 즐기다가, 다시 2인용으로 정착된 거래."

다은은 체스의 4~3~2의 변천 과정도 들은 대로 설명한다.

"4인용은 누구부터 공격해야 할건지 정말 머리가 복잡하겠다. 다른 세 사람이 하나를 먼저 전멸시킬 수도 있는 거잖아?"

오 여사는 좀 심각한 표정으로 다은을 쳐다보았다.

"그렇겠지?"

나는 모녀의 다정한 모습을 옆에서 지켜보고 있었다.

다은이 미진하게 설명하면 내가 보충 설명해줄 태세였다.

오 여사는 딸 다은의 체스에 대한 설명도 귀담아듣고 있었으나, 바둑에도 유별난 관심을 드러내며 묻고 있었다.

그러나 다은은 바둑에 관한 설명은 미진할 수밖에 없었다.

모녀가 바둑 전시물에 관해 대화와 설명을 하면서 다은이 나를 가끔 쳐다보고 있었다.

설명에 대한 다은의 도움 요청을 눈치챘으나 그냥 놔두었다.

다 둘러보고 궁금한 부분을 한꺼번에 설명해주기로 작정했다.

"배 사범님. 제가 쌍화차 한잔 대접하고 싶습니다. 제가 어렵게 문의할 일도 있고요."

관람을 마친 오 여사는 의외로 차 대접을 제안했다.

딸과 여행 와서 그저 한번 카페에 들린 것이 아니라 미리 어떤 목적을 갖고 온 듯한 느낌을 주고 있었다.

잠시 후 다은은 커피, 오 여사와 난 쌍화차를 앞에 두었다.

"배 사범님. 혹시 체스에 대해 상담을 해도 될까요?"

오 여사는 나를 계속 사범으로 호칭했다.

"오 여사님이 저보고 자연스럽게 사범이라 하시는 데 바둑에 대한 깊이가 느껴집니다. 혹시 바둑을 아시나요?"

나는 느낌을 의문으로 두지 않았다.

의문을 마음속에서 뭉개고 있을 필요도 없었다.

“네. 사범님. 어릴 적에 바둑을 몇 년 배운 적이 있습니다.”

오 여사는 희미한 미소를 짓고 있었다.

다은은 엄마의 얼굴을 쳐다보며 퍽 놀라워하는 모습이었다.

역시. 직감이 맞았다.

일반 중년 여성은 나에게 사범이란 호칭을 잘 쓰지 않는다.

그냥 사장님, 혹 대표님이라 부른다. 사범이라 호칭한다는 것은 바둑에 깊이 관여하고 있다는 것을 증명한다.

이를테면 지금 바둑을 배우는 자녀의 학부모라든가, 현재 본인이 바둑을 즐기고 있다든가, 예전에 바둑을 배워 수준급의 실력을 갖추었다든가 하는, 바둑에의 깊이를 드러내는 언행이었다.

이것저것 다 아니라면 그냥 “선생님” 이라고 지칭한다.

“체스의 어떤 것이 궁금하시나요?”

나는 전시된 어느 체스의 유래나 사연이 궁금한 줄 알고 가볍게 되묻고 있었다.

손님 중 가끔 전시된 체스의 구매 여부를 문의하기도 했다.

오 여사는 머뭇거리며 다은의 눈치를 살피고 있었다.

모녀의 사이가 서먹한 게 아니라 무척 다정하지만, 알 수 없던 새삼스러움이 모녀에게 현실로 나타나는 느낌이었다.

-뭔가 조심스러워하는 느낌이 배어 나온다면 나의 착각일까?

“배 사범님은 이렇게 여러 종류의 다양한 체스를 수집하시려면 시간도 제법 들였고 비용도 상당히 들었을 텐데… 혹시 예전에 바둑의 지하세계처럼 체스도 그런 세계가 현재 존재하는지 알고 계시나요?”

오 여사는 어릴 적 바둑을 배웠다고 실토하더니 바둑계의 지하세계를 들먹이며 체스 지하세계의 존재 여부를 들고 나왔다.

나는 선뜻 대답할 수가 없었다.

-어떤 의도의 질문일까?

오 여사가 어떤 의도로 묻는지 생각이 필요했다.

다은, 미래는 영하나 기정의 체스 경기를 국제적인 문화 교류로 알고 있다고 했다.

메타세콰이어길에서 디마와 살벌한 다툼이 일어났었고, 그 일을 다은이 엄마에게 말하여 제삼자인 나에게 확인이 필요한 건가?

다은, 기정의 혼약 전 어떤 내막을 알아보려는 건가?

오 여사 의중을 알 수 없어 잠깐이지만 고심할 수밖에 없었다.

나는 찻잔을 입에 댄 채, 오 여사와 다은을 번갈아 쳐다보면서 카페 밖의 풍경도 살피며 답변에 대해 궁리했다.

다은이 중요한 일이라면 나에게 미리 귀띔이라도 했을 텐데.

기정에게 어떤 얘기를 듣고 왔는지 모른 채 내가 아니라고 하면 나는 거짓말을 하는 것이고, 그런 세계가 있다고 하면 기정이 거짓말을 한 꼴이 되는 것이다.

다은이 진기정을 좋아하고 결혼 얘기까지 나온 상태에서 내가 대답을 잘못하면 어떤 일이 벌어질지 알 수 없어 고심했다.

“그건… 저도 잘 모르겠습니다. 체스 수집만 했고, 전 세계에서 체스대회가 큰 상금을 걸고 자주 열린다는 것밖엔 모릅니다.”

-먼저 질문 의도를 말씀하시죠?

일단 모르쇠로 나갔다.

목마른 사람이 먼저 우물을 판다 - 그 속담을 믿고 싶었다.

“사범님이 지금 진실을 말씀하지 않고 있다는 게 느껴집니다. 전 다른 의도는 없습니다. 제 오라버니가 예전에 바둑의 아마 강자였는데 바둑을 끊고 미국에서 사업을 잘하고 있었습니다. 요즘 체스에 얽힌 이상한 소문을 들어서 문의한 겁니다.”

오 여사는 다은의 눈치를 살피다 무언가 체념한 듯한 표정으로 결국 현실적인 문제를 털어놓았다.

나는 속으로 깊은 한숨과 안도의 한숨을 동시에 쉬고 있었다.

영하와 기정, 다은과 연관된 얘기가 아니어서 다행이었다.

하지만 바둑 아마 강자였던 사업가가 체스의 지하세계 운운하는 것은 뭔가 큰일이 벌어졌다는 암시이기도 했다.
오 여사의 오빠라면 다은의 외삼촌이다.
그럼 기정과 직접적인 연관?
적어도 직간접으로 연관성이 나타나게 되어 있었다.

-혹 우리들의 리그 같은 영하가 여러 번 참가하던 지하세계의 체스 경기에 연루되어 잘못 엮었다면?

그렇다면 엄청난 재산 손실이 발생할 수도 있었다.
예전 바둑 아마추어 강자였다면 자존심도 무척 강할 것이다.
바둑에서의 자신의 비상한 머리를 믿고 체스에서도 저돌적으로 그 세계에 빠져들 수 있었다. 그런 세계에서 본인이 아니더라도 후원인으로 투자할 수도 있었다.
우리 카페에서 올봄부터 두어 달가량 그런 체스의 지하세계를 경험한 나는 오 여사의 질문에 좋지 않은 느낌이 들었다.
나는 조금쯤 감추고 있다는 걸 들켰지만 침묵을 지키고 있었다.
"사범님. 혹시 바둑의 강동인 사범님을 아시나요?"
오 여사는 불쑥 강 사범을 들고 나왔다.
"네. 알고 있습니다."

“여기 오기 전 우연히 경포호수에서 강 사범님을 만났습니다. 아주 오래전 제가 신세를 한번 진 적이 있습니다. 잠깐이지만 조금 전 그 문제로 상의를 했습니다.”

“신세요? 어떤… 바둑으로 말입니까?”

강 사범에게 신세 졌다면 바둑밖에 없을 것으로 추측했다.

“네. 바둑으로 한번 신세 진 적이 있습니다. 오늘 체스 얘기를 꺼냈더니 배 사범님과 상의해보라 하여 여기 온 겁니다.”

오 여사는 이젠 다은의 눈치도 보지 않고 거리낌이 없었다.

첫인상에서의 밝은 얼굴이 사라지고 절박한 눈빛이 되었다.

아이부터 어른까지 대화 상대의 눈동자를 살피는 나의 습관은 언제부터일까?

문득 그런 생각이 빠르게 다가왔다.

눈동자 속의 비밀, 그 눈빛 속의 비밀은 명확하게 알 수 없으나 눈빛에 따라 표정도 달라진다.

바둑에 관하여 어떤 식의 신세인지 좀 궁금했으나 지금 바둑이 아니라 체스에 대해 대화하던 중이라 말을 아껴야 했다.

“강 사범님이 체스에 대해 저와 상의해보라고 권유하여 저희 카페를 찾아오신 거라는 말씀이죠?”

확인이 필요했다.

그리고 더 자세한 내막을 먼저 실토하라는 의미도 들어있었다.

"네. 사범님. 물론 다은이가 바둑 · 체스 카페에 대해 여러 차례 얘기하여 와보고 싶은 마음도 있었죠. 하지만 강 사범님 권유가 제 마음속에서 가장 크게 작용한 겁니다."

오 여사는 진솔한 화법으로 나왔지만 나는 부담을 느껴야 했다. 내가 미국의 오 여사 오빠의 체스에 대한 문제를 듣고 해결책을 내놓을 수 있을까, 그런 걱정이 먼저 들었다. 강 사범은 본인이 해결하지 못하는 문제를 왜 내게 떠넘겼을까, 원망도 해본다.

오빠의 체스에 대한 문제를 오 여사에게 내가 더 들어야 하는지 판단이 서지 않았다.

오 여사는 나의 눈치를 살피고 나는 오 여사의 눈빛을 살피며 옆의 다은을 쳐다보았다.

엄마와 나의 대화에서 쉽게 풀 수 없는 난제가 다가오고 있다는 것을 직감하고 다은은 먼 산 바라보듯 딴청 피우고 있었다.

본인이 해결할 수 없을 때 나타낼 수 있는 인간적인 모습이랄 수 있었다. 다른 이에게 도움을 줄 수 없을 때 나타내는 그런 모습이었다. 이때 다은의 휴대전화에서 진동이 느껴졌다. 다은은 일어서서 문자를 살피고 얼른 답장을 보내고 있었다.

다은의 얼굴에 미소가 슬며시 번지고 있었다.

오 여사, 다은 그리고 나 셋이 둘러앉은 탁자에서 이런 행동들이 순식간에 지나가고 있었다.

6. 오감 정호연

“선생님. 안녕하세요?”

호연이 카페로 불쑥 들어오며 인사했다.

처음 만나는 오 여사의 오빠 체스 문제에 관한 고심에 아이가 카페로 들어올 때까지 알지 못하고 있었다.

아이 등장이 한편으로 다행인지 곤란한 시간인지 알 수 없었다.

“호연이 어서 와! 오늘도 호수에 갔었니?”

나는 답답함을 느끼던 셋의 공간에서 일어나 아이를 반겼다.

“네. 선생님. 몇 시간 공부하다 오는 길이예요.”

“엄마가 데려다주셨어?”

“아니요. 저 혼자 호수에서 걸어왔어요.”

아이가 걸어왔다는 말에 내가 놀라고 있었는데 나와 아이와의 대화를 지켜보던 오 여사와 다은도 놀라는 모습이었다.

다시 한번 자세히 살피지 않아도 아이는 땀을 흘리고 있었다.
아이의 오른쪽 옆구리에는 얇은 나무판을 끼고 있었다.
어두운 면이 하늘색 바탕으로 칠해진 체스판과 뒷면은 바둑판이 그려진 바둑 · 체스판이었다.
어린이용으로 제작되어 내가 학원에서 지난 연말 학원 리그에서 성적이 우수한 호연이에게 시상품으로 준 판이었다.
왼쪽 옆구리에는 바둑책 두 권을 끼고 있었다.
경포호수에서 공부하던 판과 책을 옆구리에 끼고 온 모양새를 하고 있었다.

"정말? 꽤 먼 거리인데 왜 걸어왔어?"
나는 봄부터 여름까지 이른 아침, 그 길을 왕복으로 산책하기에 걷는 시간을 잘 알고 있었다.
오 여사는 몰라도 지금 아이의 말을 듣고 있는 다은도 기정 등 넷이 걷기도 하고 메타세콰이어길의 사건 등으로 카페와 호수로 오가는 길에 대해 잘 알고 있을 터였다.
"좀 생각할 것도 있고, 오늘 선생님께 설명을 부탁드릴 것도 있고… 히히 좀 걷고 싶었어요."
아이는 어른스러운 말투로 말하고 있었다.
조금쯤은 왠지 미안한 기색도 보여 주고 있었다.

“그럼. 엄마는 네가 걸어서 여기 온 줄 아시나?”

“아니요. 아직 말씀 안 드렸어요. 이제 도착했으니 조금 이따 전화하려고요.”

“그래. 엄마한테 먼저 전화부터 하고 얘기하자. 어쩌면 엄마는 널 데리러 호수에 가실 수도 있잖아.”

“아니에요. 선생님. 제가 전화하기 전엔 안 오기로 약속했어요. 일단 전화는 할게요.”

아이는 카페 밖으로 나가 아주 잠깐 통화 후 다시 들어왔다.

그런 상황에 강 사범이 조금 힘든 기색으로 카페에 들어섰다.

강 사범도 땀을 흘리고 있었다.

“어서 오십시오. 강 사범님.”

내가 나갔다 들어오는 아이와 함께 반갑게 인사하는데, 오 여사도 자리에서 일어났다.

“강 사범님. 제가 걱정되어서 오셨어요?”

오 여사가 반색하고 있었다. 내게 오빠에 관한 내막을 막 털어놓으려고 할 때 아이의 등장으로 조금 주춤해진 상황이었다.

오 여사는 큰 힘이 되어 줄 응원군을 얻은 기색이었다.

“저 아이를 슬금슬금 뒤쫓아 따라오다 보니 카페가 나왔어요. 오 여사의 일도 사실 좀 궁금하기도 했었고.”

강 사범은 아이가 듣지 못하게 작은 목소리로 일러주고 있었다.

"그런데 어떤 생각이 우리 호연이가 걷고 싶게 했을까?"

잠시의 어수선함이 가라앉고 내가 아이에게 물었다.

"호숫가에 앉아서 오감에 대해 아무리 생각해도 전 이해가 안 되어서요. 선생님. 저번에 설명해주신다는 세계 체스챔피언들의 설명을 듣고 싶어요."

아이는 머릿속으로 뭔가 정리하고 싶은 얼굴을 하고 있었다.

"그래? 풀리지 않는 오감보다 체스챔피언들의 설명 먼저 듣고 싶다는 거지?"

나는 아이에게 정리된 물음을 다시 한번 했다.

"네. 선생님."

아인 그래야 한다는, 어쩌면 그래야 무엇이든 이해할 수 있다는, 이해할 수 있을 것 같은 진지함을 드러내고 있었다.

오감의 설명이 더 궁금하고 먼저지만, 챔피언들의 설명 속에서 오감을 풀어가려는 결의가 느껴진다고 해도 무방한 얼굴이었다.

내가 아이와 그런 의미의 대화를 나눌 때 다은이 카페의 통창 밖을 바라보며 한 손을 흔들며 반가워하는 모습을 취했다.

카페 밖에는 영하, 기정, 미래가 웃으며 다가오고 있었다.

-오늘 무슨 날인가?

마치 약속이나 한 듯 바둑과 체스에 관계된 인물들이 한자리에 같은 시각에 모여들고 있었다.
나는 의아하면서도 한편으론 그들이 반가웠다.

-오 여사의 문제? 아니라면 과제?

그 부분에 대한 짐을 덜 수 있다는 생각이 빠르게 스쳤다.

-문제가 있다면 해답도 있다는 것이 인생의 진리일까?

나는 지금 나에게 닥친 벅찬 과제라는 생각에 이 난국을 어떻게 풀어야 하나 순간 고심해야만 했다.
호연. 강 사범. 오 여사. 다은. 세 명의 뒤늦은 등장인물들.
바둑을 둘 때처럼/ 체스를 둘 때처럼/ 끝날 때까지 끝난 게 아닌 것처럼/ 고심이 이어진다.
모여든 각기 다른 풍속의 인물들 속에 교통정리가 필요했다.

"선생님. 안녕하세요?"
"사범님. 안녕하셨어요?"
"사범님. 저희 왔어요."

영하와 기정, 미래가 환하게 웃으며 카페로 들어선다.

"어쩐 일이야? 다은이 여기 있다는 걸 알고 온 거겠지?"

"네. 선생님. 알고 왔어요."

"미래. 어떻게 이리 빨리 왔어?"

다은이 미래에게 반가움을 내비친다.

기정에게 묻고 싶었으나 지켜보는 사람이 많아 다은은 미래를 선택했다.

"ktx 타면 서울에서 강릉까지 두 시간도 안 걸려. 강릉역에서 택시 타면 카페까지 10분 정도면 오잖아."

미래의 매우 간단한 설명이다.

"어머님. 안녕하세요?"

기정이 다은의 어머니인 오 여사에게 가장 먼저 인사한다.

어쩌면 장차 장모 될 분이다.

"그래. 반가워요. 기정."

"수학 선생님. 안녕하세요?"

호연이 기정에게 아는 체하며 인사한다.

"박사님. 안녕하세요?"

이어서 여러 인물 중 영하에게도 인사하느라 바쁘다.

"오. 우리 바둑학원 동문. 잘 지냈어?"

영하가 동문이라고 지칭하며 살갑게 대응한다.

영하의 그런 반응에 잘 모르는 사람들은 둘을 주시한다.

"히히. 네. 전 잘 지내고 있어요."

조금은 멋쩍어하는 아이.

"오빠. 바둑학원 동문은 무슨 의미야?"

그냥 넘어가지 않는 미래.

"선생님이 운영하시던 바둑학원 동문이라는 뜻이야. 호연이도 작년 말까지 선생님 학원에 다녔거든."

미래는 미소와 함께 아이를 바라보며 고개만 끄덕거렸다.

"어머님. 안녕하세요?"

이번엔 영하가 오 여사에게 인사한다.

"오. 김영하 씨도 같이 왔네. 반가워요."

셋이 왜 강릉 카페에 들이닥쳤는지 오 여사는 아직 모를 터.

영하와 기정이 세계적인 체스 강자라는 사실은 나만 아는 비밀이다. 기정을 사랑하는 다은은 영하와 기정이 체스 강자라고만 알고 있었다. 체스에 대한 거라면 엄마에게 도움이 되지 않을까, 기정에게 연락했을 것으로 추정되었다.

"오빠. 엄마가 예전에… 그러니까 아빠와 결혼하기 전 강동인 사범님께 바둑으로 한번 신세 진 적이 있대. 나도 오늘 처음 인사드렸어. 오빠도 인사드려."

다은이 기정에게 강 사범을 소개했다.

사실 그들은 이미 구면이었다.

다은도 알고 미래도 알지만, 정식으로 인사한 적이 없었다.

나도 카페에서 그들이 함께 있었으나 정식으로 인사시킨 적이 없었다. 피차 번거로울 듯한 느낌 때문이었다.

"아, 인사드리겠습니다. 사범님. 진기정이라고 합니다."

"그래요? 반갑습니다."

"사범님. 저도 인사드리겠습니다. 어릴 적에 선생님께 수년간 바둑을 배운 김영하입니다."

"오. 그래요? 그럼 물으나 마나 바둑은 고수겠네요?"

"하하. 아닙니다."

설상가상으로 어수선함에 복잡한 관계가 더해졌다.

다행히(?) 카페는 좀 한가한 편으로 이들 외엔 없었다.

가장 먼저 온 오 여사와 다은, 그리고 호연이와 강 사범. 뒤미처 온 영하, 기정, 미래까지 일곱 명이 뒤섞여 인사까지 마쳤다.

내가 지금 시급하게 풀어야 할 당면한 과제는 아이와의 약속을 지키는 일이었기에 다른 사람들의 눈치를 일단 살펴야 했다.

"호연이가 저쪽에 있는 팸플릿의 역대 세계 체스챔피언 11인을 설명해 달랍니다."

나는 한쪽에 전시된 팸플릿을 손으로 가리켰다.

거기엔 1~11대까지 세계 체스챔피언 얼굴 사진과 각자의 사인이 인쇄되어 꽉 들어찬 빳빳한 종이의 팸플릿이 세로로 반 접힌 채 세워져 있었다.

지금 모여 있는 사람들 모두 한 번 이상 본 작품이었다.

그러나 나에게 상세한 설명을 들은 바 없는 전시물이었다.

“저도 같이 듣고 싶어요. 선생님.”

영하가 가장 먼저 손을 들며 의사표시를 했다.

그런 후 그 젊은 무리 넷은 앞다투어 손을 들었다.

오 여사와 강 사범은 서로 쳐다보다 고개를 끄덕거리는 것으로 동참을 알렸다.

두 사람은 체스에 대해 알고자 하는 의지가 불타오르지 않을까.

나는 웃음이 나려는 순간을 간신히 참고 있었다. 오 여사 때문이었다. 본인이 말하고자 하는 내용은 꺼내보지도 못하고 어른 여섯 명이 초등 5학년 아이에게 끌려가는 모습 때문이었다.

눈치로 봐선 오 여사의 딸 다은이 서울에 있는 기정에게 도움을 요청하여 뒤늦게 셋이 긴급히 강릉을 방문한 상황으로 보였다.

나는 어수선한 분위기가 수습되는 과정을 거쳐 안도의 한숨과 함께 그들을 한쪽으로 몰고 갔다.

“보기엔 별 가치가 없는 작은 종이 널빤지처럼 보이죠?”

아이를 중심으로 빙 둘러선 이들에게 내가 물었다.

1~11대 체스 세계챔피언 얼굴. 그리고 약력과 사인.

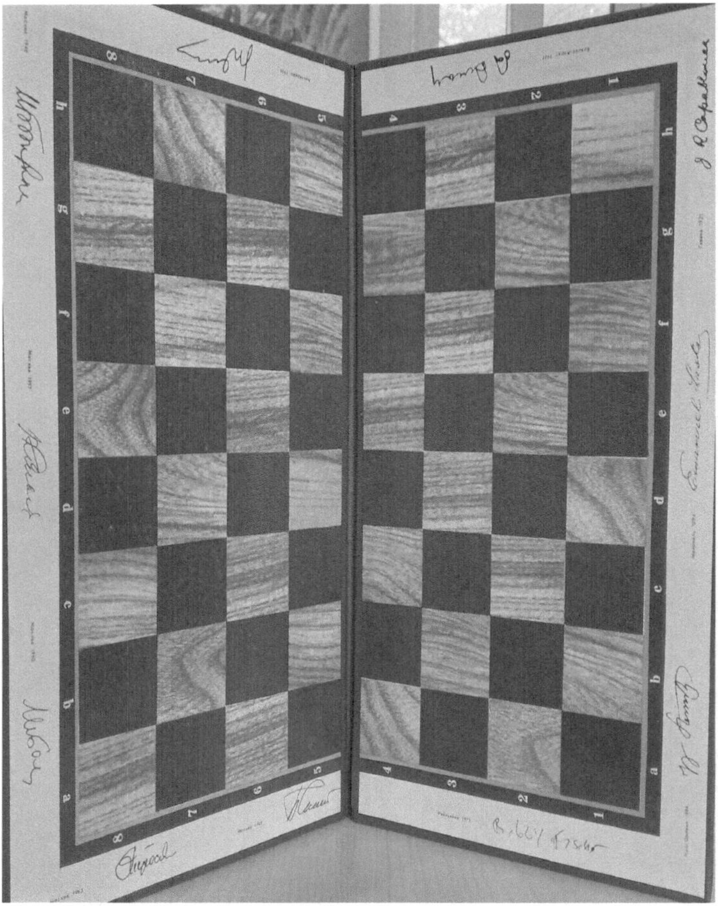

"네. 선생님. 사실 볼품없이 느껴지는 건 맞아요."

잠시의 시간이 흐른 후 아이가 천진한 느낌을 전했다.

사회 경험상 눈치 보며 머뭇거리는 어른과 다른 점이다.

고급스럽지도 않은 종이에 한 면에는 11인의 얼굴 사진과 다른 한 면에는 체스판이 그려져 있었다.

“사실 나도 얼마 전까지 이 빳빳한 종이 한 장의 양면에 담긴 사진과 사인이 얼마나 대단한지 명확히 몰랐어요. 잘 살펴보면 1886년부터 시작되는 1대 챔피언부터 1972년 11대 챔피언까지 얼굴 사진과 약력, 직접 한 사인이 들어있어요. 어때 놀랍지?”

나는 설명 끝에 아이에게 물었다.

“네. 그 부분은 정말 놀라워요. 선생님. 백 년 가까운 세월이 흐르는 동안 체스챔피언의 사인을 빠짐없이 구하여 한 곳에다 인쇄한다는 건 정말 놀라운 일이예요. 선생님은 여기 들어있는 체스챔피언들의 역대 별로 이름을 다 알고 계신 가요?”

1.빌헬름 슈타이니츠

2.엠마누엘 라스커

3.호세 라울 카파블랑카

4.알렉산더 알레킨

5.막스 오이베

6.미하일 보트비닉

7.바실리 스미슬로프

8.미하일 탈

9.티그란 페트로시안

10.보리스 스파스키

11.바비 피셔

“그럼. 다 알고 있지. 자 여기부터 말해볼게. 잘 봐.”

나는 1대부터 손가락으로 짚으며 설명해나갔다.

여기까지 세계챔피언의 얼굴 사진과 사인이 들어있었다.

“우와 정말 다 알고 계시네요. 연도 별로도 다 아시나요?”

“내가 다 외울 수가 없어서 복사해서 간직하고 있지.”

“선생님. 지금 2022년도잖아요. 여기 들어있는 11대까지의 체스 챔피언 이후 세계챔피언의 기록도 알고 계시나요?”

아이의 태도에 주변에 들러선 어른들이 슬그머니 웃고 있었다.

아이는 아시나요/ 알고 계시나요/ 등으로 거푸 물어왔다.

어른은 무례하게 보일까, 절대 그런 식으로 묻지 않는다.

천진난만한 아이의 호전적인 질문 방식이었다.

“당연히 알고 있지. 호연이처럼 끝까지 파고들며 질문하는 방문객이 올까 봐 그 기록도 복사해놓았어. 보여 줄게.”

1장은 1~11대까지, 다른 1장은 12~16대의 기록이었다.

12대부터 시작되는 세계 체스챔피언의 기록도 보여 주었다.

12.아나톨리 카르포프

13.가리 카스파로프

14.블라디미르 크람닉

15.비스와나탄 아난드

16.매그너스 칼슨 1913~2022 현재

"호연아."

"네. 선생님."

"너는 이 선생님들하고 '신의 한수 2' 를 공부한 적이 있지?"

"네. 불과 얼마 전이라 잊을 수가 없죠. 호숫가에서 그 대국을 혼자 복기하면서 연구하기도 했어요."

"정말? 그건 대단히 고무적인 공부 방법이네. 배운 건 두 번 세 번 반복하며 연구해야 비로소 그 수법을 내 것으로 만들 수 있지. 시간이 지나면 잊어버리는 과거형으로는 그저 흥미 위주라 발전성이 없어."

나는 아이의 공부방식을 칭찬하고 넘어갔다.

그저 한 번의 탐색하듯 공부하는 것과 이해가 될 때까지 끈기 있게 연구하는 건 그 성과가 뒤에 나타난다. 미리 이해하고 있었다면 실전에서 생각 시간을 단축할 수도 있고, 그런 과정이 쌓이면 어떤 물음에 대한 해답이 한순간에 다가온다.

"선생님. 신의 한 수 2 공부 얘기는 왜 꺼내셨어요?"

"아, 그렇지. 공부 방법을 칭찬하다가 주제가 사라질 뻔했네. 그때 세계챔피언에서 물러난 후 멕시코의 젊은 강자 토레에게 신의 한 수 2를 당하며 패배한 선수가 누군지 알아?"

"당연하죠. '에마누엘 라스커' 라고 알려주셨잖아요."

"역시. 호연인 똑똑해. 그럼 이 사진에서 아까 설명해주었는데 누군지 다시 찾을 수 있겠어?"

아이는 11인의 얼굴을 자세히 들여다본다.

"여기 이분 아니에요?"

아이는 손가락으로 정확히 에마누엘 라스커를 가리켰다.

"맞았어. 1894년도 도전자 에마누엘 라스커는 1대 챔피언이던 빌헬름 슈타이니츠에게 승리하며 2대 챔피언 자리에 올랐어. 1921년까지 챔피언 자리를 지키다가 체스 신동이라는 호세 라울 카파블랑카에게 패배하며 그해 챔피언 자리에서 물러났어. 무려 27년간 챔피언 자리를 지켰지만, 그 안엔 1차 대전이라는 전쟁을 수년간 치르느라 체스 타이틀전이 없기도 했지."

"3대 호세 라울 카파블랑카에게 1921년 챔피언 자리를 내준 후 신의 한 수 2의 수로 패배하는 대국은 언제 한 거죠? 선생님."

"1925년도이지. 세계챔피언 자리에서 내려와 4년 후였어. 내가 이 대국을 소개할 때 다 가르쳐준 내용이야. 호연아."

"아, 그랬어요? 체스 대국 내용에 집착하느라 연도에 대해선 집중하지 못했나 봐요. 죄송해요. 선생님."

"뭐 죄송할 정도는 아니고, 여기 맨 마지막의 11대 챔피언인 바비 피셔는 체스-960을 세상에 내놓은 체스 선수야. 요즘 그런 변형 체스 방식으로 공인 세계챔피언도 나오고 있어."

2대 세계 체스챔피언 에마누엘 라스커

“이 작품은 어떻게 구매하신 거예요?”

아이는 호기심에 눈빛이 반짝인다.

“외국에서 경매로 취득했지.”

“그럼 이렇게 대단하고 특별한 작품인지도 모르고 경매에 참여하셨나요?”

아이는 웃고 있었다.

어른 숲에서 아이가 질문하면 어른은 늘 재미있다는 표정이다. 나에게 쉽게 질문할 수 없는 껄끄러운 부분을 아이는 당돌하게 궁금증을 풀어가기 때문이었다. 아이 뒤에 둘러선 기정, 영하는 벌써 흐뭇한 미소가 입에 걸린다.

-또? 당돌하게 선생님께 또 질문했어?

“사실 처음부터 대단하다 느껴서 경매에 참여한 게 아니었어. 1백 년 가까운 세월 속의 공인된 세계 체스챔피언 11인이라는 표제가 붙었기에 역사적인 작품이라고 생각했던 거지.”

나는 고백하듯 솔직히 말했다.

“선생님. 그럼 이 작품이 대단하다는 건 어떻게 아셨어요?”

아이는 그렇게 묻고 난 후 미안한지 나를 정면으로 보지 않고 그 전시물을 바라본다.

"나도 얼마 전 카페에 방문하신 손님한테 배웠어."

나는 선선히 시인했다.

"손님한테 배워요?"

아이는 어리둥절한 얼굴로 묻는다.

"그럼. 나보다 더 잘 아는 전문가라면 당연히 배워야지."

"선생님보다 더 체스 전문가라고요. 그 손님은 어떤 분이에요? 체스 선수인가요?"

아이의 긴장된 말투에 모두 긴장된 모습으로 호기로운 눈빛으로 나를 주시하고 있었다.

아이도 어른도 모두 웃음기가 사라졌다.

"체스 선수? 선수는 아닌데… 체스 실력은 높달까, 엄청나지. 바둑 실력도 뛰어난데… 대화해보니까 우리나라 프로바둑계에 대해서도 정통한 지식을 갖추고 있었어."

나는 아이를 상대로 또 설명이 어려운 길로 들어가는 것 같아 주춤거릴 수밖에 없었다.

이다음 설명이 어렵다면 어렵다. 바둑과 체스 외적인 면에서.

"체스 선수는 아닌데 실력은 엄청나고, 바둑 실력도 뛰어나고… 그럼 선생님. 그 손님은 무슨 일 하시는 분이세요?"

전문가도 아닌데, 실력이나 지식이 선생님보다 뛰어나다는 게 말이 되냐는 말투였다.

“2008년도에 한국 체스 최강자전에서 공동 우승했어. 그리고 2013년 독일에서 열린 지역 바둑대회에서 우승한 경력도 있고, 이 정도면 체스와 바둑에서 실력을 인정받을 만하지?”

“그 손님이 본인 경력을 그렇게 밝혔나요. 선생님?”

“대화 중 자연스럽게 나온 내용을 그 손님이 떠난 다음에 내가 인터넷으로 약력을 모두 확인했어. 세계아마추어바둑대회에서 우승하고 프로에 특례입단한 선생님 제자가 있다는 건 알지?”

“네. 그건 잘 알죠.”

“그 제자와도 잘 아는 사이였어.”

거기까지 설명하면 다들 알아서 판단할 일이었다.

-다들 알고 있었죠?

나는 그런 물음표 의미로 잠시 쉼표를 찍고 있었다.

내가 강릉에서 바둑학원을 운영하며 바둑을 가르친 어린아이가 성장하여 세계 아마바둑대회에서 우승 후 프로로 특례입단했다.

그런 사실을 몰랐으면 알아야 한다는 암묵적 눈치 줌?

프로에 특례입단한 제자와 그 손님의 나이가 비슷했다.

그리고 어릴 적 잠시 바둑도장에서 바둑을 수학하기도 했다.

우리나라 체스 최강자전에서 우승할 실력을 검증까지 마쳤다면 정말 실력을 인정해야 했다. 독일 어느 지방에서 열린 바둑대회에서 우승 경력이 있다는 건 그만큼 실력을 갖추었다는 것이고, 그는 독일 함부르크대학을 졸업했다.

나는 아이를 포함하여 둘러선 사람들 모두 어떤 부분을 궁금해 한다는 걸 잘 알고 있으면서 짐짓 침묵을 가져왔다.

나의 그 침묵 속에는 궁금증을 더욱 촉발하는 효과도 있었다.

"선생님. 빨리 그 손님이 무슨 일 하시는지 알려주셔야죠?"

예상대로 아이는 재촉했다.

"그 손님은 2021년 11월 <거인의 포트폴리오>라는 자산 배분 관련 투자서를 출간하여 당시 온라인 서점의 베스트셀러 1위를 기록하기도 했어. 어때. 대단한 분이지?"

"그럼 작가세요?"

"그 투자서 말고도 이미 네댓 권의 책을 출간했으니까 작가라고 해도 무방하지. 호연인 내가 방금 말한 투자서가 어느 분야인지는 알겠어?"

"…잘 모르겠어요."

아이가 알 수 있는 분야가 아니었다.

초등생이라 아직 금전적인 투자를 알 턱이 없었다.

"그럴 거야. 주식에 대한 거라 네가 모르는 게 당연해. 책도 출간하고 방송에서 강연도 하고 개인적으로 유튜버로 활동도 하며 여하튼 주식 투자의 한 분야에서 다양하게 활동하는 편이야."

"선생님. 그럼 그 손님의 정확한 직업이 뭐죠?"

아이는 특정한 직업을 알고자 했다.

이때 둘러선 이들을 한번 살폈는데, 아이 포함 일곱 명과 나는 일일이 눈을 맞출 수 있었다. 아무도 나서지 않는 것으로 미루어 이들은 나처럼 주식 투자에 관심이 없는 사람들이었다.

만일 주식 투자에 관심이 있었다면 그 손님이 퀀트(계량분석) 투자 전문가 아니냐고 조심스레 내비칠 시점이었다.

"음, 주식 투자 전문가라고 할 수 있는데, 더 중요한 것은 호연이가 지금 묻고 있는 직업이지. 넌 혹시 파이어(FIRE)족이라고 들어 봤어?"

내가 아이에게 묻고 있었으나 기대하지는 않았다.

아무리 영민한 아이이며 책을 많이 읽었어도 초등생이 알기에는 어려운, 널리 흔히 쓰이는 단어가 아니었다.

"모르겠어요. 선생님."

아이는 망설임 없이 모른다고 했다.

어른들도 저마다 머리를 굴리는 소리가 들리는 듯했으나 역시 선뜻 나서지 않고 있었다.

“김 박사도 모르겠어?”

“네. 선생님. 들어본 듯한데… 정확한 의미를 모르겠어요.”

영하는 버릇처럼 기정의 기색을 한번 살핀다.

기정은 영하와 눈길을 마주치며 고개를 가로젓는다.

둘이 주고받는 무언의 문답에서 나는 웃음이 나왔다.

체스가 아니어도 언어가 아니어도 둘은 눈빛으로 소통했다.

내가 설명을 시작하면서 또 어려운 길로 들어서는 느낌이 들었던 건 바로 이런 경우와 맞닥뜨릴 것이 예상되어서였다.

공부하는 어른도 모르는데 초등생에게 바둑이나 체스 외적으로 주식 투자니, 파이어족이니 하는 낯선 분야에 다다를 것이 예상되어서다. 그렇다고 그 손님을 소개할 때 그 부분을 빼놓는다면, 잘 익은 수박의 당도와 수분이 버무려진 맛을 빼놓고, 겉핥기의 화려한 줄무늬만 설명하는 것과 다를 것이 없었다.

“파이어족이란 젊은 나이에 재정적인 독립을 이루고 직장에서 은퇴하는 생활 방식을 의미하는 거야.”

※ 파이어족은 경제적 자립(Financial Independence)을 토대로 자발적 조기 은퇴(Retire Early)를 추진하는 사람들을 일컫는다.

“그렇다면 그 손님은 재정적인 독립을 해서 직장이 따로 없고 책 출간과 강연, 투자로 생활하며 먹고산다는 건가요?”

아이는 나름대로 조리 있게 묻고 있었다.

“그렇지. 그 손님은 어디 직장에 속해 있지 않으며 자기 시간을 자기 마음대로 쓰며 자유롭게 생활하고 있었어. 그 손님의 강릉여행 브이로그를 찾아보면 우리 카페 방문기가 나와 있어. 호연이도 집에 가서 인터넷에서 한번 찾아봐.”

강릉 브이로그 방문기에 본인이 어떻게 생활하고 있다는 것을 아주 간결하게 밝힌 부분이 나온다.

-브이로그라고요…?

아이는 잠시 브이로그 의미를 생각하는 얼굴이었다.

“진짜요? 그 유명한 손님 브이로그에 이 카페가 나온다고요?”

“그렇다니까.”

“선생님. 브이로그는 가끔 듣는데 정확히 어떤 뜻이에요?”

아이는 역시 낯선 단어에서 그냥 지나치지 않았다.

“브이로그(VLOG)는 비디오(video)와 블로그(blog)의 합성어로, 자신의 일상을 동영상으로 촬영한 영상 콘텐츠를 말하는 것으로 나도 사실 사전에서 검색해보고 정확한 의미를 알게 되었어.”

나도 네이버에서 블로그를 운영하지만, 수년 전 다른 사업자의 홍보물을 게재한 후 네이버에서 저품질에 걸렸다.
여행과 바둑 등의 글을 올리며 매일 70여 명 이상의 블로그 방문객이 들락거렸으나 지금은 고작 하루 서너 명이다.
네이버의 저품질 판명은 블로그를 생매장시킨다.
내 블로그에는 동영상으로 올린 적이 없어 브이로그의 정확한 의미를 알고자 사전에서 검색했었다.

"사범님. 좀 전에 설명해주신 파이어족이 되려면 어느 정도의 재산을 보유해야 한다는 별도의 기준이 있나요?"
기정이 호기심을 나타내었다.
영하도 한발 앞으로 나서며 관심을 보였다.
그 바람에 나는 가볍게 설명하려다 신중해야 했다.
"조금 왜곡된 면도 있고 액수도 얼마다, 하고 명확하게 기준을 둔 건 없다고 보는데 우리나라에선 약 40억 원 정도를 개인이 보유해야 파이어족 반열에 들 거야. 궁금함을 풀기엔 지금 내 설명이 매우 미흡할 거야. 젊은 사람이 인터넷으로 검색해보면 자세하게 알 수 있을 거야."
검색에 능한 젊은이가 휴대전화의 인터넷으로 재빠르게 검색해 보는 것이 좋겠다는 판단이었다.

자칫하면 파이어족에 대하여 왜곡된 지식을 가질 수도 있기에 인터넷 검색을 권유했다. 부자가 되기 위함보다는 자유로운 삶을 꿈꾸는 젊은이가 일찌감치 허리띠를 졸라매고 절약하며 생활하다 사십 세 전후로 직장생활에서 벗어난다는 의미가 진정한 파이어족이다.

"그럼 그분은 그런 정도의 재산을 보유하고 있다는 거죠?"

"그렇지. 내가 인정하는 게 아니라 그분의 약력과 재산 정도가 인터넷에서 검색하면 다 나와. 한번 찾아봐."

"사범님. 파이어족의 적정 나이는 어떻게 되죠? 좀 전에 젊은 나이라고만 하셨는데 어떤 기준은 없는 건가요?"

기정이 연거푸 깊은 관심을 나타내었다.

어쩌면 기정이 아니어도 가장 공통된 궁금한 사항일 것이다.

"나도 사실 내친김에 여기저기 검색하면서 알게 된 건데, 내가 지금 하는 말이 정확하다고 할 수 있을지 모르겠어. 우리나라 기준의 나이는 약 40세로 치고 있었어."

나는 설명하면서도 적정 나이는 움직일 거라는 생각이 들었다.

"그럼 그분은 40세 정도이며 이미 40억 원 정도의 재산을 보유하고 있다, 이런 말씀인 거죠?"

기정은 핵심적인 부분 몇 가지를 캐고 들었다.

“맞아. 내가 검색했을 때 그분 재산이 현재 약 60억 원이라고 나와 있었어.”

“그분 성함을 알 수 있나요? 사범님.”

“저쪽의 카페 방명록에 그분이 강00이란 성함이랑 방문 감상을 몇 자 적어놓은 글이 있으니까 이따가 들춰봐. 나름 유명세에 올라타는 분이라 인터넷의 신상에 대해 소상히 나와 있었어.”

“잘 알겠습니다. 사범님.”

기정은 거기까지 궁금증을 모두 해소했다.

사회적으로 유명인은 휴대전화에 이름만 넣어도 약력 등 신상을 바로 검색할 수 있다.

“선생님. 그 손님은 체스 고수이고, 체스계의 흐름에 대해서도 잘 아시는데 이 팸플릿만 설명해주셨나요?”

질문은 다시 아이 차지가 되었다.

아이는 가지치기의 질문보다는 알고 싶은 것만 물었다.

“특별하게 설명한 건 이것과 저쪽에 있는 루이스 체스맨이라는 체스에 대해서지. 그분은 여행을 좋아해서 세계 각국의 바둑과 체스박물관은 다 관람했는데, 비록 복제품이지만 루이스 체스맨을 우리나라에서 관람할 수 있다는 것에 대해 경의를 표했어. 불과 얼마 전에 대영박물관에서 관람하고 왔었다고 했지.”

그 손님은 체스뿐만이 아니라 바둑의 높은 실력만큼이나 바둑의 문화에도 관심이 많았다. 일본기원에서 일본의 바둑문화 역사 전시물을 관람했다고 밝혔었다.

“루이스 체스맨에 대해선 저번에 설명해주셨잖아요. 또 제가 알아야 할 특별한 전시물은요?”

-아이가 알고자 하는 특별한 전시물?

나는 아이와 눈을 맞추며 잠시 생각하느라 정적이 흐른다.

우리 카페에 특별하지 않은 전시물은 없었다. 제각기 나름대로 독특함을 지닌 작품들이었다. 중복되는 작품은 일절 전시하지 않고 있었다.

“호연이가 특별한 거라 못을 박으니까 그 두 가지를 콕 짚은 거고 그 외는 바둑과 체스에 대해 서너 시간의 대화를 했지. 더 얘기하면 내 자랑, 우리 카페 바체프 자랑이라 할 것 같으니까 그분과의 대화나 설명은 여기까지 할게.”

“선생님. 언제 저 루이스 체스맨에 대해서 호연이한테만 설명해주셨어요?”

영하 음성이 볼멘소리로 불쑥 튀어나왔다.

그 바람에 둘러선 사람들이 한바탕 웃고 말았다.

말투가, 아이가 불만 섞인 투정 부리듯 했기 때문이다.

“저번에 호연이가 ‘신의 한 수2’ 를 배우러 왔을 때 김 박사랑 아무도 없어서 다음에 가르쳐주기로 하고 루이스 체스맨을 설명해준 거야. 해리포터 영화에 같이 나오는 저기 해리포터 체스와 함께 설명해주었지.”

나는 웃음을 흘리며 상황을 설명했다.

“선생님. 그건 반칙 아니에요? 저도 이 카페에 전시된 체스에 대해서 다 설명을 듣고 싶은데 저희만 쏙 빼놓고 호연이한테만 설명해주신 거요.”

영하가 다시 볼멘소리로 투정하듯 따졌다.

“그래? 김 박사가 체스 설명에 대해 그토록 간절하게 목메는지 정말 몰랐어. 반칙보다는 그저 상황에 따른 거지.”

“선생님. 호연인 저희와 같이 체스의 신의 한 수 1, 2를 검토하게 하시잖아요. 저희가 없으면 호연이 혼자라도 특별히 체스에 깃들인 사연에 관해 설명해주시면 반칙이라는 거죠. 저도 여기 체스의 문화와 뿌리에 관해 상세히 알고 싶어요.”

영하는 미래가 동행해서 그런가, 아이들이 조금쯤은 억울할 때 나타내는 그런 몸짓과 말투를 하고 있었다.

그 모습에 모두 웃고 말았다.

그동안 전시물에 관해 내가 잠깐씩 설명할 때 묻고 싶어도 망설이다, 묻지 못한 부분을 아이가 파고들며 질문하여 미흡한 부분을 충족시켰을 터였다. 그런데 본인이 없을 때 루이스 체스처럼 특별한 전시물에 전해지는 역사나 전설을 아이한테만 설명해준 건 분명 반칙이라는 선언이었다.

"알았어. 김 박사. 호연이한테만 설명해준 전시물에 대해 궁금하면 언제든 다시 설명해줄게. 처음 방문하는 손님한테도 필요하다면 그때그때 설명해주는데 별로 어려울 게 없어."

나는 언제든 원하면 설명해준다고 아이를 다독거리듯 말했다.

"고맙습니다. 선생님. 전 진짜 루이스 체스맨에 대해 선생님께 설명을 듣고 싶었어요."

영하는 꾸벅 인사까지 하고 마무리했다.

그리고 미래를 향해 "봤지?" 하는 얼굴을 보였다.

주변에 가까이 있는 사람들을 투명인간처럼 없는 듯했다.

-내가 이 정도로 옛 스승님께 사랑받는 거 봤지?

영하는 미래만 보이고 다른 이들은 잠시 보이지 않았을까!

사랑의 감정이 때론 동심으로 순수하게 돌려놓는 것일까?

영하는 기정과 둘이 있을 때와 미래와 함께할 때의 언행에 분명 차이가 났다. 어릴 적 바둑선생님한테는 성인이 되었어도 때론 어리광 투로 매달려도 다 들어준다는 걸 알리려는 것일까?

-어릴 적 사제 간의 친근감을 사람들에게 과시하려는 것일까?

그동안 무게 잡고 드러내지 않았던 투정 같은 모습도 미래 앞에서는 서슴없이 보여 주며 천진함도 그렇게 나타내고 있었다.
나와 기정 말고 누가 또 이런 모습을 보이는 영하가 내로라하는 세계의 체스 그랜드마스터를 때려눕히는 실력자인지 알겠는가.

-영하는 나이와 관계없는 순수함을 드러내지 않았을 뿐일까?

영하의 투정하는 언행을 보면서 문득 그런 생각이 들었다.
불순물이 섞이지 않은 순수한 눈으로 사물을 살피기에 체스판 위에서도 그 순수한 안목으로 좋은 수를 찾아내는 것일까?
아이나 영하나 순수한 면은 같은 것일까?

7. 진공모유(眞空妙有)

“선생님. 바둑 고수들은 오감을 느끼며 단번에 몇 단계도 뛰어오르는 실력을 쌓는데 세계적인 체스챔피언들도 그랬을까요?”

호연이 드디어 오감에 대해 시동을 걸고 나왔다.

아이 때문에 잠시 옆길로 샜던 어른의 웃자는 어리광을 아이가 밀어내며 바로잡고 나섰다.

“내가 그것까진 알 수 없어. 하지만 그럴 수 있다는 생각이야. 꼭 바둑이나 체스 같은 승부 세계뿐만이 아니라 모든 분야에서 한 단계씩 발전적으로 나아가는 평범과 단계를 뛰어넘는 비범은 나타나니까.”

1% 재능과 99% 노력으로 드러난다는 천재성도 말장난에 지나지 않는다. 승부 세계에서 뼈를 깎는 각고의 노력에도 천재 앞에선 벽을 느끼며 좌절하는 준재는 모든 스포츠에서 나타난다.

-오감이라는, 단계를 건너뛰는 용어는 나만 사용하는 거란다.

나는 아이에게 그렇게 말해주고 싶었으나 꾹 참고 있었다.
아이에게 어느 분야의 실력향상에서 어느 순간 몇 단계를 뛰어넘는 현상에 대하여 설명하는 과정에서 핵심으로 오감을 내세웠는데 아이는 오감을 느끼는 방법을 찾으려고만 하고 있었다.

"선생님은 여기 열한 명의 세계 체스챔피언의 약력에 대해 다 알고 계신 가요?"
"체스챔피언의 각자 약력이 여기 전부 기록되어 있으니까 내가 굳이 암기할 필요는 없지."
"선생님. 여기 체스챔피언 중 오감을 깨우치는 현상에 의하여 체스 실력이 일취월장했다는 기록의 인물은 없나요?"

아이 물음에 잠시 아이의 눈동자 속에서 열한 명의 체스챔피언 약력과 행적에 대하여 들여다보았다.
열한 명 모두의 행적을 다 알 수는 없었어도 천재성을 드러내며 기이한 행적을 나타낸 인물에 대해선 이미 검색해본 뒤였다.
11인 모두 역대 세계 체스챔피언이었으나, 다 천재 소릴 들었던 건 아니었다.

*　*　*

오감에의 대화

“호연아. 난 생각해서 알아내는 게 아니라, 느껴서 알아내는 걸 말하고자 하는 거야.”

다시 한번 느낌이 앞서야 한다고 강조했다.

“그럼, 선생님은 생각보다 느낌이 먼저이며, 한 수 위라는 걸 말씀하시는 거죠?”

“그렇지. 한자에서 깨달을 오(悟)는 마음 심(心)과 나 오(吾)가 만나서 소리로 나타내는 거야. 머리로 생각하는 것보다 마음에 먼저 닿는 느낌이 더 윗길이라는 거야.”

무엇보다 먼저 느껴야 하는데, 그 느낌을 생각하려는 아이에게 한자를 들고 와 설명에 나섰다.

“우리가 상식적으로 알고 있는 몸으로 느끼는 오감이 아니라, 마음으로 느끼는 오감을 알아야 눈꺼풀이 한 꺼풀 벗겨진다는 말씀이죠?”

“그렇지. 무언가 마음에 와닿을 때 참다운 깨달음을 느낄 줄 알아야 사물에 대해서 제대로 느끼는 거야. 즉 바르게 바라보고, 바르게 알아듣는 걸 말하는 거야. 그러자면 마음의 눈과 귀가 열려 있어야 하는데, 너는 아직 어려서 경험도 없고 받아들일

준비도 안 되어 있어."

-열린 눈, 열린 귀, 열린 마음이 되도록 할 수 있겠어?

그런 물음도 되었다.

그건 순수한 마음만으론 안되었다.

"바르게 보고 바르게 알아듣는 게 오감이라는 건가요?"

"그렇지. 그런 가운데 일상에서 평범하게 보이던 눈에 박힌 것들이 아름다운 의미를 한 가지 이상씩 드러나는 게 느껴진다면 오감이 열리는 거야."

나는 아이가 알아듣게 설명하려고 했지만, 아이가 제대로 이해할 순 없을 것이라고 짐작하고 있었다.

사실 어른들도 지금의 내가 말하는 특이한 오감은 토론하면서도 뜬구름 같다고 할 수도 있는 어려움이 따른다.

"늘 보던 평범한 것들에게서 아름다움을 볼 수 있어야 오감이 열린다는 거죠?"

아이는 잠시 생각하더니 이해가 될까 말까 한 그런 눈빛을 하며 내가 하는 말을 그대로 따라 되묻고 있었다.

"어떤 분야든 꾸준히 공부하며 실력을 쌓으면 그만큼의 지식을 얻을 수 있는데 또 그만큼의 시간이 필요하겠지."

아이에게 설명은 하고 있지만, 이해하기에 아직 너무 어리다는 생각이 다시 고개를 들면서 난감함이 서서히 다가왔다.

"오감이 열리면 상당히 단축된 시간 속에 눈꺼풀을 한 번 벗을 수 있다는 거야."

덧칠하듯 보충설명을 덧붙이지만, 아직도 아이를 이해시키기에는 미흡하다고 느꼈다.

아이가 나를 쳐다보며 잠시 눈만 껌벅거렸다.

-오감은 생각한다고 열리는 게 아니란다!

"평범한 사물에서 아름다움을 느껴야만 한 계단씩 오르는 그 단계를 무시하고 한 번에 실력이 몇 단계의 높은 경지에 오를 수 있다는 건가요?"

아이는 단어만 다를 뿐 같은 물음을 반복하고 있었다.

"그래. 내가 예전에 홀로 바둑 공부할 때 경험한 거야."

여기까지가 불과 얼마 전 아이와 단둘이 오감에 대하여 나누던 대화의 핵심이다.

*　*　*

챔피언들은 내가 말하는 오감이거나 그와 유사한 방법으로 체스 실력이 일취월장했다는 기록도 어디에도 없었다.
그런 기록이 있는데 어쩌면 내가 못 찾을 수도 있겠지만.

"이 11명의 체스챔피언 중 분명 어떤 영향에 의해 체스 실력이 몇 단계 훌쩍 뛰어넘은 시간 혹은 공간도 어디쯤 있었을 거야. 하지만 그 순간을 우리처럼 오감이라고 하지는 않았을 거야."
"그건 왜 그렇죠?"
"오감에 의하거나 혹은 오감을 통하거나 하여 실력이 몇 단계를 뛰어넘는다는 표현은 내가 그런 경험을 통해 나만 사용하는 언어이니까 그렇지."
오감은 어디까지나 나만의 표현이라고 다시 강조했다.
"선생님. 죄송한데요. 오감에 의한 거나 오감을 통한 거나 같은 의미 아닌가요?"
아이는 잠시 생각하더니 의문을 내놓는다.
나도 잠시 설명해야 할 내용을 머릿속으로 정리했다.
"그럴 수도 있고 아닐 수도 있지. 의하거나는 다른 매체를 거쳐 간접적으로 받아들이는 거고, 통하거나는 내게 직접 와닿는 경험을 표현하는 것이라 할 수 있어. 이렇게 세분화하는 것도 어디까지나 내 생각이야. 호연이는 이해되었어?"

아이는 당혹감을 드러내고 있었다.
이해가 안 되어 질문했는데 해답도 알쏭달쏭했다.
어찌 보면 지극히 당연한 설명도 이해를 못 하고 있었다.

-오감을 이해하거나 느끼기에는 너무 역부족인가?

그런 의구심이 먹구름처럼 가득한 얼굴이었다.
아이는 뒤돌아보며 둘러선 어른들에게 도움을 청하고 있었다.

"저도 좀 어려운 듯하면서 이해는 되네요. 사범님."
나와 아이의 대화를 숨죽여 듣고 있던 다은이었다.
그렇게 말해놓고 다은은 엄마와 기정을 번갈아 쳐다본다.
"다은인 미술사적인 지식이 풍부하니까 이해했을 거야."
나는 오른손 엄지를 치켜세우며 다은의 감각을 높이 샀다.
감성은 연구한다고 내게 다가오지 않는다.
감각은 터득하면 얻을 수 있다.

"오감이 선생님만의 언어표현이라면 여기 11인 체스챔피언들도 나름대로 실력향상에 대하여 방법 등을 토로하지 않았을까요?"
아이는 다시 용기 내어 질문한다.

"나름대로? …구체적으로 어떤 방법이 있을까?"

"이를테면 선생님의 책 내용처럼 체스에 대한 명언이라든가, 예찬이라든가 하는 우회적인 방법을 쓸 수도 있잖아요. 챔피언 자리에 올라선 후 누군가 실력향상에 대하여 질문한다든가 할 때 나는 이런 공부 방법으로 체스 실력을 키워왔습니다. 라던가 그런 게 있지 않았을까요. 선생님?"

역시 호연인 또래보다 훨씬 깊은 생각으로 또박또박 그 방법에 대하여 반론하고 있었다. 듣기엔 쉽지만, 초등 5학년이 구체적인 사례를 들면서 반문한다는 것이 예사로운 건 아니다.

-짧은 한 줄의 예찬에도 방법을 길게 설명할 수 있겠지요?

아이는 그런 의미도 담아내고 있었다.

비록 아이가 그런 의미까지 생각하지 않았더라도 우리가 그렇게 해석할 수 있는 내용의 물음이었다.

"그럴 수도 있겠지. 여기 체스챔피언 11인은 여러 나라 사람인데 자기 나라에서 그런 질문을 받았다면 공부 방법에 관해 설명했을 수도 있겠지. 아니면 성장기 때의 챔피언을 지도한 사람이 자랑삼아 말했을 수도 있을 거고."

바둑에 관한 것이라면 예를 들며 설명해 줄 수도 있었을 텐데, 체스에 관한 세계적인 공부방법은 내가 알 수 없었다.

사람마다 바둑이나 체스를 공부하는 방법은 엇비슷할 테지만, 나름대로 독특한 방법으로 연구할 수도 있을 것이다.

바둑의 조치훈 9단 같은 경우는 사활문제를 풀 때 해답을 먼저 보고 문제를 풀었다고 한다. 사활문제를 풀 때 대부분 문제를 풀어본 후 해답을 확인한다.

"세계의 체스챔피언이 되려면 분명 천재성도 타고났을 거고, 독특한 체스공부방법도 있었을 텐데 선생님은 체스에 관한 건 그 공부 방법을 모르신다는 거죠?"

아이가 잠시의 침묵 끝에 질문한다.

"그래."

"바둑에서 빠른 성장을 선생님은 오감이라고 표현하시는 거고, 체스에 관한 건 모르신다는 거죠?"

"그래. 나는 내가 바둑공부에 매진할 때 어느 날 몇 단계 뛰어오르던 느낌을 오감이라고 표현한 것뿐이야. 내가 말하고자 하는 오감은 알려고 해서 알아 지는 게 아니야. 느껴야 하는 거야. 쌓인 경험들 속에 어떤 영감이 불현듯 오는 것처럼."

나는 아이를 살피고 둘러선 어른들을 살펴보았다.

-나의 대화 속 오감에 대해 어떤 생각을 하고 있을까?
-나와 아이의 대화 속에 다들 미궁 속에 빠진 것일까?
-사색에 잠긴 것일까?

아이와 여성 셋을 빼면 바둑과 체스의 고수였다.
그들에겐 내 말이 이해 불가는 아닐 것으로 믿고 싶었다.

"선생님. 지금의 저는 선생님이 말씀하시는 오감을 알 길이 없는 건가요?"
아이는 실망감으로 목소리가 처지고 있었다.
아이에겐 시간이 필요했다.
어떻게 설명해야 아이가 이해할까 잠시 망설였다.
아이 뒤에 둘러선 어른들도 아이에게 도움을 주진 못했다.

"넌 지금 숲속에 서 있어서 여러 종류의 나무만 보이는 거야. 물론 바위도 보이고 나무뿌리도 보이며 형형색색의 나뭇잎도 보이겠지. 하지만 보다 넓은 세상을 품으려면 그 숲을 나가야 해. 그래야 비로소 그 숲이 어떤 형태로 이루어졌는지 알 수 있어.

그리고 내가 왜 숲속에서 헤매었는지, 무엇을 찾고 있었는지 알 수 있을 거야. 때론 잘못 들어간 길을 다시 나와서 제 길을 찾아갈 수 있을 거야."

자연에서 하나의 예를 찾아왔다.

말은 길게 했지만, 의미는 단순하다.

"숲을 빠져나간 뒤에 그럼 무엇을 해야 하죠?"

아이는 우수가 서린 눈빛이었다.

-저는 지금 생각의 길을 못 찾는 거겠지요?

아이의 눈빛이 그렇게 묻고 있었다.

"여행을 떠나봐. 숲을 떠난다는 것은 너의 세계를 잠시 벗어난다는 거야. 바깥세상에서 너의 세계를 그저 무심히 들여다 봐. 네가 무엇을 갈구하며 너의 세계에 살고 있는지 살펴보는 거야. 무심한 듯 욕심을 내려놓으면 무심히 다가오는 게 있을 거야. 그걸 찾아야 해. 그게 백번의 대국에서 백 번 이기는 것보다 더 소중할 수 있어."

또 점점 어려워진다는 것을 느끼고 있었다.

오늘은 기어코 오감에 대해 끝장을 보려는 아이와 오감을 찾는 길을 가르쳐주려는 나의 문답이었다.

“제가 어떻게 여행을 떠나요? 선생님.”

“어디론가 차를 타고 떠나는 여행이 아니라 네 마음속 여행을 떠나라는 거야. 즉 지금 너의 간절한 그 마음에서 잠시 벗어나라는 거야.”
아이는 알 듯 모를 듯한 얼굴이 되었다.
아이는 기다릴 줄 알았다.

“가장 두려워해야 하는 것이 마음의 눈이 어두워지는 거야. 즉 욕심을 내기 시작할 때가 가장 무서운 거지. 마음이 흐린 눈으로 바라보면 세상이 병들어 보여. 사실은 내가 병드는 줄 모르고 병이 들게 되지. 그때 쉬어주어야 하는데 계속 욕심껏 무엇인가를 노리면 더 큰 병을 초래하게 돼. 선인들이 글로 남기고 말로 설명해도 못 알아채기 때문에 좌절까지 가는 거야. 우리 몸도 마음처럼 따라주지 않을 때가 있지. 그럴 때 잠시 모든 걸 내려놓고 자신을 돌아보아야 해. 아무것도 하지 않는 휴식도 필요하지만, 마음 여행을 통해 많은 걸 겪고, 또 들여다보며 경험하는 것이 본인의 내면을 더 강하게 만들 수가 있어.”
나는 한 번 더 길게 보충 설명했다.

성인도 쉽지 않은, 초등생에겐 무리한 설명이며 요구였다. 분명 아이는 오늘이 지나면서 이 대화를 곱씹을 것이다. 아이가 바둑이나 체스 공부를 멈추더라도. 아이는 내가 표현한 오감을 듣고 경포호숫가에서 홀로 공부하고 있지만 언제 그만둘지 모른다.

나는 오감을 어떻게 찾아가야 하는지 설명할 뿐이다.

-왜 갑자기 얼토당토않은 말씀을 하세요?

아이는 또 그런 얼굴을 하고 있었다.

"저보고… 지금 그런 마음 여행을 떠나라는 건가요? 선생님."

아이는 침울한 음성이었고, 어른들 분위기도 가라앉아 있었다.

"맞아. 잘 느끼려면 잘 들어야 하는 것도 중요해. 어떤 소리로서가 아니라 말하고자 하는 대상의 마음의 소리를 들을 줄 알아야 하는 거야. 대화 중 다른 사람의 말을 자꾸 끊으면서 자기 말만 하려는 사람도 많아. 상대의 진정한 소리는 듣지 못하는 경우가 허다하지. 내가 나에게 하는 말도 끊지 말고 들어야 해. 좋은 말이던 나쁜 말이던."

"선생님 말씀은 사람뿐만이 아니라 동식물이나 자연의 소리도 소리 없이 들으라는 거죠?"

“오, 소리 없이 소리를 듣는다고? 이야. 호연이 언어구사력이 대단한데.”

나는 칭찬을 아끼지 않았다.

“그러게, 소리 없이 소리를 듣는다? 느낀다, 가 아니고 듣는다? 오, 대단해요!”

숨죽여 듣고 있던 뒤에서 감탄사가 연거푸 터진다.

짝짝짝. 뒤에서 말없이 손뼉을 치기도 했다.

“맞아. 소리 없이 소리를 듣는 것이나 소리 없이 느낀다는 것이나 다를 바 없지. 나에게 무언가 와닿았으니까. 만일 그런 걸 바둑의 한 장면이나 체스의 한 장면에서 응용한다면 어떤 상황이 될까?”

이번엔 아이가 이해할 수 있을 것으로 판단되었다.

조금은 깊어진 대화 내용을 아이가 알아들을 것만 같았다.

“그럼… 소리는 없지만… 체스나 바둑이 말하고자 하는 소리를 듣거나 느끼라는 건가요? …진정으로?”

잠시 생각한 아이는 말하면서도 더듬거리며 정리하고 있었다.

결국은 모든 문제 해결은 느끼는 것으로 귀결된다는 것을 아이 스스로 말하고 있었다.

"바로 그거야. 분명 잘못되는 부분도 간혹 나오겠지만 그 잘못된 부분에서 웃을 줄 알면 아주 미세하나마 한 단계 오른 거야. 그게 쌓이면 다가오는 어떤 두려움보다도 새로움을 받아들이는 기쁜 떨림이 내게 먼저 다가올 거야. 그 장면 그 상황이 나를 일차적으로 일깨우는 거고, 이차적으로는 생각하며 풀어가도록 만들지. 그렇게 생각하는 힘이 수읽기인데 그 장면에서 저 앞의 뿌리부터 밝힐 수 있어야 해."

나는 아이에게 칭찬을 듬뿍 해주고 싶었지만 참고 있었다.

아주 미세하지만, 분명 한 걸음은 더 나아간 느낌이었다.

"음. 무슨 말씀인지는 어렴풋이 알겠어요. 제가 그 정도 수준에 오르지 않았다는 것도, 오르기 힘들다는 것도 알겠어요."

아이는 오히려 편안하게 말하고 있었다.

"어느 장면 혹은 어느 대상에서 무언가 느꼈으면 느낌만으로 끝나는 게 아니라 그 느낌에 대한 책임을 져야 하는 거야."

나는 다시 어려운 말을 꺼내 들었다.

아이는 민망할 정도로 나를 빤히 쳐다보며 허공에서 뭉게구름 잡는 표정을 하고 있었다.

"선생님. 느낌에 대한 책임을 진다고요? 어떻게 느낌에 대하여 책임을 진다는 거죠?"

아이는 아리송한 얼굴로 되묻는다.

"넌 한참 생각하더니 그런 정도의 물음밖에 못 해? 실망인데. 느낌이 왔으면 그 느낌을 뒷받침할 수읽기를 해야지."

"느낌 뒤에 수읽기요?"

"그래. 수읽기."

"수읽기를 해서 느낌에 대한 책임을 져라! 그런 말씀이죠?"

"그렇지. 누구나 다 느낌이 와. 그러나 그 느낌은 똑같은 대상이어도 사람마다 의미나 가치가 다른 거야. 거기에 따른 책임을 지라는 거야."

수읽기에 대한 무게와 가치를 찾아야 한다는 말이었다.

"더 큰 의미를 증명하고 가치를 증명해야 하는데 그러기 위해 수읽기로 책임을 져라, 하는 말씀이잖아요?"

"맞아. 승부가 아니라면 철학일 수도 있고 깊은 사색일 수도 있는 그런 수읽기를 통하여 나의 의미와 나의 가치를 드러내야 한다는 거야. 물론 지금은 승부에 대한 것이지만."

"나에 대한 의미나 가치가 그 수에 대한 의미나 가치로 바뀔 수도 있겠네요."

아이는 변환하는 방법도 알고 있었다.

"이야. 호연이 대단한데. 즉석에서 의미 변신도 하고."

영하가 칭찬을 아끼지 않는다.

뒤에서 다시 손뼉을 치고 있었다.

바둑 레이팅

"호연인 바둑 실력이 랭킹으로 매겨진다는 건 알고 있지?"

"네. 알고 있어요."

"그럼 우리나라 랭킹과 세계 랭킹이 별도로 매겨진다는 것도 알고 있지?"

"네. 신진서 사범님이 1위라는 것도 알고 있어요."

"그 바둑에 대한 랭킹 즉 순위를 만든 분이 한국인이라는 것도 알고 있나?"

"정말요? 전 그것까진 몰랐어요."

"물리학 박사이면서 미국 유명한 대학의 배태일 교수님이야. 이 분은 바둑에만 랭킹을 매기고 있어. 어떻게 그런 랭킹이 나오는지 나중에 자세히 설명해줄게."

"그럼 지금은 체스를 설명해주시려고요?"

"그럴 수도 있는데 체스와 비교한 거야. 체스에서는 점수를 뭐라고 하지?"

"레이팅이요."

"그렇지. 그럼 호연인 이세돌 사범과 알파고의 세기의 대결을 알고 있지?"

"네. 알고 있어요."

"당시 이세돌 사범과 대결을 벌인 알파고 바둑 실력을 체스의 점수라고 할 수 있는 레이팅으로 계산한 부분이 있어."

"바둑과 체스의 실력을 비교하며 레이팅으로 계산해 낼 수 있다고요?"

"그래. 어때? 흥미롭지?"

"네. 선생님."

나는 잠시 뜸을 들이며 둘러선 사람들의 반응을 살폈다.

아이와의 대화에 너무 지루함을 느끼는 건 아닌지 조금은 신경 쓰였기 때문이었다.

다들 지루함보다는 숨소리를 죽이며 내가 말한 것처럼 흥미롭게 다음 설명을 기다리는 분위기였다.

"2016년 당시 세기의 대결을 벌인 알파고의 레이팅은 3,739점, 이세돌 9단은 3,583점이었다고 발표했어."

당시 알파고의 레이팅이 월등히 높다는 걸 알 수 있다.

"역시 차이가 제법 많이 나네요. 선생님. 그런데 이런 계산법은 누가 발표한 거죠?"

"프랑스인 인공지능 학자 겸 사업가 레미 쿨롬 박사가 바둑도 체스처럼 그 나름대로 개발한 계산법으로 레이팅(Rating) 점수를 그렇게 매긴 거야."

"인공지능 학자이며 박사라지만 이 레이팅이 정확할까요?"

"그것까지 내가 진위를 가릴 일이 아니고, 아마 다음 얘기가 더 흥미로울걸."

"뭐죠? 빨리 설명해주세요!"

"너는 현재 바둑 세계 최강이라는 신진서 9단의 바둑 실력이 이런 계산법이라면 레이팅이 얼마인지 안 궁금해?"

"신진서 사범님 레이팅까지 알 수 있어요?"

"그러니까 설명하려는 거지. 현재 신진서 9단의 레이팅이 3,799점이야."

"선생님. 잠깐만요. 그럼 방금 말씀하신 알파고의 3,739점보다 무려 60점이나 더 높잖아요?"

아이는 빠르게 암산한 뒤 소리쳤다.

"그렇지. 나도 그 발표를 보고 놀랐어."

"어떻게 사람이 AI보다 레이팅이 높을 수 있는 거죠?"

"넌 현재 신진서 9단의 별칭이 뭔 줄 아니?"

"알죠. 신공지능이라고 달리 부르잖아요."

"넌 어떻게 알았어?"

"학원에서 책 보고 알았어요."

"왜 그렇게 부른다는 것도 알아?"

"바둑의 실전에서 인공지능의 수를 가장 근접하게 둔다고 하여 그렇게 부른다고 알고 있어요."

"맞아. 참고로 중국 바둑 1위인 커제 9단의 레이팅은 3,712점으로 나와 있어. 알파고보다 27점이 낮게 나왔어. 레미 쿨롬 박사의 계산법으로 레이팅이 정확하다고 장담할 순 없지만, 인간이 AI 인공지능보다 우월할 수 있다는 것에 놀라운 거지."

"그러니까 선생님 말씀은 사람이 바둑이나 체스에서 인공지능을 이길 수도 있다는 것을 제게 알려주려는 거죠?"

"그래. AI 인공지능이 빠른 속도로 수를 계산해내듯이 체스나 바둑 대국자는 순간적인 느낌이 사진처럼 우리 뇌리에 박히게 할 수 있어."

아이는 내 얼굴을 멀뚱히 쳐다보고 있었다.

아이는 내 말의 대상과 내 말의 의미에 대해 언뜻 이해를 못 하고 있다는 느낌을 주고 있었다.

"선생님. 사람이 순간적인 느낌으로 AI처럼 계산할 수 있다는 의미인가요?"

아이는 일단 하나부터 이해하고자 묻고 있었다.

"그런 의미일 수도 있고, 아닐 수도 있지."

"선생님. 또 헷갈리게 하셔요. 있을 수도 있고, 없을 수도 있다, 하면 제가 어떻게 이해해요."

"그건 인공지능의 체스나 바둑 실력과 사람의 실력에 비례하여 나타날 수 있다는 거지."

아이는 나를 올려다보더니 천천히 내려가며 고심하고 있었다. 나와 대화하면 재미있기도 하지만 늘 이해할 수 있을 것 같은데 이해하기 어려운 부분이 존재한다고 얼굴에 쓰여있었다.

-좀 어렵지만 쉽게 이해하며 아는 방법이 없을까요?

아이 얼굴에 그렇게 쓰여 있었다.

그건 지극히 당연하다.

나의 연륜에서 나오는 경험과 어떤 주제에 대해 내가 꼬리에 꼬리를 물고 의심했던 시간을 아무리 단축하여 아이에게 말해도 아이가 이해하기 어려운 부분이 있다.

"선생님 말씀은 사람이 AI 인공지능의 계산능력을 따라갈 수도 있고, 어쩌면 능가할 수도 있다는 거잖아요?"

"그래. 어떤 특정 분야에서는 그럴 수도 있다는 생각이야."

"그 특정 분야가 바둑이나 체스가 될 수도 있고요?"

"그래. 내가 말하고자 하는 건 사람의 뇌리에 어느 한 장면이 박혔을 때 최선의 수로 풀어가는 걸 이르는 거야. 그 장면에서 AI가 2,500의 레이팅 실력으로 풀었다면 사람은 2,510의 레이팅 실력으로 풀 수도 있다는 거지."

"그게 가능할까요?"

"그럼 불가능할 건 뭐야? 방금 신진서 9단의 레이팅이 알파고보다 높게 나왔다는 걸 공식적인 발표로 알게 되었잖아."

아이는 다시 생각에 잠긴다.

"호연아. 인공지능끼리 벌이는 바둑대회를 생각해봐."

나는 숙제를 내주었다.

각자 개발한 AI 인공지능으로 세계 AI 바둑대회도 매년 열리며 인공지능이 결국 인공지능을 이긴다.

천재는 AI의 바둑이나 체스 실력이 비등할 수도 있고 어느 장면에서는 능가할 수도 있다.

한 장면에서 누가 더 정확하게 문제를 푸는가가 관건이다.

내가 말하는 오감이란 결국 찰나의 느낌이다.

그 뒤는 무수한 실패와 성공의 경험이 쌓여 풀어가는 수읽기의 힘이다.

이것이 내가 말하는, 말하고자 하는 오감이야, 라고 설명한다면 아이가 단박에 이해할까?

아이는 나를 바라보며 다시 기다린다.

-이젠 되묻지 않아도, 중간 생략으로도 둘은 대화가 되는 걸까?

나도 아이를 쳐다보며 그런 생각이 든다.

“지금 주제에서 약간은 벗어나는 의미지만, 우린 바둑에서도 체스에서도 일상에서도 마음은 늘 천태만상으로 전환할 태세를 갖추고 있어야 해. 만물의 흐름에 따라 감정이 요동칠 준비가 되어 있는 사람은 우울증에 걸릴 시간이나 그런 마음도 없어. 다만 만감의 교차가 경험으로 축적되며 잠재되어 있어야겠지.”

또 어려운 길로 들어서는 느낌이었다.

-말 없는 아이의 눈빛이, 그런데요?

그렇게 묻고 있었다.

“그런 느낌이 들 때 자신의 감정을 잘 추스르듯 그 장면에서 핵심적인 부분을 잘 풀어가야 한다는 거야. 당황하거나 두려워 하거나 하는 감정을 일체 배제한 채 오로지 그 장면에 몰입하여 그 장면과 혼연일체가 되어야 비로소 실체를 파악할 수 있지. 실체라 해도 되고 최선이라 해도 되겠지. 우리가 AI 인공지능에 엄청난 양의 대국 기록을 집어넣어 최선의 수를 빠르게 계산해 내는 인공지능의 바둑 실력이나 체스 실력이 인간보다 우월하도록 하는 방식과 같은 거야.”

내가 길게 말했지만 역시 의미는 단순하다.

아이가 이해하기에는 연륜이 부족하다.

-이해는 가는데 해결은 안 될 거 같아요.

아이의 얼굴과 눈빛이 말없이 그렇게 말하고 있었다.

"호연아."

"예. 선생님."

"넌 내가 쓴 '바둑 다모여'를 읽어봤다고 했지?"

"네. 선생님. 그 책도 읽고 '수락석출'도 읽었어요."

"그럼 그 책에 나오는 '기우도'가 어떤 의미인지 아니?"

"지금… 맞을지는 모르지만… 어렴풋이 생각나는 건… 불교의 깨우침에 관한 내용이었어요."

아이가 깨우침만 알고 있어도 다행이었다. 그게 핵심이니까.

"맞아. 잘 기억하네. 불교의 깨우침을 내가 학원생 중 고급반 원생에게 접목하여 지도한다는 대목도 있을 거야. 기억나니?"

"선생님. 책을 읽을 때 그 부분이 좀 어려웠어요. 그래서 그냥 읽으며 지나간 기억만 나요."

"그럼 내가 잠깐 다시 그 책의 그 대목을 설명해줄게."

*　　*　　*

바둑 다모여(2018년 출간) - 기우도

깨달음의 방법(중간 생략)

“저도 예전에 스님께 불교에서 깨우침의 방법에 대해 배운 겁니다. 어떤 순서를 거치지 않고 일시에 깨닫는 것을 돈교(頓教)라 하고, 차근차근히 순서를 거쳐 오랜 수행을 통해 깨달음을 얻는 것을 점교(漸教)라 합니다.”

“돈교와 점교?”

“네. 설법의 형식으로는 처음부터 갑자기 깊은 내용을 설하는 것을 돈교, 얕은 내용에서 점차 깊은 내용을 설교해 가는 방법을 점교라고 한답니다.”

“불교에서 공부해야 할 하나의 내용을 풀이하여 강해하는 의미의 설법이 두 가지 방법이 되겠네.”

“그렇지요. 그 돈교와 점교를 돈점이교(頓漸二教)라고 합니다. 혹시 형님은 아시면서 모른 체하시는 건 아니죠?”

내가 미심쩍은 얼굴을 들이밀자 그는 양손으로 손사래를 치고 있었다. 진지함이 감지되었다.

"아니야. 모르던 내용이야. 오늘 좋은 걸 배우고 있어."

"단박에 깨쳐서 그 이상 수행할 것이 없는 경지를 이르는 말이 돈오돈수(頓悟頓修)라고 합니다."

"단박에 깨우치는 돈오돈수?"

"네. 단박에 깨우치고 단박에 닦는다.라는 의미이며 한순간에 구경각(究竟覺 궁극적이고 완전한 지혜를 얻는 경지)에 올라 그 이상 수행할 게 없는 경지에 도달하는 것을 말합니다."

"한순간 높은 경지의 지혜를 얻는 게 현실적으로 가능할까?"

"가만있다가 그런 경지에 오르는 것이 아니라 꾸준한 수행 중 그런다는 거지요. 그걸 뒷받침하는 것이 문득 깨달음에 이르는 경지까지 반드시 점진적 수행단계가 따른다는 의미로 돈오점수(頓悟漸修)라고 합니다."

"우리가 아는 일반적이고 상식적인 공부 방법이 돈오점수라는 거고 수행 중 단박에 깨달음을 얻는 것은 돈오돈수라는 건가?"

"네. 저도 불교의 내력이나 역사까지는 모르고 단지 깨달음의 방법에 대해서만 기억나는 대로 얘기하는 겁니다."

"그렇겠지. 배 원장이 불교의 교리를 공부한 것도 아닐 텐데 그 정도 아는 것도 대단한 거지."

"바둑학원을 시작한 지 불과 얼마 되지 않은 시기에 들었어요. 전 이 방법을 고급반 원생들 바둑 지도에 접목하여 활용하고 있어요. 순서를 거쳐 깨우쳐가는 것과 참선으로 단박에 깨우치는 깨달음의 경지가 불교에 있다면, 범인들은 일상에서 배워서 아는 '앎' 과 불현듯 마음에 와닿는 '느낌' 과 비교하고 싶어요. 그리고 전 앎보다 느낌을 중시하는 편입니다. 물론 단계적인 공부를 하는 과정 중에 말입니다. 저도 바둑 공부할 때 그런 걸 느끼며 한 번에 서너 단계씩 오른 기억이 분명 있습니다."

"불교적으로만 알기 때문에 십우도를 기우도로 변환시켜서 마음을 다스리게 만든다는 건가?"

"엄밀히 따지면 십우도는 도교입니다. 불교가 차용한 거랍니다. 나중에는 기독교든 천주교든 세계 여타의 종교인들이 자신의 종교적 색채대로 바둑을 표현하는 날이 오겠지요. 종교적이든 아니든 결국 참된 마음공부를 해야 나를 스스로 배려할 수 있고 남을 존중하며 배려할 수 있죠."

"어린아이들에게 그런 부분을 설명하면 알아듣나? 바둑에 접목한다면 어떻게 교육한다는 거지?"

"어느 수준에서 한 단계 확실하게 뛰어넘으려면 발상의 전환이 필요하죠. 요즘은 패러다임의 전환이라고 표현하더군요. 아이들은 바둑을 자기 수준에서 아는 대로만 두려는 경직된 경향이 있어요. 그런 사고방식이면 그 수준을 벗어나기가 만만치 않습니다. 이때 전 특강이나 개인지도를 하면서 바꿔치기라든가 큰 변화에 관해 설명을 해주면서 실패하더라도 실전에서 그런 발상을 해보라고 주문합니다. 도전정신이 있는 아이는 패배를 두려워하지 않고 부분과 전체의 조화를 찾아가면서 극복해냅니다. 그런 아이는 짧은 기간에 몇 단계 오르는 실력을 보입니다. 지는 게 싫고 변화를 두려워하는 아이는 그냥 황소걸음으로 조금씩 늘 뿐입니다. 어떤 아이는 발전 없이 게걸음으로 옆으로만 가기도 합니다. 발상의 전환도 남의 시선이나 일의 성패, 승부에서의 패배를 두려워 않는 용기가 필요합니다."

"맞아. 아무리 좋은 이상과 기획이라도 실천하는 용기가 없다면 허공에 흩어지는 연기에 불과하지. 아이들의 반응을 알 것 같네. 자네의 의도와 기획이 사상누각이 되지 않으려면 조급해하지 말고 긴 기간도 인내해야 할 거야."

* * *

"호연아."

"예. 선생님."

"기우도 대목을 오늘 집에 가서 다시 읽어보고, 지금은 내가 보충설명을 해줄게. 너희 집에 이 책이 있지?"

"네. 있어요."

"바둑의 고수가 실전에서 둔 수에 대해 왜 거기에 두었을까? 이해가 안 되는 부분이 하나둘 쌓여가는데, 다시 새로운 의문의 수들이 나타나면서 앞의 수는 잊어버렸어. 그런데 어느 한순간 쌓였던 잠재된 부분들이 번쩍하며 이해될 때가 있어. 그 순간 바둑 실력은 몇 단계 격상될 수 있는 거야. 이건 내가 경험한 거라 자신 있게 말할 수 있지."

나는 내 경험담을 진지하게 말하고 있었다.

"저도 그럴 수 있을까요? 선생님."

"그럼. 호연이도 바둑공부를 열심히 하다 보면 마치 머릿속의 안개가 어느 한순간 걷히듯 느낄 때가 있을 거야."

나의 설명에 아이는 안개가 걷히는 게 아니라 안개에 싸여 있는 느낌이에요. 라는 얼굴을 하고 있었다.

"호연이에게는 좀 어려운 말이겠지만, 진공묘유(眞空妙有)라는 불교의 가르침이 있는데, 내가 해석하기로는 어떤 사물을 접할 때 텅 빈 마음으로 변화를 받아들이면 어디에도 치우치지 않고 아름다움을 찾아낼 수 있다는 거야."

둘러선 어른 중 누구 하나 말하지 않고 있었다.

* * *

아이의 고독

아이는 바둑 선생님의 설명을 들으며 아득함으로 빠져들었다.

아이는 조금 전 걸어왔던 길을 생각으로 되돌아가고 있었다.

아이는 자신 있게 경포호 돌의자에 나와 앉아 있었지만, 처음엔 영 어색하기도 하고 주변이 신경 쓰이기도 하였다.

지나가는 사람이 "바둑 공부하네. 재미있니?" 하고 묻기만 해도 보던 책을 덮으며 부끄러워하였었다.

"허허. 기특해서 물어본 건데 내가 공부에 방해가 되었구나."

말을 건 사람이 미안해하면 아이가 오히려 더 어쩔 줄 몰랐다.

"몇 급이야?" 급수를 물어도 우물쭈물하며 대답하지 못했다.

그러나 시간이 좀 지나며 자전거 타고 가는 사람. 자동차 소리. 산책하는 사람들의 떠드는 소리에도 둔감해질 수 있었다.

오히려 다가와 바둑이나 체스에 대해 아는 체하면 즐거웠다.

군중 속의 고독보다는 군중 속의 버팀을 배우고 있었다.

주위에서 아무리 떠들어도 귀에 들어오지 않고 바둑이나 체스책 속으로 몰입할 수 있었다.

책을 보지 않고 생각할 때도 집중할 수 있었다.

그건 군중 속의 고독도 아니고 버팀도 아니며 군중 속에 나만의 세계를 아무 의식 없이 즐기는, 이른바 군중 속의 몰입이었다.

경포호에는 여러 종류의 새들이 날아다니고 있었다.
그 새들의 이름도 대부분 알고 있었다. 부모님과 이따금 산책할 때 길옆의 오두막집에 새들의 사진과 함께 이름이 특징과 함께 적혀 있었다. 오가며 한 번씩 들여다보며 자연스레 알게 되었다. 나는 오가다 자연스럽게 알게 된 그 새들의 이름과 특징을 알게 되듯 오감을 통하여 바둑과 체스 실력이 몇 단계 뛰어오를 수 있을까?

-오감이 내게 오는 걸까? 내가 찾아가는 걸까?

새들은 숲속에서 나무들 사이를 날아다니고, 숲 밖의 호수 위도 날아다니며 유유자적하는 듯하다가 재빠르게 낙하하여 물속의 먹이인 물고기를 낚아채 간다.
내가 바라보는 호수 위의 새들은 비상과 낙하 훈련을 얼마나 한 후 실패 없이 먹이를 낚아챌 수 있었을까?
아무것도 느끼지 못하는 몰입 상태를 스스로 만들 수 있다면? 그 상태에서 바둑 선생님이 전해주는 오감을 터득할 수 있을까? 그런 생각과 함께 의식은 다시 카페로 돌아왔다.

*　*　*

아이는 잠시 멍한 상태가 되었다.

뒤에 둘러선 누구도 아이의 침묵을 방해하지 않았다.

나는 아이만 상대하고 있을 수 없었다.

"인간은 AI에게 배워 인간을 이기려고 해. AI는 이기기 위한 기계일 뿐이야. 인간적인 감성이 없어. 죄책감도 없고, 배려도 없고, 자비도 없지, 실수도 거의 없고 그들끼리 대결하면 누가 더 기계적인가에 승부가 나는 거야. 우리가 흔히 만나는 사물의 이론이나 가치는 늘 변하기 마련이야. 사람은 감성으로 그런 걸 인식할 수 있고, 그 감성으로 인공지능도 이길 수 있는 거야."

오감에 대하여 마무리할 때가 된 듯하여 그렇게 설명했다.

지금까지 여러 예를 들어 설명했기에 이제 오감에 대하여 알고 모르고는 아이 몫이 되었다.

"감성이 곧 선생님이 말씀하시는 오감이 될 수도 있다는 거죠? 선생님."

"그래. 넌 '자강두천'이라는 말의 의미를 알지?"

"네. 선생님. 알지만 전 자강두천이란 말을 싫어해요."

"왜?"

"천재 둘의 두뇌 싸움이잖아요."

"하지만 너도 저런 경우에 들 수 있어."

나는 진심을 담아 말했다.

"선생님은 거짓말을 너무 그럴듯하게 하세요."

아이는 실망하며 말했다.

"왜 그렇게 생각해?"

"제가 그럴 수 없다는 것을 누구보다 더 잘 아시잖아요."

아이는 스스로 실망하고 있었다.

"누구보다 잘 아니까 나는 너에게 그렇게 말하는 거야. 사물에 대해 끈기 있게 의심하고 생각하다 보면 전문가가 되는 거야. 천재다, 아니다 보다 인공지능과 인간지능을 결합하여 감성을 더한 생각을 해낼 수 있다면 어느 부문이든 일류가 될 수 있는 거야. 경쟁 의미의 겨룬다는 생각보다 교감을 하려고 해봐."

아이가 누굴 이기기 위하여 오감을 통하여 몇 단계 뛰어오르는 실력향상을 기대하는 건 아니라고 나는 믿고 있다.

나는 머릿속에서 경쟁도 빼고 겨루기도 빼고 순수한 눈으로만 사물을 판단해보라는, 바둑도 체스도 무언의 교감을 해야 한다는, 결국 반복된 의미의 말을 해야 했다.

아이는 다시 말이 없었다.

*　　*　　*

*　　*　　*

체스 철학자의 뿌리

영하는 바둑 스승과 아이의 대화를 들으며 어디서 왔는지 알 수 없었던 자신의 느낌을 아이 말처럼 어렴풋이 느낄 수 있었다. 본인도 모르게 온몸에 소름이 돋았다. 특히 팔꿈치 부분에 소름이 심하게 돋는 느낌이라 양손으로 서로 팔을 쓸어내려 보았다. 본인도 모르게 어릴 적 수년간 바둑을 배우며 그런 생각 방법을 터득하여 본인의 내면 깊숙이 잠재되어 있었다는 것을 깨닫고 있었다. 그 잠재된 느낌, 사고의 해저 깊숙이 침잠되었던 방법을 지금 꺼내어 세계의 체스 GM에게 사용하고 있다?

-체스 대국 때 나의 생각법은 어릴 적 바둑에서 온 건가?
-망상의 자각이 아니라 잠재의 자각이라 해야 하나?
-스승과 아이와의 대화 속 뿌리는?

나도 모르게 나에게 나의 잠재력 속에 스며든 느낌 혹은 방법은 AI 체스프로그램과 대국하고 대화하며 내가 개발한 나만의 것이라고 느끼고 있었다.

-그게 어릴 적 배운 바둑의 수읽기 하는 사고에서 왔다고?

너무 놀라운 일이다. 그걸 지금 내 앞의 초등 5학년의 꼬맹이가 일깨워주고 있다니.

영하는 그렇게 생각하며 속으로 웃었다.

본인도 강릉에서 바둑을 배울 때는 호연처럼 꼬맹이였다.

그런데 호연이는 총명하여 놀라운 꼬맹이 초등생이었다.

-호연인 본인이 총명하다는 걸 모르는 걸까?

어릴 때부터 바둑을 배우며 숨 막히게 어려운 장면에서는 눈을 감고 참다운 수, 최선의 수를 찾아내는 훈련이 그때 시작되었고, 요즘 AI 체스프로그램을 통해 완성되어 진다는 의미였다.

그게 바둑 선생님이 설명하는 오감이었다.

-내게 바른 눈빛은 어디서 어떻게 왔을까?

영하는 늘 막연하지만 궁금했었다.

어릴 때 수년간 배운 바둑에서의 경험을 통해 체스로 전이되어 완성 단계에 이르렀다? 영하는 바둑 스승과 아이와의 대화 속에 숙연한 자세로 고개를 끄덕거리고 있었다.

*   *   *

바둑 유단자

기정은 영하의 모습을 옆에서 지켜보며 부러워하고 있었다.
친구가 어떤 생각을 하며 스스로는 지금 행동을 느끼지 못하며 고개를 끄덕거리는지 알 것 같았다.
어릴 때 똑같이 배운 바둑인데 나는 왜 그런 이치를 깨닫지 못했을까?

-나의 능력이 미진하여?
-오감을 느끼게 이끌어주는 좋은 스승이 없었기에?

이렇게 친구의 순간적인 우연한 몸짓에서 섬광처럼 느끼는 것도 오감이라고 할 수 있을까?
나는 어릴 적 바둑을 배우며 바둑과 교감을 못 했을까?
그저 실력향상만 위하여 공부하고, 그저 이기려고만 대국하며 수년간 바둑공부를 했을까?
기정은 눈에 안 보이던 그런 차이가 지금의 친구와 체스 실력 차이라고 해야 할까? 카페 밖으로 시선을 돌리며 생각했다.

*   *   *

"우와. 호연이 정말… 대단해. 정말 고마워."

영하는 느닷없이 아이의 양 볼을 양손으로 감싸며 소리쳤다.

"네? 박사님. 뭐가 대단하고 뭐가 고마운데요?"

아이도 영하의 돌발적인 행동과 말에 깜짝 놀라며 되묻는다.

카페 밖의 새들이 깜짝 놀라 날아갈 정도로 소리쳤다.

새뿐만 아니라 하늘에 떠가던 조각구름도 화들짝 놀라 바람에 밀리듯 저만치 떠밀린 듯한 상황을 영하가 연출했다.

둘의 상황에 주변 사람이 모두 놀라고 있었다.

"호연이, 넌 나의 스스로에 대한 의문을 풀어주었어."

"제가요? 어떻게요? 무엇을요?"

아이는 소리쳤다.

"호연아. 오늘은 오감에 관한 얘기는 이제 그만하고 집에 가서 선생님과 대화한 내용을 곰곰이 생각해봐. 그래도 풀리지 않는다면 서서히 알게 될 거야."

영하는 더 나올 내용도 없으므로 오감을 종식하고자 했다.

"알겠어요."

아이는 미진한 부분을 삼키고 있었다.

나는 영하가 왜 아이에게 고마워하는 줄 알고 있었다.

*　　*　　*

아름다움을 찾아라

세계 체스챔피언 11인의 궤적과 오감에 관해 나와 아이 사이에 문답이 뜨겁게 벌어진 후 아이는 집으로 걸어간다고 나갔다.

"호연이 잘 가!"

내가 따라 나가며 아이를 살피고 있었다.

오늘은 다른 날에 비교해 카페에서 짧은 시간을 보낸 후 귀가를 서둘러서 좀 신경이 쓰였다.

"네. 선생님. 안녕히 계세요."

아이는 돌아서서 다시 한번 인사했다.

-아이는 올 때와 달리 좀 심오한 표정이다?

카페에 들어올 때와 달리, 갈 때의 표정이 그렇게 느껴졌다.

아이는 오던 모습 그대로 양 옆구리에 판과 책을 끼고 있었다.

아이의 얼굴에서 앞으로 한 번 정도는 더 오감에 관하여 물어올 것이라는 예감이 들었다.

문제를 풀었을 때와 풀지 못했을 때의 표정은 분명 다르다.

호연이는 집으로 걸어가고 있었다.

선생님이 오감에 관해 설명한 부분을 요약해보았다.

-숲 밖에서 숲을 살필 줄 알아야 해.

-자연을 바르게 바라볼 줄 알아야 해.

-나만의 느낌에 스스로 책임질 줄 알아야 해.

-늘 보던 것에서 아름다움을 찾을 줄 알아야 해.

-더 많은 의미를 부여하고 더 높은 가치를 찾아야 해.

그런 모든 것이 경험에서 우러나온다면?

나는 언제 경험을 쌓아 오감을 느낄 수 있을까?

-오감은 의하는 것이 아니라 통하는 거야.

-나는 어떻게 오감과 통할 수 있을까?

배워서 아는 것이 아니고 느껴서 아는 것이다.

느끼기 위해선 배워야 한다.

선생님 말씀은 늘 아리송한 부분이 뒤따라온다.

단번에 알아내는 방법은? 꾸준히 생각하고 있어야 한다.

다은 외삼촌

오 여사는 비로소 11인 팸플릿 바로 앞의 6인이 앉을 수 있는 긴 탁자에 자리 잡으며 안도의 표정을 하고 있었다.

그 오른쪽 옆으로 다은이 앉았고 다은 옆에 미래가 앉았다.

강 사범은 천천히 오 여사 맞은 편으로 자리 잡았으며, 옆에는 기정, 영하 순으로 남녀 6인이 마주 보고 탁자에 앉았다.

"배 사범님. 죄송하지만 여기 차 주문 좀 할게요."

오 여사는 나에게 심부름시켜 미안한 듯한 말투였다.

그때까지 차를 마시지 못한 강 사범을 비롯하여 나중에 방문한 영하, 기정, 미래까지 차 주문을 권했다.

-호연의 귀가로 홀가분한 걸까?

오 여사는 살짝 들뜬 음성이었다.

"강 사범님은 몸에 좋은 구기 쌍화차 한 잔 드시죠?"

오 여사는 강 사범에게 나이를 배려한 차를 권했다.

"고맙습니다. 오 여사님. 이 바체프의 구기 쌍화차는 진국이며 몸에 좋은 구기자가 많이 들어가 저도 좋아합니다."

강 사범도 당연한 듯 흔쾌히 수락했다.

우리 카페의 쌍화차 제조법을 가르쳐준 분이 약재 중 구기자를 많이 넣으라고 하여 구기 쌍화차가 된 까닭을 강 사범은 알고 있었다. 물엿이나 설탕 등 단맛을 내는 재료는 일절 들어가지 않고 대추를 듬뿍 넣어 단맛을 내고 있었다.

사실 단맛은 별로 없고 약재의 쓴맛을 없애주는 정도였다.

청춘 넷은 아이스 아메리카노를 다 같이 주문했다.

"배 사범님. 저도 쌍화차 한 잔 주십시오. 그리고 배 사범님도 드시고 싶은 차를 한잔 가져오시죠?"

오 여사는 나에게 같이 앉아 의논할 것을 그렇게 내비쳤다.

"알겠습니다. 저도 기꺼이 한잔 마시겠습니다."

기정, 영하가 있는 자리에서 부담 없이 사연을 듣고 싶었다.

"엄마. 지금 찻값은 제가 낼게요."

다은이 황급히 일어나며 카운터 쪽으로 다가갔다.

다은은 엄마에게 잠시 한숨 돌릴 기회를 주고 있었다.

차가 나온 후, 오늘 주제의 서두를 어떻게 꺼낼지 머릿속으로 정리하는 시간을 갖게 해주는 엄마에 대한 딸의 배려였다.

나와 아내가 차를 준비하는 동안 둘러앉은 그들 여섯은 11인의 체스챔피언에 대하여 인물의 특징을 아는 만큼 말하고 있었다.

아이가 불쑥 꺼내든 오감에 대해서도 그들은 격의 없이 대화하고 있었다.

서로 자기 의견을 조곤조곤 말하며 대화하고 있었으나 이따금 튀는 단어가 내 귀에 들려왔다.

하지만 오 여사가 꺼내고 싶은 본론은 나오지 않고 있었다.

오 여사는 반드시 내가 앉은 자리에서만 오늘의 무거운 주제를 꺼내 놓을 심산으로 보였다.

차를 내오고 내가 자리에 앉자 잠시 침묵이 흐르고 있었다.

나는 동그란 보조 의자를 가져와 오 여사와 강 사범의 중간에 앉게 되었다. 마치 회의를 주도하는 자리가 돼버렸다.

차를 마시며 모두 오 여사의 기색을 살피고 있었다.

"제 오빠가 바둑이 아마추어 고수였다는 사실을 강 사범님이 잘 알고 계십니다."

오 여사는 그렇게 말문을 열고 잠시 기다린다.

-그런 사실은 제가 잘 알지요

강 사범이 그렇게 동조해주길 은근히 바라는 눈치였으나 그는 아는 듯 모르는 듯한 태도로 침묵했다.

"바둑에서 완전히 손을 떼고 제 남편이 운영하는 무역회사의 미국지사로 건너간 세월이 벌써 30여 년 가까이 되었어요. 사실 제가 부탁하여 강 사범님과 공조하여 그렇게 만들었죠."

오 여사는 이번에도 무언가를 기다린다.

강 사범은 차만 마시며 역시 침묵으로 일관했다.

누구 하나 그렇게 된 사연에 관해 묻지도 않았다.

일곱 명이 둘러앉아 있는데 적막이 흐른다.

말하는 오 여사가 외로울 것 같다는 생각이 문득 스친다.

“그동안 아무 탈 없이 사업도 승승장구하면서 잘 근무했는데 요즘 체스에 빠져서 문제가 생긴 것 같아요.”

“체스 때문에 어떤 문제가 발생했다는 거죠?”

다들 집중하여 듣고만 있던 터라 나는 오 여사의 외로움을 덜어 주고 싶었다.

“최근에 사업을 확장한다면서 거래가 없던 남미의 한 나라와 협상을 하던 중이었어요. 그 나라 무역회사의 중역이 체스광이라 친밀도를 높이기 위해 이래저래 얽히게 되었나 봅니다. 저도 그렇게 듣기만 했지 자세한 내용은 잘 몰라요. 제 오빠가 원래 바둑고수이므로 체스도 빠르게 익혀 그 중역을 만나면 비즈니스 차원에서 체스도 두어 판씩 두었다고 합니다.”

오 여사는 잠시 쌍화차로 목을 축인다.

찻잔을 드는 손이 살짝 떨리는 모습으로 보였다.

잠시의 침묵 속에 뭔가 불길한 느낌이 스멀스멀 피어올랐다.

언뜻 살펴본 강 사범도 미간을 살짝 좁히고 있었다.

아마 나와 유사한 느낌을 받았을 것으로 추측할 수 있었다.

아니면 우리 카페에 오기 전 오 여사에게 이미 들었던 내용이라 그다음의 사연이 안타까워서일까.

"서로 협상이 잘 진전되면서 어느 정도까진 비즈니스 차원에서 둘만 체스를 두었다고 합니다. 그러던 어느 날 그 중역이 다음에 만날 때는 서로 체스 고수를 한 명씩 데려와 고수들 대국을 관전해보자고 제안했다고 합니다."

오 여사는 다시 차를 마셨다.

"음. 체스 고수를 데려오려면 비용 문제가 발생할 거고, 그럼 내기 체스로 전환될 것이고, 내기의 액수가 점점 올라갔다는 사연으로 전개될 것 같네요."

내가 빠르게 스치는 내용을 말했다.

뻔한 내용이지만 체스 고수가 등장한다면 문제가 심각해진다.

우리 카페에서 벌어지는 우리들의 리그처럼 점점 더 체스 고수를 서로 선수로 내세울 것이고, 그 선수를 초빙하려면 고액이 들어가며 내기 액수도 기하급수적으로 높아질 것이다.

"맞습니다. 그 중역이 미국으로 오기도 하고, 오빠가 그 나라로 가기도 하면서 서로 체스 선수를 대동하게 되었다고 합니다."

우리 카페에서 벌어지는 체스판이 미국과 그 나라를 왕래하며 개인적으로 벌어지고 있다는 것이다.

“오 여사님. 그 중역의 나라는 어느 나라죠?”

“콜롬비아로 알고 있는데 오빠는 콜롬비아뿐 아니라 그 옆의 나라들과도 협상을 추진하고 있는 것으로 알고 있습니다.”

“그런 내용을 오 여사님은 어떻게 알게 되었나요?”

나도 궁금한 부분이지만 영하와 기정에게 전달하는 의미로 내가 매개체 역할을 할 수밖에 없었다.

“사업적인 건 남편한테 듣기도 하고 가끔 오빠와 통화하면서 듣기도 합니다.”

-오 여사는 진실을 어디까지 말할 수 있을까?

오 여사의 말이 카페 안에서 메아리처럼 울리고 있었다.

일곱 명이 둘러앉아 있는데 오 여사의 말만 공허하게 울리거나 나와의 문답이 잠시의 침묵과 침묵 사이로 떠돌았다.

“아니요. 사업적인 것 말고 체스에 관한 걸 묻는 겁니다.”

나는 초점을 체스에 맞추고 있었다.

영하나 기정도 무역업은 문외한일 것이고, 그 체스 부분이 매우 궁금할 터인데 선뜻 나서서 묻지 못하는 모습이었다.

내가 알고자 하는 것보다 오 여사와의 대화에서 기정과 영하가 도움을 줄 수 있는 내용을 끄집어내려고 노력했다.

둘은 보스에게 부탁하면 오 여사 오빠의 내막을 파악할 수 있을 것으로 짐작되었기 때문이다.

“체스는 문제가 심각해지면서 새언니에게 듣고 있습니다.”

오 여사의 새언니라면 오빠의 부인이며 다은의 숙모이다.

가정에까지 문제가 심각하다고 알려왔다면 이미 큰 금액을 내기 체스로 날리고 공금까지 손을 대었을 것으로 추정할 수 있었다. 사업적이었던 게 개인적인 손해를 불러왔고, 다시 회사로까지 손해를 끼치게 되었다는 내용으로 번진 것으로 추정된다.

“내기 체스 금액이 커지면서 개인적인 손해도 손해지만 혹시 오빠가 회사 공금도 손을 대었나요?”

나는 정말 잠깐이지만 심사숙고한 후 그렇게 물었다.

오 여사는 대답하기 괴로울 것이다.

딸이 옆에 앉아 있고, 딸 친구와 딸과 매우 가까운 대학 선배도 다 듣고 있었다. 지금 어렵게 토해내는 한마디 한마디가 집안의 좋지 못한 불상사를 나열하는 꼴이다. 하지만 누구에겐가 도움을 청하려면 현 실정을 있는 그대로 밝혀야 했다.

“새언니도 자세히는 모르지만 그런 느낌이라고 말했어요.”

오 여사는 오빠에 관한 좋지 못한 내막 한 가닥을 말한 후 그때마다 찻잔을 입에 대며 괴로움을 삼키고 있을 것이다.

나는 기정과 영하의 기색을 살폈다.

이런 내막을 실토하는 오 여사도 괴롭지만 듣고 있는 그 둘도 어쩌면 괴로울 것이라고 짐작되었다.
우리 카페에선 비공식적이지만 우리들의 리그는 분명 후원자와 선수가 존재한다. 그런데 지금 오 여사 오빠 사연은 개인적으로 계획된 의도로 의심해볼 수도 있다.

-내가 무엇을 더 묻고 밝혀야 할까?

나는 눈으로 그 둘에게 묻고 있었다.
그러나 둘은 나의 시선도 괴로운 듯 피하고 있었다.
"지금까지 오 여사님이 말씀하신 내용으로 미루어 어쩌면 계획적이거나 아니라면 오빠와 그 중역 간에 누군가 배짱을 부리다 그리되었을 가능성이 큽니다."
나는 거기까지 말하고 오 여사의 반응을 살폈다.
"전 계획적인 건 아니라고 봅니다. 오빠가 여기서 그만 멈추게 하던가 아니면 일부라도 회수할 방법이 없을까요?"
오 여사는 지푸라기라도 잡는 심정일 것이다.
한국에 거주하는 사람이 콜롬비아와 미국을 날아다니며 벌이는 사업과 내기 체스에 대해 어떤 도움을 주겠는가.
오래전 바둑으로 강 사범이 해결해준 덕택인데 우연히 강릉에서 강 사범을 만난 후 하소연하듯 내막을 털어놓았을 것이다.
강 사범은 체스에 관한 것은 내게 도움을 받아보라고 권유하여 나를 찾아온 것이다.
다은은 체스와 얽힌 일이라면 기정과 영하가 더 잘 해결할 수 있지 않을까? 그런 심정에서 강릉으로 그 둘을 불렀을 것이다.
현재 다은도 영하도 미국의 같은 대학에서 수학하고 있다.
다은은 석사과정을 지망하고, 영하는 박사과정에 들어가 있다.
오 여사도 다은도 영하와 기정이 체스 고수라는 사실과 세계의 체스 고수들과 대국한다는 걸 모른다.
영하가 문화 교류 형식으로 여러 나라 선수들과 강릉에서 체스 대국을 벌이고 있으므로 영하가 체스 고수일 것이라고 짐작할 뿐이었다.

-엄마와 대화하던 다은이 강 사범을 만나게 만든 건 아닐까?

어렴풋이나마 외삼촌의 내막을 안 후 본인이 아는 바둑과 체스에 관한 전문가격인 우리를 한자리에 모이게 한 것인지 모른다.
살짝 의심이 가지만 다은에게 직접 물어볼 새가 없었다.
"오 여사님. 혹시 그 콜롬비아인 중역 이름과 그가 속해 있는 회사를 알고 계시나요?"

나는 다시 한번 기정과 영하를 쳐다본 후 오 여사에게 물었다.

너희 둘이 능력껏 알아봐. 라는 무언의 전달이었다.

“그것까진 모르지만, 남편이나 오빠와 통화하면 알 수 있어요. 배 사범님. 그건 왜 묻죠?”

“다은이도 알고 있지만 요즘 우리 카페에서 외국의 문화사절단이 체스를 며칠씩 두고 가기도 했습니다. 미문화원에 근무하는 미국인이 주도하여 우리나라에 방문하게 만든다고 들었습니다. 혹시 알아볼 수도 있을까 해서요.”

나는 다은이 알고 있는 만큼만 말했다.

“알겠습니다. 제가 남편에게 연락하여 알아보겠습니다.”

오 여사는 조금쯤 표정이 밝아졌다.

“그럼 알아보신 후 오 여사님 오빠와 콜롬비아 중역의 신상에 대해 메모하여 저에게 주십시오.”

더 들을 중요한 내용도 없다는 판단이었다.

“신경 써주셔서 고맙습니다. 사범님. 제가 지금 잠깐 통화하고 오겠습니다.”

오 여사는 휴대전화를 챙기며 카페 밖으로 나갔다.

나는 기정과 영하와 눈을 맞추려고 노력했다.

-보스- 케빈 정도면 알아내지 않을까?

콜롬비아인의 신상 정보를 알면 케빈에게 연락하여 알 수 있지 않을까, 기대가 컸다. 큰 내기 선수로 내세울 만한 체스 고수를 미국에서 수소문하면 알아낼 수 있을 것이란 판단이었다.

"사범님. 남편 이름과 회사 상호. 그리고 콜롬비아회사 상호와 중역의 이름입니다."

밖에서 들어온 오 여사는 내게 쪽지 하나를 건넸다.

오 여사는 카페를 나갈 때보다 좀 밝아진 얼굴을 하고 있었다.

내가 훑어본 메모에는 중요시한 체스 선수의 신상은 없었다.

"혹시 남편께서 내세운 미국의 체스 선수와 콜롬비아 중역의 체스 선수 신상은 알 수 없을까요?"

"그것까진 안 물어봤어요. 남편이나 오빠는 내가 새언니하고 이런 일로 통화한 줄 몰라요. 그냥 콜롬비아회사 상호와 거래를 위해 협상하는 그 중역의 이름만 궁금한 듯이 물었어요."

오 여사의 얼굴엔 다시 그늘이 드리우고 있었다.

"일단 알겠습니다. 제가 힘닿는 데까지 알아보겠습니다."

"정말 고맙습니다. 배 사범님."

"시간은 얼마나 걸릴지 모르니까 재촉하거나 너무 기대하지는 마십시오."

오 여사가 너무 기대하지 않길 바라는 마음이었다.

"알겠습니다."

오 여사는 그렇게 대답하면서 어쩌면 실마리가 풀리지 않을까 하는 기대에 조금은 밝은 표정이었다.

오 여사는 인사와 함께 강 사범이 앉아 있는 곳으로 갔다.

나는 주방으로 가서 콜롬비아인 신상에 관한 메모지의 사진을 찍어 기정에게 문자로 보냈다.

-케빈에게 알아볼 수 있지?

내가 눈짓을 하자, 기정은 영하를 데리고 카페 밖으로 나갔다.

내가 할 수 있는 일은 거기까지였다.

다은은 무심한 척 나와 기정과의 몸짓과 눈짓에서 뭔가 행동에 옮겨진 걸 눈치채고 살짝 미소를 띠고 있었다.

지금부턴 기정과 영하가 보스에게 부탁하든 미국으로 가 직접 알아보든 그 둘의 능력에 달려있었다.

오 여사가 기정과 영하에게 직접 현 상황을 세세하게 설명한 후 해결책을 찾기에는 껄끄러운 부분이 너무 많았다.

그걸 다은이도 눈치채고 짐짓 모른 척하였으며, 기정은 최선을 다해 알아본 후 해결하려 들 것이다.

8. 그림 속의 바둑

난가도(爛柯圖)

“사범님. 이 그림이 신선놀음에 도끼자루 썩는 줄 모른다는 그 속담의 그림이죠?”

다은이 일부러 쾌활한 음성으로 물어왔다.

그림 앞에서 손가락으로 가리키며 밝게 웃고 있었다.

외삼촌 때문에 처진 엄마의 기분을 풀어주기 위함이었다.

가족의 감추고 싶은 비밀스러운 부분도 여럿에게 다 까발려놓은 상태의 엄마 심정이 어떨지 다은은 짐작하고도 남았다.

“맞아. 사람들 대부분 그 속담이 우리나라 속담인 줄 알고 있는데, 전설은 중국에서 넘어온 거야.”

강 사범도 흥미를 느낀 듯 그림 앞으로 다가왔다.

오 여사와 미래도 따라와서 그림 앞에 섰다.
강 사범은 카페에 올 때마다 한 번씩 봤을 터인데 그림에 관한 설명은 한 번도 듣지 못했다.
"그래요? 저도 우리나라 속담인 줄 알고 있는데요."
다은은 고개를 갸웃거렸다.

"선생님. 잠깐만요. 저희도 같이 설명 듣고 싶어요."
영하가 카페 문을 들어서며 다급하게 소리치고 있었다.
기정과 함께 보스에게 알아봐 달라는 부탁 통화 후 들어오는 것으로 추정할 수 있었다.

-진이 긴밀하게 하는 부탁이라면 중요하겠지요?

상황을 듣고 난 보스는 그렇게 나왔을 것으로 짐작되었으며,
미국의 제프리에게 연락해보겠다고 약속했을 것이다.
그런 경위를 충분히 미루어 짐작할 수 있었다.
빠르게 다가오는 둘의 모습을 나는 미소지으며 주시했다.
영하 뒤를 따르던 기정이 눈치껏 고개를 끄덕거렸다.
나도 기정과 눈길을 마주치며 알았다는 고갯짓을 보냈다.

“아니야. 거기 설명문에도 나와 있듯이 난가도(爛柯圖)의 난은 문드러질 난(爛) 자이며, 자루 가(柯) 자인데, 도낏자루를 빗댄 글로 사용하고 있어.”

전시물에 관해 늘 주도적인 문답을 일삼던 호연만 빠진 채 바둑 그림을 설명하게 되었다.

“그럼 중국에선 현실에서 일어난 일을 기록해 놓은 건가요?”

호연이 빠지니까 다은이 사실확인에 나선다.

“그것까진 나도 장담할 수 없고, 중국 진(晉)나라 때 왕질(王質)이라는 나무꾼이 두 동자가 바둑 두는 것을 구경하는 동안 도낏자루가 썩어 버리고, 마을에 돌아오니 아는 동네 사람들이 다 오래전 옛사람이었다고, 술이기(述異記)에 나오는 고사에서 유래했다고 나와 있어. 나도 인터넷에서 검색해 본 거야.”

현실에서 일어난 역사적인 사실인지 아닌지 나 역시 장담하기 어려워 그렇게 설명할 수밖에 없었다. 거기에 덧붙이면 신선이 주는 환약 같은 알약을 하나 얻어먹고 구경했다는 글도 있다. 바둑 한판에 일백 년의 세월이 흘렀다고 하는데 쉽게 믿을 사람은 많지 않을 것이다.

“그런데 사범님. 이 그림은 두 동자가 아니라 신선 같은 노인네들이잖아요.”

다은은 궁금한 면이나 사실적인 면에선 집요했다.

난가도(爛柯圖)

“내가 이 카페를 오픈하기 전 강화도의 마니산에 여행 갔을 때 나무꾼과 신선(神仙)의 만남이라는 마니산 신선 설화 기록을 적어놓은 글도 있었어. 그 글엔 나무꾼 3명이 신선 복장의 두 사람이 바둑 두는 걸 구경하다가 불로주를 한 잔씩 얻어 마셨는데 나중에 동리에 내려와 보니 3백 년의 세월이 흘렀다고 나와 있었어. 유리집 안에 바둑 두는 두 사람과 나무꾼의 모형도 만들어 놓아서 내가 사진도 찍어 왔어.”

우리 부부가 강화도에 놀러 갔을 때 경험을 설명해줬다.

“우리나라에도 그런 설화와 모형 집이 진짜 있어요?”

“그럼 진짜지. 나도 놀랐어. 바둑은 오천 년의 역사가 흘렀기 때문에 동양 삼국의 바둑 설화를 다 수집하면 아마 엄청날걸. 바둑에 관하여 어느 글엔 동자로 나오기도 하고, 또 어느 글과 그림엔 흰 수염 노인과 검은 수염 노인으로 표현하기도 한 글을 읽은 적도 있어. 아니면 머리카락으로 흑발 백발 등 흑백을 그렇게 묘사한 글이나 그림도 있지. 내가 통영시에 여행 갔을 때 윤이상 기념관 옆 독일 집을 재현한 베를린 하우스에서 난가도 족자가 걸려 있는 걸 봤어. 그때 윤이상 선생도 바둑을 좋아했다는 걸 알 수 있었지. 그림이 오래되었고 좀 희미해져서 잘 안 보일 텐데 내가 이 그림들 다 설명한 후 사진을 보여줄게.”

나는 그렇게 약속했다. 저장된 컴퓨터 내에서 찾아야 했다.

오로 쌍폭

오로(烏鷺)

"선생님. 난가도 옆의 두 마리 새 그림은 뭘 의미하는 거죠?"

영하가 해맑은 얼굴로 물어온다.

오늘은 마치 가족끼리 박물관에 관람하러 온 듯한 분위기에서 상쾌한 음성이었다. 대국도 없는 터, 변장할 필요 없어 지성적인 본 모습 그대로여서 더욱 보기 좋았다. 미래가 같이 있어서인가, 영하는 조금은 들뜬 느낌을 주고 있었다.

"다은인 오로가 무슨 뜻인지 알아?"

나는 영하의 물음에 다은에게 먼저 질문했다.

"오로요? 잘 모르겠어요. 사범님."

바둑을 안 배운 다은이 잘 모르는 건 당연하다.

바둑 실력이 어지간한 사람도 대부분 모른다.

"김 박사는 오로가 무슨 의미인지 알지?"

"까마귀 오(烏)자에 백로 로(鷺)를 말씀하시는 거죠?"

어릴 적 바둑을 배워 유단자인 영하는 알고 있었다.

"그렇지. 정확히는 해오라기 로(鷺), 아니면 백로 로(鷺) 자로 쓰이는데 백로라고 하면 왜가릿과의 모든 새를 통칭하는 거지. 더 뜯어보면 새 조(鳥)자 위에 길 로(路)자가 올라가 있어."

나는 아예 백로의 한자를 파훼하고 있었다.

“바둑이 순수한 우리말이며 다른 말로 부를 때 오로라고 하며, 까마귀와 백로의 싸움을 빗대어 그렇게 부르잖아요. 선생님.”

영하가 내친김에 알고 있는 만큼 설명이 뒤따른다.

학자의 풍모를 느끼게 만드는 오로(바둑)의 명확한 설명이었다.

“오. 김 박사가 명확하게 잘 알고 있네. 순우리말의 옛말로는 백로를 ‘하야로비’ 라고도 불렸어. 바둑을 다른 말로 별칭은 열 가지가 넘지만 오로가 가장 명확하다고 봐. 여기 이 그림은 까마귀와 백로를 한 폭씩 그려내었기에 나는 오로 쌍폭이라고 명명했어. 오로를 이렇게 그림으로 나타내는 것도 처음 봐.”

나는 거기까지 말하면서 호연이 오로 쌍폭 그림에 관해 명확히 설명할 때 지금 이 자리에 없는 것이 아쉬웠다.

호연이 일찍 귀가한 것은, 올 때의 목적이 오직 오감이었기에 오감을 두 번 세 번 곱씹으며 걸어갔을 것이다.

“그렇네요. 선생님의 설명을 듣고 그림의 의미를 알고 나니까 이 그림의 가치가 더욱 빛나는 걸 느끼겠어요.”

영하는 문답 뒤에 숙연함도 보였다.

“나도 오로가 까마귀와 백로의 싸움이라는 말은 그동안 수도 없이 듣고 글로도 읽었지만 그림으로 그려진 건 처음 봐.”

있는 듯 없는 듯 지켜보던 강 사범이 조용한 어조로 말했다.

그는 여기 지금 그림을 관람하는 그 어떤 사람보다 더 감회가 새로울 것이며 의미가 남다를 것이다. 어릴 적부터 얼마 전까지 평생을 오로의 싸움 속에서 살아온 산증인이었다. 내가 소회를 말하는 그의 얼굴을 가만히 들여다보며 그의 오로 싸움의 세월을 계산해볼 때 60년이 넘었다. 지나고 난 뒤의 감상은 흐르는 물과 같지만, 그 당시의 내기바둑 한 수 한 수가 뇌를 갉아대고 피를 말리며 (어쩌면 한 수마다 피를 뚝뚝 떨구며 살을 내주고 뼈를 취하는 싸움의 연속이었을 것)으로 추정할 수 있었다.

"이 그림을 표구하려고 전문가를 불렀는데, 표구하는 걸 반대했습니다. 본인의 돈벌이를 거부한 거죠."

"아니 왜요?"

"이 그림은 적어도 일백오십 년은 넘었다고 했습니다. 이 그림의 이런 류 종이는 요즘 찾아볼 수 없으므로 역사적인 자료로 그대로 보존해야 한다고 전문가는 주장했습니다."

"음. 보기에도 고색창연한데 바탕인 종이도 가치가 있었네."

강 사범은 수긍하면서도 그림을 다시 한번 관찰하는 그 눈빛은 어딘지 공허함을 드러내며 슬픔도 조금은 배어있는 느낌이었다. 그는 어쩌면 오로 쌍폭의 그림, 그림이 그려진 종이의 세월의 흔적에 따라 역사적인 가치가 달라진 것에 대해 자신의 인생을 투영해 보고 있는 것은 아닌가? 하는 생각이 문득 들었다.

세월의 흐름에 따라 가치가 상승하는 것과 하락하는 것에 대해.

금기서화(琴棋書畵)

금기서화(琴棋書畵)

강 사범에게서 시선을 거두고 옆으로 천천히 몇 걸음 옮겨 일본 여성의 금기서화가 그려진 그림 앞에 섰다. 오른쪽 그림이 전형적인 금기서화이며, 왼쪽 그림은 일본 여성이 바둑두는 그림인데 표구하는 분한테 부탁하여 한 곳에 넣게 되었다.

나는 잠시 그림을 조용히 관찰하는 관람자 자세를 취했다.

내 옆으로 그리고 뒤로 모두 옮겨왔다.

때론 말이 앞서기 전 가슴으로 감상하는 법도 필요하다.

"사범님. 금기서화가 정확히 어떤 의미죠?"

역시 그림에 대해 궁금증을 감추지 못하는 다은이 먼저 나섰다.

"미술사적인 깊이가 있는 다은인 그 의미를 알고 있을법한데, 정말 모른다?"

다은의 물음에 나는 놀라고 있었다.

"네. 사범님. 어렴풋이 알고 있지만 왜? 누가? 어디서? 무엇을? 이런 면에서 명확하게 모르겠어요."

-다은이 그렇다면 이들 중 금기서화 의미를 아는 사람은?

아마 없을 것이다, 라는 마음속 확신이 들었다.

다들 그림의 내용으로 짐작은 하고 있을 것이다.

악기를 켜고 바둑을 두고 글씨를 쓰고 그림을 그리고 있었다.

"이 그림 속의 금기서화(琴棋書畵)는 일본 여성들이 현악기를 켜고 바둑도 두고 글씨도 쓰고 그림도 그리는, 네 가지를 나타내고 있는 모습이 보일 거야."

다들 고개를 빼 그 그림을 자세히 들여다보고 있었다.

일본풍 복식의 여성들이므로 누구나 일본 그림인 줄 안다.

"거문고가 어느 나라 악기인 줄 아는 사람?"

나는 주변을 둘러보며 존칭을 생략한 채 퀴즈 내듯 물었다.

"저요. 고구려 때 만들어진 우리나라 현악기입니다."

다은이 바로 초등생처럼 생글거리며 손을 들고 맞췄다.

"맞았어. 그럼 가야금은 어느 나라 악기인 줄 아는 사람?"

다은은 알고 있는 듯 생글거리며 주변을 둘러본다.

"저요. 가야에서 만든 우리나라 현악기입니다."

다들 눈치만 보고 있을 때 역시 다은이 손을 들고 말했다.

"역시 공부 깊이가 남다른 다은이는 다 알고 있네. 맞았어요. 가야금이나 거문고나 다 우리나라에서 만든 악기입니다. 그럼 가야금과 거문고가 구조적으로 다른 점은?"

다은의 실력을 인정하면서 다시 문제를 냈다.

이젠 다들 다은의 눈치를 살피고 있었다.

다은은 모두의 눈치를 살피고 있었다.

다은은 문제의 정답을 알고 있는 듯 생글거렸다.

"시간 가니까, 다은이 빨리 말해 봐."

기정이 웃지만 말고 답하라고 재촉했다.

"가야금은 현이 12개이며, 거문고는 현이 6개로 구분합니다."

역시 다은이 한 손을 들며 빠르게 설명했다.

"그래? 그럼 악기를 켜는 방법도 다르겠네?"

"당연히 다르고 소리도 다르겠지. 오빠."

기정과 다은이 주고받는 궁금증 풀이였다.

"그럼 저 그림 속의 현악기는 가야금인가?"

기정이 다시 묻는다.

그림은 일본풍 복식의 여성이 켜고 있는 현악기는 현이 가야금 정도로 많아 보였다.

다은은 그림과 나를 번갈아 쳐다보며 설명을 기다리고 있었다.

"일본은 샤미센이라는 대중적으로 인기가 있는 전통 현악기가 있는데, 저 그림 속의 악기는 샤미센이 아니야. 한국의 가야금과 흡사한 (고토)라는 일본의 현악기로 보여. 현의 개수에 따라 13현, 17현, 21현 등으로 분류되는데, 천년도 넘은 헤이안 시대에 만들어졌다고 해."

내가 지금 설명한 부분은, 인터넷으로 검색한 결과 일본의 전통 현악기는 샤미센이 있고, 고토가 있었다.

-금기서화의 금(琴)은 우린 거문고인데 일본은 가야금인가?

그런 궁금증이 며칠간 머릿속을 떠나지 않아 검색해보았다.

"저 그림이 언제 그려졌는지 알고 싶을 텐데, 기정이 오른쪽 밑의 낙관을 자세히 살펴봐."

내가 웃으며 기정에게 지시했다.

나는 연도를 이미 알고 있었지만, 관람자에게 몸소 체험할 기회를 주고 싶었다. 목마른 자가 우물 파듯 궁금증이 증폭되는 자가 수고로움으로 모두에게 단물을 주어야 한다. 기정은 그림을 이리저리 살피더니 옆의 의자를 가져와 신발을 벗고 올라갔다.

“사범님. 여기 明治(명치) 2년이라고 낙관에 찍혀있어요.”

기정이 소리치며 의자 위에서 휴대전화를 꺼내 들었다.

낙관만 확대하여 사진을 찍고 휴대전화 속을 확인 후 내려왔다.

“여기 보세요. 명치(明治) 2년이라고 선명해요.”

다들 고개를 디밀며 확인하는데 그중 다은이 얼른 휴대전화를 꺼내더니 검색한다.

일본의 명치(明治) 연호는 메이지 시대를 뜻한다.

“명치 2년? 그럼 1869년이네. 지금 2022년인데, 몇 년 전이라는 거야? 우와 저 그림이 153년 전에 그려진 거야.”

일본 연호로 연도 계산을 마친 다은이 소리쳤다.

“정말? 그림이 이렇게 선명하고 종이도 깔끔한데, 그럼 저쪽의 그림들은 수백 년 전의 그림이란 말이야?”

기정은 의자를 원래 자리로 갖다 놓으며 놀라움을 나타냈다.

난가도, 오로 쌍폭의 화질은 비교적 선명한데, 족자 그림의 바탕 종이는 세월의 흔적으로 헤진 부분이 고색창연함을 더 했다.

조금 높이 걸린 ‘금기서화도’ 그림은 배첩(褙貼)하는 방법으로 표구하였기에 보기에도 한결 깔끔했다.

거문고(琴), 현학금(玄鶴琴), 현금(玄琴)

“아, 이제 이해가 되었어요.”

기정이 문득 생각난 듯이 소리쳤다.

기정이 뚫어져라, 금기서화도를 올려다본 뒤였다.

“뭐가? 뭘 이해했다는 거지?”

영하가 옆에서 놀란 듯 물었다.

다은도 미래도 기정에게 시선이 꽂혀 있었다.

강 사범도 오 여사도 기정의 얼굴에 시선을 고정했다.

-저 젊은이의 독백 같은 소리침에 어떤 신비함이 들어있을까?

내가 여유롭게 살펴본 그들의 눈빛은 그런 의문이 들어있었다.

기정은 심호흡하며 한 박자 쉬고 있었다.

그의 얼굴이 환하게 더 밝아져 보인다는 건 나만의 느낌일까?

“저기 저 거문고는 어떤 사연을 간직하고 저기에 있을까?

카페에 올 때마다 궁금했거든. 사범님께 묻기도 그렇고…

그냥 지나쳤는데 오늘에야 비로소 그 의문이 풀린 거야.”

기정은 말끝에 거문고가 전시된 곳을 손가락으로 가리켰다.
다 같이 시선을 그쪽으로 돌리고 있었다. 그들 모두 거기에는 거문고가 있다는 것은 다 안다. 그리고 맨 종이에 금기서화가 자그마한 안내문으로 쓰여서 붙여진 것도 알고 있었다.
기정은 이제 그 거문고의 존재를, 거문고의 의미를, 거문고가 왜 거기에 놓여 있는지 제대로 알게 된 것이었다.
다들 각자의 생각 속으로 침잠하며 기정의 다음 말을 기다렸다. 누군가 침을 삼키면 꼴깍 넘어가는 소리도 들릴 정도로 카페는 정적으로 가라앉았다.

"사범님. 금기서화는 우리나라도 있고 일본도 있는데 중국도 당연히 있겠죠?"
기정은 본인이 이해했다는 부분은 말하지 않고 질문부터 했다.
"중국도 당연히 금기서화가 존재하지."
나는 짧게 대답하며 기정이 이해한 부분을 빨리 듣고 싶었다.
무엇을 어떻게 이해했을까?
그게 퍽 궁금하여 그를 주시하고 있었다.
"중국도 금기서화의 악기 부분에 분명 금(琴)이 들어가죠?"
기정은 확신하고 있었다.
무언가 증명하려는 태도였다.

“맞아. 내가 알아본 바는 처음의 현악기는 오현(五絃)으로 시작했으나, 전쟁으로 나라가 바뀌면서 한 현씩 늘어나 칠현(七絃)이 되었으며, 칠현금(七絃琴)이 중국 전통 현악기로 자리매김했다 들었어.”

나는 틀릴지라도 내가 아는 대로 설명했다.

“아까 사범님과 다은이와의 문답에서 가야금은 가야에서 만들었다는 설명을 들었어요. 거문고는 고구려에서 만들었다고 하는 문답도 들었어요. 고토는 일본에서 만들었고, 칠현금(七絃琴)은 중국에서 만들었고요?”

기정은 역사적인 사실을 나름대로 나열하며 중국 현악기에 관해 확신에 차 되묻고 있었다.

“맞아. 내가 알기로는 그래.”

“우리나라의 금기서화 중 금은 거문고 금(琴) 자로 고구려라는 나라를 상징하는 의미가 들어있고요?”

기정은 확신하지만, 다시 한번 되묻는 태도였다.

다소 주춤거리던 다은이 긴장한 표정으로 나를 주시했다.

“맞아. 한국, 중국, 일본은 금기서화에 등장하는 현악기를 모두 琴(금)으로 표현하지. 물론 유사한 현악기도 여러 가지가 있으며 그 이름을 달리하여 표현하기도 해. 그런데 기정은 마치 엄청 대단한 걸 발견하고 깨달은 것처럼 과장돼 보여.”

조금은 홍분된 듯한 기정의 기분을 침착하게 할 필요가 있었다.
둘러선 이들에게 가볍게 보일지 모른다는 우려도 들어있었다.
"하하. 제가 그랬나요? 저에겐 대단한 발견이며 깨우침입니다. 사범님. 저 거문고와 금기서화에 관해 사실 호연이가 한 번쯤 사범님께 질문할 줄 알았어요. 크기가 커서 눈에 확 띄거든요. 그런데 호연인 거문고에 관심이 없는 건지 아직 거기까지 순서가 닿지 않은 건지 여쭤보지 않더라고요. 그래서 저기 금기서화(琴棋書畵) 중 琴(금) 자를 제가 인터넷으로 검색해 본 적이 있어요. 정말 놀랍게도 거문고 琴(금) 자로 검색되었어요. 그런 후 늘 의문을 품고 있었죠."
본인에겐 대단한 발견이며 깨우침이라는 걸 길게 설명했다.
기정은 대단한 발견에 동의를 얻어내려는 듯이 둘러선 모두의 시선에 한 번씩 눈을 맞추고 있었다.
다른 이들에 비교해 특히 영하와 눈을 길게 맞추고 있었다.

-너는 동조해야 하는 거 아냐?

나 역시 모두의 언행을 주시하며 둘러보고 있었다.
둘의 고정된 시선에서 나는 그런 느낌을 받고 있었다.
"그럼 내친김에 금기서화를 검색해보지 그랬어?"

"해봤어요. 사범님. 그 의미만 검색될 뿐이었어요."

"그럼 그때 나에게 바로 질문하지 그랬어?"

"안 그래도 이것저것 귀찮게 해드리는 것 같아 참고 있었어요. 언젠가 호연이가 질문하겠지, 하면서요"

나는 기정을 이해할 수 있었다.

어떤 전시물에 관해 나와 호연이 문답하면 의문이 풀릴 때까지 설명한다. 거문고에 관해 내게 질문하면 금기서화로 이어지며 설명이 길어질까 봐 기정은 망설인 것이다.

"사범님. 가야금은 가야에서 현악기를 만들어서 가야금이라고 하는 게 맞나요?"

다은이 조심스럽게 질문한다.

"맞아. 가야금(伽倻琴)은 김해 지방에 세워졌던 가야국의 가실왕이 만든 후 음악가인 우륵에게 가야금 12악곡을 짓게 만들고 널리 전파했다고 나와 있어."

현악기를 깊이 있게 아는 건 없다. 다만 금기서화를 검색하다가 알게 된 역사적인 부분만 나는 알고 있었다.

"그럼 거문고는 고구려에서 처음 제작하여 고구려를 상징하는 의미로 거문고라는 현악기로 삼국에 전파한 걸까요?"

역시 다은은 조심스럽게 접근했다.

살얼음 위를 걷듯 설명에 조심스러운 건 나도 마찬가지였다.

“나도 인터넷으로 검색한 걸 설명해줄게. 거문고를 고구려의 음악가였던 왕산악(王山岳)이 만들었고 연주했다고 나와 있어. 왕산악은 본인이 지은 악보로 거문고를 100여 곡 연주하는데, 검은 학이 날아와서 춤을 추었다고 했어. 그런 경이로운 광경을 목격하고 처음엔 현학금(玄鶴琴)이라 불리었는데, 그 후엔 단지 현금(玄琴)이라 불렀다고 했어. 거문고가 각 나라에 전파되었을 가능성도 있겠지. 중국의 칠현금이 고구려에 들어왔다는 내용도 나오니까.”

정말 아는 만큼이었다.

“제가 궁금한 건 琴 자가 왜 거문고 琴 자인가 하는 겁니다. 삼국이 현악기를 말할 때 왜 이 琴을 사용하는지 그게 궁금한 겁니다.”

다은의 알고자 하는 집요함은 칭찬할 만했다.

그러나 나도 거기에 대해선 아는 바가 없었다.

“고구려의 음악가이며 거문고 연주자인 왕산악, 가야의 우륵, 조선의 박연은 우리나라의 삼대 악성(樂聖)으로 기록돼 있었어. 현악기에 대해서 상세하게 알고 싶으면 인터넷으로 검색해 봐. 난 현악기를 설명하고자 하는 것이 아니라 금기서화의 금(琴)에 관해 알고자 하는 거니까, 악기에 관한 건 여기까지 하자.”

나의 악기에 관한 끝맺음에 다은도 아쉬움을 삼키고 있었다.

죽림칠현

죽림칠현(竹林七賢)

나는 죽림칠현(竹林七賢)의 그림 앞으로 이동했다.

나를 따라 옮긴 6인은 다시 나를 둘러싸며 그림을 관람했다.

죽림칠현이란 일곱 선비가 세상을 등지고 산속의 대나무 숲에서 지내며 금기서화와 함께 술을 마시며 나라 잃은 설움을 달래며 한세상 보냈다는 실화이다.

"사범님. 족자가 상당히 크네요. 어. 여기 죽림칠현의 그림에도 금기서화처럼 거문고, 바둑, 글, 그림이 들어있네요."

다 같이 그림을 살피던 중 다은이 다시 활달하게 나섰다.

내가 설명하지 않아도 죽림칠현이라는 그림 제호가 오른쪽 위에 쓰여있었다.

"그래서 이리로 온 거야. 저쪽의 그림과 다른 면이 있을 텐데, 그 차이를 한번 알아봐."

나는 다은을 보며 웃었다.

나서길 좋아하는 것이 아니라 하나라도 더 알고자 하는 다은의 그 성품이 마음에 들었다.

"음. 그림 솜씨가 좀 다르다는 느낌이 들고… 죽림이라 그런지 대나무 숲을 연상시키며… 칠현이라 일곱 명이 움직이는 정경이네요. 사범님. 여기서 칠현은 방금 우리가 토의하던 악기의 현을 뜻하는 건 아니겠죠?"

다은은 슬며시 웃고 있었다.

일행에게도 주지시키려는 의도라는 걸 모두 모를 리 없었다.

호연이 없으니까 호연이가 하던 어리광스러운 말투였다.

"맞아. 여기선 칠현이 선비 7인의 현자라 굳이 설명할 필요는 없을 테고, 죽림칠현은 우리나라에도 있고 중국에도 있어."

"네. 고려 때 현자 7인이 대나무 숲으로 들어가 은거하였다는 내용을 저도 알고 있어요. 여기 계신 분들 모두 아실 거예요."

다은은 동조를 구하며 주변 사람들을 둘러본다.

교과서적인 역사라 별말 없이 고개를 주억거림으로 동의하며, 어서 다른 설명을 이어가라고 재촉하는 것처럼 보였다.

"고려 명종 · 신종대에 이인로(李仁老) · 오세재(吳世才) · 임춘(林椿) · 조통(趙通) · 황보항(皇甫抗) · 함순(咸淳) · 이담지(李湛之) 등을 죽림칠현(竹林七賢) 혹은 죽고칠현(竹高七賢)이라 불렀다고 전해지고 있어. 중국 위(魏)와 진(晉)의 왕조 교체기의 죽림칠현을 모방했다고 전해지는데 확인할 길은 없었어. 다만 제호를 적어놓았기에 그 의미를 알 수 있는 거지."

"선생님. 그림의 제호가 없어도 누구나 죽림칠현을 의미한다는 걸 단박에 알아보겠어요."

영하가 툭 나섰다.

"그렇죠. 영하 오빠! 저도 바로 느낌이 왔어요. 그림의 복식은 중국풍인데… 사범님. 중국 화가가 그린 그림이 맞나요?"

다은이 영하에게 동조하고 다시 예리한 질문을 한다.

좀 전의 금기서화는 전통의 일본풍 여성 복식이었으며 명치라는 일본 연호까지 낙관으로 찍어놓았기에 알 수 있었다.

"국적은 불문하고 구매했어. 나라와 화가는 굳이 따질 필요가 없어. 역사적인 의미를 떠올리며 감상하면 되는 거야."

내가 그림을 구매할 때의 심경을 나타냈다.

"사범님. 그건 저도 알아요. 그런데 이 죽림칠현은 우리나라와 중국이 같은 의미의 역사를 지니고 있다기에 궁금한 거예요."

다은도 복식에서 이미 판단했겠지만 나에게 확인하고 싶었을 것이다. 미술사적인 부분에서는 적당히 넘어가지 않고 끈질기게 파고드는 그녀의 성품을 알아볼 수 있었다.

어설프게 아는 체하는 것보다 남에게 깊이 있게 아는 만큼 보여주려면 파고들며 배워야 한다. 그건 집요함에서 나온다.

"아주 오래전부터 글을 좀 익혔다면 남녀의 성별에 상관없이 금기서화를 가까이했다는 것을 알 수 있지. 그게 세상의 이치를 깨우치려는 자의 덕목이었을 거야. 현대엔 초등학교부터 악기, 그림, 글을 익히는데 바둑만 빠졌어. 매우 아쉬운 대목이지."

말을 마치며 나는 다시 옆으로 몇 걸음 옮겼다.

상산사호(商山四皓)

상산사호(商山四皓)

나는 상산사호 그림 앞에서 다시 감상하는 자세를 취했다.

"사범님. 상산사호란 어떤 의미가 들어있는 거죠?"

내가 가만히 그림만 바라보고 있자 다은이 먼저 묻는다.

"진시황(秦始皇) 때 난세를 피해 산시성(陝西省) 상산(商山)에 은거한 네 사람이 초연하게 살았던 모습의 고사와 일화에 대해 글과 그림으로 묘사한 거야."

나는 그림을 주시하며 설명했다.

일행보다 조금 앞으로 나선 영하와 기정은 고개를 끄덕거리며 그림에 반가움을 표현하고 있었다.

“저번에 설명해주신다던 그 상산사호 맞죠? 선생님.”

영하가 조심스러운 어조로 묻는다.

“맞아. 우리가 5월 중순에 마기꾼과 마해자 그리고 바기꾼 등을 대화하며 내가 다음에 설명해주겠다던 상산사호 맞아. 좀 전 설명해준 죽림칠현도 그때 약속했던 그림이고.”

-내가 설명이 좀 늦었지?

나는 영하와 기정과 눈을 맞추며 그런 눈빛을 보냈다.

둘은 나와 서로 눈을 맞춘 후 그윽한 눈빛으로 상산사호를 감상하고 있었다. 그림의 탄생과정과 그 의미를 알고 감상하는 것과 그저 그림만 감상하는 것은 느낌에 엄청난 차이가 난다. 둘은 비참했던 그 시대상과 사호의 초연한 생활상을 떠올릴 것이다.

“사범님. 마기꾼이나 마해자는 알겠는데, 바기꾼은 머죠?”

조용히 그림을 감상하던 미래가 생각난 듯 불쑥 나섰다.

“바기꾼? 하하하 바기꾼에 대해 설명해줄까?”

“잠깐만요. 사범님. 바기꾼 전에 진시황과 상산사호에 대해서 먼저 설명해주시면 안 될까요?”

다은이 다급하게 부탁했다.

“그럴까?”

나는 웃으며 미래를 바라보았다.

“호호. 네. 그래 주세요.”

미래는 다은을 쳐다보며 웃었다.

“우리가 지칭하는 진시황은 많이 줄여서 말한다는 건 알 거야. 춘추전국시대에서 진나라가 천하를 통일하고 하늘아래 첫 번째 황제라는 의미이며, 진(秦)나라의 초대 황제(진시황제-秦始皇帝) 진나라, 처음 始(시)와 皇帝(황제)의 의미인데, 2,200여 년 전에 세계 최초의 황제로서, 줄여서 진시황이라 부르는 건 알지?”

나는 다은을 보며 물었다.

“네. 사범님. 그건 알고 있어요.”

“그럼 분서갱유(焚書坑儒)도 알지?”

“아, 그게 진시황 때 일어난 일이었죠!”

다은은 새삼스럽다는 느낌을 주고 있었다.

“그렇지. 기정은 왜 상산사호라고 하는지 알고 있지?”

이번엔 기정에게 물었다.

“네. 그때 사범님 설명 듣고 알고 있어요.”

"그럼 왜 사호인지 설명해줄 수 있나?"

나는 기정이 제대로 알고 있는지 감사에 들어갔다.

"상산사호 눈썹과 수염이 모두 하얗다 하여 그렇게 부른다고 했습니다. 사범님."

기정은 그렇게 말하며 영하의 눈을 찾고 있었다.

둘이 어떤 부분을 논할 때 조금이라도 불안감이 들라치면 둘은 서로 눈빛으로 대화하는 걸 나는 잘 알고 있었다.

영하가 고개를 한번 끄덕거리며 웃음을 머금는다.

"그렇지. 동원공(東園公), 하황공(夏黃公), 기리계(綺里季), 녹리선생(甪里先生) 등 4인을 사호(四皓)라고 묘사하는 것은 하얗다, 희다, 하는 의미의 흴 호(皓) 자를 사용하기 때문이라고 설명했는데, 수염도 하얗고 눈썹도 하얗게 희어진 모습으로 신선 같은 이미지를 더욱 두드러지게 나타내려고 그렇게 표현했을 거야."

평범보다는 어딘가 특출해야 사람들 관심이 높아진다.

"그러니까, 진시황이 분서갱유를 저지를 때 사호가 상산으로 들어가 은거했다는 거죠? 사범님."

다은이 다시 한번 확인한다.

"그렇지."

"그런데 전 이 상산사호 그림엔 수염도 눈썹도 희게 느껴지지 않는데요."

다은은 그림을 유심히 살피더니 그렇게 말했다.
사실 나도 사호(四皓) 의미를 알고 난 후 이 그림을 살폈을 때 그 부분을 유심히 살폈었다.

짐작하건대 상산사호를 중국도 일본도 한국에서도 많이 그렸을 것이다. 인터넷으로 검색하며 찾아본 그림만 해도 여러 점이며, 화가에 따라 다양한 풍경 혹은 배경이 나타났다. 인물도 복식도 다 다르게 표현한다.
화가에 따라 인물과 배경이 다르게 나타난다.
이 그림도 자세히 살펴보면 금기서화 화풍을 따라가고 있다.
바둑을 두거나 옆에서 구경하는 4인, 그 옆에 커다란 캔버스로 사용한 듯한 반쯤 정도 보이는 그림, 글을 나타내는 책, 그림을 그린 듯한 도구와 붓이 바닥에 보이는데, 거문고 같은 악기를 나타내려는 의도였을까?

“이 상산사호는 흰 눈썹과 수염을 강조하기보단 아마 금기서화 쪽을 더 염두에 두며 그린 것 같아. 어디까지나 내 느낌이지만. 그림의 구도가 그렇다는 거야.”
네 명 모두 눈썹과 수염이 하얗다는 사호(四皓)는 현실이 아니지만, 전설처럼 신비감과 함께 설화(說話)로 전하는지도 모른다.

백발이나 흑발도 아니고, 네 명 모두 수염과 눈썹이 희게 세었다는 것은 매우 드문 현상일 것으로 사료 된다.

나는 내 마음속의 깊은 곳에서 우러나오는 소리를 발설하지는 않았으나 그렇게 믿고 있었다.

수염과 눈썹을 희게 그리지 않는다면 인물은 자유롭다.

"선생님. 여기 전시물 중 어디에나 바둑이 가장 돋보이는데, 왜 오늘날 학교 교육에서 금기서화 중 바둑만 빠졌을까요?"

영하는 내가 아까 한 말을 귀담아듣고 있다가 묻는 눈치였다.

"김 박사는 내가 앞서 쓴 두 권의 책에서도 그런 내용을 읽은 적이 있지?"

물론 내가 바둑 위주로 그림을 구매했지만, 바둑 그림을 카페에 전시하기 전부터 그런 의문의 글을 책에 낸 적이 있다.

"네. 선생님. 저도 그때부터 궁금했어요. 금기서화 네 가지 중 왜 학교 정규교육에서 바둑만 빠졌을까? 하는 의문이 머릿속을 떠나질 않았어요."

영하는 말하면서 숙고하는 표정을 하고 있었다.

의심하고, 그 의심 속으로 파고 들어가는 수학자의 얼굴이 거기 뚜렷이 있었다.

"네 가지 중 유일하게 승패를 가르는 겨루기 때문이 아닐까, 짐작만 하고 있을 뿐이야. 바둑은 승패가 분명하지만, 그 안에는 수리력, 창의력 등 아동의 학습과 연관된 공간지각력을 기르는 부분에서 뛰어나지. 나는 수리력과 창의력만 있으면 수학이든 예술이든 못 할 게 없다고 보거든. 물론 승패가 결정 난 뒤에 이긴 친구에게 칭찬해주고 진 친구에게 격려해주는 바둑 노래 가사처럼 서로 배려하는 법도 같이 익혀야겠지만 말이야."

나는 예전에 글로 썼던 부분을 다시 한번 꺼내며 둘러선 이들의 반응을 살펴보고 있었다.

-그런 바둑 노래도 있어요?

제각기 물음에 대한 심오함 속으로 빠져들었는지 그렇게 묻는 이조차 아무도 없었다.

그저 상산사호 그림만 유심히 보고 있었다.

그들의 눈빛은 나와의 대화 속에 등장하는 수염과 눈썹의 하얗게 센 부분, 정규교육에서 왜 바둑만 빠졌을까, 하는 현실적인 시선과 상상적인 공간을 넘나드는 느낌을 주고 있었다.

"아까 미래가 바기꾼이 뭔지 물었지?"

나는 상산사호와의 마무리로 바기꾼을 설명하기로 작정했다.

"네. 사범님. 너무 생소한 단어라서 궁금했어요."

본인의 의문에 내가 설명하려고 하자 미래는 웃고 있었다.

“미래야. 선생님께선 그림에 관한 설명도 다방면으로 하시느라 힘드신데 내가 바기꾼에 대해 설명해줄게.”

영하가 불쑥 튀어나왔다.

“오빠도 바기꾼에 대해 알아요?”

“그럼. 알지. 선생님과 두 권의 책 내용에 대해서도, 책 외적인 부분에 대해서도 많은 대화를 하면서 나도 배운 게 많아.”

영하는 그렇게 말하며 얼굴의 변화는 웃음과 찡그림이 번갈아 스치고 있었다.

영하가 경포호숫가에서 기정과 같이 휴식을 취하며 책을 읽다가 분노가 치솟아 나에게 와서 따지듯 묻던 그 언행이 생생히 떠올랐다. 음해와 중상모략도 정도껏 해야 참을만한데 도를 넘으면 형사법적인 책임을 물어야 한다며 울분을 토했었다.

“미래. 넌 마기꾼과 마해자에 대해 안다고 했지?”

“네. 오빠. 신조어로 그 의미를 알고 있어요.”

“그럼 마해자부터 말해 봐.”

영하는 싱긋이 웃고 있었다.

미래가 신조어에 대해 진짜 알고 있을까, 의심하여 묻는 게 아니었다. 둘러선 이들에게 세 가지의 신조어가 어떻게 형성되었는지 시작과 그 의미를 알리고자 하는 의도가 엿보였다.

“어떤 사람이 마스크를 쓰고 있어서 드러난 눈이나 얼굴보다 더 잘생기거나 더 예쁜 얼굴이 가리어졌기 때문에 손해 본다는 의미가 마해자라고 해요. 맞죠?”

미래는 거침없이 말한 후 사랑스럽게 생긋 웃는다.

영하와의 이런 대화를 미래는 한껏 즐기고 있었다.

“마해자가 그런 뜻이었어? 난 마기꾼이라는 말은 가끔 들어봤지만 마해자라는 말은 오늘 처음 들었어. 호호.”

오 여사가 둘의 대화에 끼어들더니 모처럼 웃는다.

“응. 엄마. 요즘 젊은 층에선 그런 의미로 잘라 말해.”

밝은 모습으로 대화에 참여하는 엄마에게 다은이 미소를 보이며 미래의 설명을 뒷받침한다.

“미래. 그럼 마기꾼을 설명해 봐.”

영하가 짧게 명령했다.

“마기꾼은 마해자의 반대 모습이라고 보면 돼. 마스크를 썼을 때와 벗었을 때의 이미지가 완전히 달라 사기당한 느낌이라는 상태를 이르는 말이죠. 즉 사기꾼에 빗댄 표현이라고 할 수 있어요. 어때요? 내 말이 맞죠?”

미래는 사람들이 보거나 말거나 영하의 얼굴에 사랑스럽게 얼굴을 들이밀며 연속으로 맞죠? 맞죠? 묻고 있었다.

“그래. 잘 아네. 그럼 바기꾼도 답이 나왔잖아.”

“답이 나오다니. 오빠. 명확하게 설명해줘야지.”
미래가 영하의 한쪽 팔을 붙잡고 두어 번 흔들었다.
“선생님 말씀은 어떤 사람이 진정한 바둑인처럼 말하지만 한 커플 벗겨보면 사기꾼과 진배없다는 거야. 그런 자를 사기꾼에 빗대어 바기꾼이라 하셨어. 뱀의 마음에 부처의 입으로 떠드는 자를 선생님은 사심불구(蛇心佛口)라면서 사기꾼을 바기꾼으로 바꾼 거야. 이해가 돼?”
영하는 미래가 붙잡고 있는 팔을 빼면서 그렇게 설명했다.
둘러선 사람들 보기 민망함을 영하는 느끼고 있었지만, 미래는 개의치 않고 영하의 팔에 더욱 힘을 주며 더 가까이 다가갔다.
“이제 이해되었어요. 바기꾼.”
미래는 그렇게 말하며 영하의 어깨에 얼굴을 비비고 있었다.
둘의 그런 모습을 지켜보는 모두 미소를 띠고 있었다.
“내가 거기에 덧붙이면 사범님은 그런 자들을 ‘에쓰쓰’라고 하셔. 교주 에쓰쓰. 클럽 에쓰쓰.”
이번엔 기정이 나섰다.
“응? 에쓰쓰는 지난번 저 식당에서 하신 말씀 아닌가요?”
미래가 기억을 떠올렸다.
“맞아. 왜 에쓰쓰라고 하는지도 설명할 수 있어?”
내기 바둑꾼이나 사기 바둑꾼이란 말이 툭 튀어나오지 않을까,

적이 긴장하던 강 사범의 얼굴이 조금 풀어지고 있었다.

"그때 얼핏 듣기론 3S를 빗대어 말씀하신 것 같은데 정확히는 모르겠어요."

미래는 고개를 갸웃거리며 기정을 쳐다보았다.

"하긴 그 전의 사범님 말씀을 못 들었으니 그 변천사에 대해 명확하게 모르는 게 당연하지. 잘 들어 봐. '에'를 '애'로 살짝 바꾸어 말하면 '애쓰네'가 돼. 늘 남을 모함하는 자를 일컫는 말인데, 그 애쓰네는 현재형이고, 애썼네는 과거형이야. 그리고 미래지향적인 표현이 애써야라는 거야. 이해가 되니?"

기정은 내가 한 말을 비교적 조리 있게 설명하고 있었다.

미래는 잠시 눈만 껌벅거리고 있었다.

"음. 정리해보면 애썼네. 애쓰네. 애써야, 이런 순서가 되는데, 과거와 현재 그리고 미래에 대한 기대감. 사범님이 말씀하시는 바기꾼이 탄생한 계기가 된 거라는 거죠. 지금?"

미래는 잠깐의 생각 끝에 정리해 내놓았다.

"3S는 사이코패스, 소시오패스, 나르시시스트를 일컫는 거고, 에스쓰리가 음운변동을 일으켜 에쓰쓰가 탄생한 거야. 돌려서 말하면 바기꾼이 되는 거고. 더 자세한 건 다음에 말해줄게."

기정은 후반의 의미 생략으로 끝맺음하려고 했다.

미래의 개인적인 궁금증을 풀어주기에는 여러 사람이 시간 낭비하고 있다는 걸 기정이 깨닫고 다급히 마무리하려는 의도였다.

"기정 오빠. 난, 3S가 어떤 의미인지도 알겠고, 이제 바기꾼도 어느 정도 짐작이 가. 그런데 에가 애로 변신하여 음운변동으로 인해 애썼네. 애쓰네. 애써야, 라는 쓰리 애쓰 진행까지도 이제 알겠어요. 왜 '에쓰쓰'로 정착되었는지 이해가 잘 안 돼요."

미래의 머릿속엔 이해가 왔다 갔다 하고 있을 것이다.

주변의 그 어떤 것도 미래의 눈에 들어오지 않았다.

돌 징검다리가 놓인 개울을 건너야 하는데 중간에 징검다리가 없어서 건너갈 수가 없었다. 그 개울을 건너야만 다음 목적지로 갈 수 있는데, 지금 건널 수가 없는 상태였다.

"내가 들어봐도 그렇네. 미래야. 내가 보충 설명해줄게. 일단 쓰리에스를 에스쓰리로 앞뒤를 바꿔야 해. 뒷자리 쓰리에서 리 자를 빼고 가운데 에스를 쓰로 강조하면 에쓰쓰가 되는 거야. 선생님이 좀 억지스럽게 변화시킨 건데, 체스에서도 억지 규칙 3가지를 특별히 주입 시킨 것처럼 간단하게 지칭하기 위해 그런 변신을 거듭한 거야. 이제 이해가 되니?"

영하가 다시 나서며 보충설명을 했다.

미래는 알쏭달쏭한 표정으로 무언가 생각하고 있었다.

기정, 영하, 미래의 대화와 의미부여에 가타부타 말없이 듣다가 다시 몇 걸음 옮겨갔다. 기정, 영하, 잘 이해하고 잘 설명했다.

겸재 정선

겸재(謙齋) 정선(鄭敾) 바둑

이동 후 걸음을 멈춘 곳에 겸재의 작품이 걸려 있었다.
내 뒤를 따르는 이들은 서너 가지의 바둑 그림에 대한 지식을 쌓았지만 두어 가지의 의문도 뇌리에서 맴돌 것이다.

-이 그림은 왜 여기 걸려 있을까?

"다은인 겸재 정선에 대해 알고 있지?"
내가 앞에 걸려 있는 그림을 주시하고 있을 때 그 그림에 바짝 다가서는 다은에게 물었다.
"네. 어느 정도는요."
다은은 자신감에 80% 정도 표출한다는 표정이었다.
잠시 둘러본 주변의 얼굴은 미소 띠며, 어디서 배우든 배우며 그 정도는 상식 아닌가? 라는, 표정을 하고 있었다.
"그럼 혹시 겸재가 바둑 그림을 그렸다는 기록이 존재하는지 알고 있나?"
나는 다은을 보며 묻고, 모두의 시선이 다은에게 쏠린다.
"제 상식엔 겸재는 바둑 그림을 그린 적이 없어요. 사범님."
그림을 주시하던 다은이 조심스럽게 의견을 내비친다.

“나도 그렇게 생각해. 그런데 이 바둑 그림은 영락없는 겸재의 화풍에 버젓이 겸재의 낙관(落款)이 찍혀있어.”

나는 그렇게 말하며 손가락으로 그림의 오른쪽 위를 가리켰다.

겸재 정선(1676~1759)이 30대부터 사용했다는 낙관으로 ‘겸손할 겸謙 공손할 재齋’ 라는 낙관과 직인이 쓰여있고 찍혀있었다.

그 의미는 ‘겸손한 선비’ 로서 겸손하면 형통하다. 라는 의미가 담겨 있다고 한다.

겸재는 풍경을 그릴 때 인물도 그려 넣었다. 인물을 상징적으로 그려도 선비라면 도포에 갓까지 쓴 완벽한 모습으로 표현했다.

“사범님. 그림 상태로 봐선 오래된 느낌인데 진짜 겸재 정선의 작품이 맞나요?”

기정이 가장 먼저 궁금증을 드러냈다.

다은이 그렇게 작품에 대해 진위를 묻고 싶었으나, 차마 묻지 못하고 있다는 눈치를 읽은 듯한 물음이었다.

“기정. 만일 이 그림이 진짜 겸재 정선의 작품이라면 시가는 어느 정도 될 것 같아?”

“사범님. 전 겸재에 관해 교과서라든가 기타 상식선에서 좀 알고 있어서 작품의 가치에 대해선 잘 모릅니다.”

기정은 솔직한 심정을 드러냈다.

“기정. 혹시 지금 천 원짜리 지폐를 지니고 있나?”

“천 원이요?”

“그래. 천 원. 있으면 한 장만 줘봐.”

“있을 겁니다. 잠시만요. 사범님.”

무슨 영문인지 모르겠다는 기정은 의아한 얼굴로 나를 쳐다본 후 다은의 표정도 한번 살핀 후 지갑을 꺼냈다.

기정은 접는 지갑에서 천 원 한 장을 꺼내어 나에게 건넨다.

“이 그림이 누구 그림인지 알겠나?”

나는 건네받은 천원 지폐의 뒷면을 보여주며 물었다.

“혹시 겸재의 그림인가요?”

기정은 지폐를 다시 받아들고 있었다.

천 원짜리 지폐 뒤에 그려져 있는 산수화.

후배이며 연인인 다은의 곤혹스러움을 풀어주려던 참이었는데, 겸재에 대해 너무 모른다는 자책과 괜히 나섰다는 후회스러움이 밀려드는 기정의 얼굴이었다.

“맞아요. 오빠. 겸재가 도산 서당에 앉아 계시는 퇴계 선생을 상상하며 그렸다는 계상정거(溪上靜居)라는 그림이에요. 원본은 집안에 사람의 형체만 그려져 있는데 지폐의 작은 그림으로 알아보기 힘들어요.”

다은이 다시 나서며 대학 선배이며 연인 기정을 곤혹스러움에서 꺼내준다.

역시 미술사적인 면에선 다은이 깊이가 있었다.

나 역시 바둑이나 체스에 연루된 역사나 설화, 사연 등만 얘기할 뿐이지 미술사에 대해 전문적으로 대화하면 입구에서 바로 꼬랑지를 내려야 할 것이다.

“역시 감탄할 정도로 다은이 명확하게 알고 있네. 그럼 지폐에 그림이 실린 화가의 그림이라면 과연 시가는 얼마일까?”

나는 기정이 들고 있는 지폐를 가리키며 기정에게 물었다.

“사범님. 제가 말해도 될까요?”

다은이 자신 있게 나섰다.

“아니야. 먼저 기정이 한번 맞춰보는 건 어때?”

나는 기정에게 기회를 주고 있었다.

틀리면 그만이다.

“사범님. 한 십억 정도 나가지 않을까요?”

기정은 좀 멋쩍어하는 모습으로 액수를 최대한 찍듯이 말했다.

“음. 어느 정도 근사치까지는 갔네. 그럼 다은이 말해 봐.”

“만일 경매에 나온다면 시작가는 한 십오억 정도부터라고 추정합니다.”

다은이 그림의 크기를 눈어림으로 재본 후 말했다.

“맞아. 나도 시가를 그 정도 짐작하고 있어. 그럼 어림잡아도 한 작품에 약 십오억 정도 나가는 작품을 이렇게 허술한 카페에 전시할 수 있을까?”

내가 기정과 다은을 번갈아 보며 물었다.

그 둘은 물론이며 둘러선 모두는 무언가를 수긍한다는 의미로 고개를 끄덕거리고 있었다.

-우선 사람이 위험하지 않을까?

나는 솔직히 내 느낌대로 그렇게 묻고 싶었다.

그러나 괜히 쓸데없는 긴장감을 조성할 필요는 없었다.

“사범님. 겸재가 바둑 두는 그림을 그렸다는 기록은 어디에도 없지만, 이 그림은 느낌상 어디에서 본 듯해요.”

다은이 그렇게 말하자 다시 모든 시선이 그녀에게 쏠렸다.

나도 다은을 주시하며 ‘역시’ 라는 감탄을 되뇌고 있었다.

“그건 나도 마찬가지여서 이 그림을 구매하기 전 겸재 그림을 열심히 검색했었어. 나와 다은의 느낌이 일치하는지 흥미롭네.”

“사범님. 겸재가 양천현령으로 부임할 때 오랜 벗으로 지내던 시인 이병연과 헤어짐을 아쉬워하던 모습의 그림이 생각나요. 그때 그림 속에서 두 노인으로 마주 앉아 있는, 정면으로 보이는 이가 이병연이고 뒷모습이 보이는 이가 겸재로 추정된다는 그림이 언뜻 떠올라요. 시인 이병연이 겸재보다 다섯 살 연상이었는데 두 벗은 약속한 게 있어요. 겸재가 그림을 그려 보내면 이병연이 시를 써넣기로 한 거죠. 그렇게 시화(詩畫)로 탄생 된 작품집이 바로 그 유명한 '경교명승첩'이라는 그림첩입니다. 둘이 이별하던 그때 그린 그림에 어떤 이름이 붙여졌는데 지금 생각이 잘 떠오르지 않지만요."

다은은 이별하던 정경을 그린 그림의 이름에 대해서만 생각나지 않을 뿐 상황과 훗날 약속으로 인해 묶여 진 경교명승첩까지 잘 설명하고 있었다.

"다은은 정말 빈말이 아니라 감탄이 저절로 나오는 수준이야. 어떻게 겸재에 대해 그리 세세하게 알고 있지?"

나는 놀라워하며 다은의 얼굴을 쳐다보았다.

"지금 다은이가 설명한 부분이 맞나요. 선생님?"

영하가 긴가민가한 얼굴로 묻는다.

"그래. 정말 기가 막히게 잘 알고 있어."

"사범님은 혹시 그 그림의 이름을 아시나요?"

다은은 빠트린 것 하나마저 끼워 맞추고자 했다.

"내가 미술사에 대해선 다은의 백 분의 일도 모르겠지만, 그때 서로 그림과 시로 시화를 만들자며 약속하고 헤어지는 그림이 시화환상간도(詩畫換相看圖)라는 건 알아."

나는 정말 존경의 눈빛으로 다은을 바라보며 말했다.

이 바둑 그림과 가장 유사한 그림이 시화환상간도였다.

"아. 맞다. 시화환상간도!"

"넌 어떻게 겸재 그림에 대해 그렇게 상세하게 알고 있어?"

기정이 감탄하며 묻는다.

"우리나라의 근현대 미술을 조금이라도 공부하면 겸재 정선을 모를 수 없어. 조선 시대를 통틀어 화성(畫聖)으로도 추앙받는 인물인데 모를 수 없지."

다은은 겸재가 화성의 경지에 오른 인물이라 미술사를 공부했다면 모를 리 없다고 강조하고 있었다.

그만큼 그의 그림에 대한 가치를 한껏 최상으로 높이고 있었다.

"그 그림하고 이 그림하고 어떤 공통점이 있다는 거야?"

영하가 다은에게 현실의 바둑 그림으로 돌아오도록 만들었다.

"그건 내가 설명하는 게 이해가 더 빠를 거야."

내가 나선 건 다은이 바둑을 잘 모르므로 설명이 미흡할 것으로 짐작되었기 때문이다.

그리고 하나 더, 겸재 그림과 바둑 그림이 유사한 점이 없어도 자칫 다은이 엉터리로 설명했다는 오해를 받을까 염려되었다.

여기 모인 이들이 인터넷으로 겸재 정선의 그림을 검색했는데 두 그림에 유사점이 없다면 다은이 아는 체한 것이 된다.

“두 선비가 마주 앉아 있는데 바위를 등지고 뒷모습이 보이는 이가 겸재이고, 이병연이 소나무 밑에 앉아 정면으로 보이는, 그 겸재의 원본하곤 이 그림하곤 좀 다르지. 강변의 버드나무 아래에서 정겹게 수담을 나누는 정경을 원본과 대비하면, 저 멀리 원근으로 산을 이어 그린 것도 겸재의 산수와 인물을 그릴 때 쓰던 화풍을 그대로 따라 했어. 선비를 그린 인물도 겸재 화풍 그대로 모방했고. 기회가 되는대로 모두가 인터넷에서 내 말을 되새기며 한번 검색해보면 좋겠어요. 다은과 내가 왜 공감하는지 알게 될 겁니다.”

모두를 이해시킬 필요는 없었지만, 난 두 그림을 대비하여 길게 설명했다.

내 설명이 끝난 후에도 잠시 시간 속으로 정적이 흐른다.

각자의 침묵 속엔 겸재의 그림을 아는 사람은 아는 대로 떠올릴 것이고, 모르면 상상으로 떠올릴 것이다.

“사범님. 정말 궁금해서 여쭤보는 건데요. 바둑 그림은 겸재의 화풍을 따라 모방하여 그렸는데, 저 낙관은 겸재로 알아달라고 저렇게 모방하여 쓰고 찍은 걸까요?”

다은이 다시 조심스럽게 묻는다.

다은이 궁금해하는 부분은 뚜렷했다.

-이 그림은 모방일까? 창작일까? 아니면 위작일까?

모방과 창작, 그리고 사기성도 함께 들어가 있었다. 전형적으로 오래되었다는 걸 증명하기 위해 유명한 작품을 위작하는 자들이 족자로 만들었는데, 곰팡이도 살짝 피어오르게 한 상태였다.

“나는 이 바둑 그림을 「창작과 상상의 모방작품」이라고 명명하며 여기 서서 자주 감상해.”

다은이 물었으므로 답을 주어야 한다.

“이 그림을 자주 감상하신다고요?”

다은은 의아한 얼굴로 묻는다.

“우선 겸재는 바둑 작품을 남긴 게 없었기 때문에 아쉬웠고, 이 그림은 비록 모방품이지만 강변의 버드나무 밑에서 겸재의 화풍으로 산과 인물이 나타나 겸재를 떠올리며 감상하는 거지. 내가 카페를 차리기 전부터 가끔 꺼내어 벽에 걸어놓고 감상하던 작품이 서너 점 있어. 이 그림과 이백기경도, 그리고 중국의 장대천 화가의 그림을 모방한 그림 등이 있어.”

내가 그림을 구매하고 어떻게 감상하는지 말해주고 싶었다.

왜 작품의 진위를 따지지 않는지 말해주고 싶었다.
나는 마음속의 얘기를 꺼내지는 않았으나, 젊은이 네 명에게는 말해주고 싶은 게 있었다.

-이런 것도 다 인생 공부야. 창작과 모방. 상상 속의 그림. 진위를 따지지 않고 그림을 감상할 수 있는 자세. 세상은 온통 가짜 투성이거든. 진짜는 진짜대로, 가짜는 가짜대로 현실에서 들여다 볼 줄 알아야 해. 그 나름대로 다 탄생한 비밀이 있는 거거든.

그림을 소유하고 싶으면 진위를 떠나 거기에 합당한 가격으로 구매하여 즐기면 된다. 투자가 목적이 아니고 감상이 목적이면, 그건 좋은 서예작품도 마찬가지이며, 그 어떤 예술작품도 그런 마음가짐으로 구매하고 소유하면 감상할 때마다 행복하다.

"사범님. 모방과 위작은 어떻게 구분하는 거죠?"
구분법을 모를 리 없는 다은이 확인하는 의도로 묻는다.
"말 그대로 모방은 원본을 그대로 베끼듯이 그린 거고, 위작은 그림 수집가를 속여서 고가에 매매하기 위한 거지."
나는 다은과 너무 둘만의 대화를 이어간다는 생각에 설명하면서 옆으로 걸음을 옮기고 있었다.

이백 기경도

다 같이 서서히 이동하여 자연스럽게 다른 그림 앞에 섰다.

좀 전까지의 그림은 일단 접어야 했다. 겸재도 장대천, 김홍도, 이응노 등 앞선 화가들은 모두 사라져야 했다.

나는 하던 대로 그림 앞에서 가만히 감상하는 태도를 보였다.

"사범님. 이 그림을 몇 번 보면서 늘 궁금했기 때문에 여쭤보는 건데요. 그림엔 바둑이나 체스가 전혀 눈에 띄지 않는데 왜 여기에 걸어놓은 거죠?"

다은이 퍽 궁금한 얼굴을 하고 있었다.

오늘 호연이 일찌감치 귀가한 후 질문하는 역할을 다은이 주도하고 있었다.

다은이 가리키는 그림은 물에서 사람보다 더 큰 물고기를 사람이 타고 위로 오르는 그림이었다.

"다은인 내가 바둑에 관해 자전소설로 쓴 책을 아직 읽지 않았다고 했지?"

"네. 사범님. 다음엔 반드시 읽고 올게요."

다은의 미안해하는 모습에 나는 슬며시 웃음이 나왔다.

"그 책에 나오는 일부분인데, 모두 이태백은 알 거야?"

나는 주변을 둘러보았다.

"네. 당연히 이태백은 알죠."

다은의 대답과 함께 모두 긍정적인 얼굴을 하고 있었다.

"거기에 '이백기경도' 에 관해 대화하는 장면이 나와. 다은은 이태백이 어디서 어떻게 죽었는지 아나?"

다은에게 물었지만 아는 사람? 하는 의미로 나는 다시 주변을 둘러보았다.

"강에서 배를 타고 벗과 술 마시다 강에 빠져 죽었다고 알고 있어요."

"그럼 그 강 이름도 알고 있나?"

"그것까진 모르겠어요."

"경북 상주의 남장사 극락보전에 李白騎鯨上天(이백기경상천)이라는 글과 벽화에는 고래가 아니라 큰 물고기를 타고 하늘로 오르는 그림이야. 술병도 두 개를 그의 앞에 그려놓아 그가 술을 마시며 시를 지은 주선(酒仙)임을 상징적으로 나타내고 있어. (李白 701~762) 이름은 백이고 자가 태백이라 이태백으로 불리었는데, 사실 채석강(采石江)에 빠져 죽었다는 건 중국의 야사에서 전설로 내려올 뿐 사실은 아니야. 고래 鯨(경)이라는 글자를 풀이해보면 물고기(魚)어에 크다는 뜻의 京(경)으로 이루어졌어. 가장 큰 물고기 즉 고래를 이르는 말인데, 강에 고래가 있을 리 없고, 채석강에서 사는 가장 큰 물고기인 잉어를 나타낸 거야.

어변성룡도(魚變成龍圖)는 잉어가 용으로 변한다는 뜻인데, 잉어가 위로 뛰어오른다는 의미가 들어있어. 이태백은 그 물고기를 타고 승천하여 자신의 고향으로 돌아갔다는 전설 같은 야사가 전해지고 있는 거야."

나는 비교적 길게 설명했다.

바둑과 체스에 관한 그림이 아니라 그냥 지나칠 수도 있었다.

다은이 참고 있던 궁금증을 드러내어 나는 최대한 자세히 설명하고 싶은 심정이었다. 모여 있는 이들도 이태백에 관해 술을 좋아했던 중국의 천재 시인 정도로만 알며, 그에 대해 자세히 모르는 눈치였다. 바둑과 체스의 그림 속에 이 그림이 여기에 왜 걸려 있는지 자세히 설명해주고 싶었다.

"우리가 흔히 말하는 등용문(登龍門)이란, 출세를 위하여 어떤 관문을 통과했을 때 하는 말인데, 그게 잉어가 뛰어올라 용이 되었다는 의미를 담고 있다고 해. 내가 설명하면 새겨두었다가 인터넷 등에서 다은도 한번 자세히 검토해 봐."

내가 보강 설명했다.

모두 내가 길게 설명한 부분을 음미하고 있을 뿐 아무도 입도 뻥긋하지 않고 있었기에 불현듯 생각난 대로 부탁처럼 말했다. 나의 설명이 모두 맞다 할 순 없더라도 생략하는 부분도 많아 문득 왜곡 되게 들릴 수도 있다는 우려에서 나온 부탁이었다.

“알겠습니다. 사범님. 그런데 이태백의 이 상천 그림을 왜 여기 걸어 놓으셨는지는 설명 안 해주셨어요.”

다은이 콕 집어온다.

“아, 맞다. 바둑이나 체스와 아무 관련이 없는 이 그림을 왜 여기 걸어두었는지 설명을 안 했지. 방금 저쪽에서 말한 것처럼 내가 좋아하는 그림이라 그래. 내가 인터넷으로 이백기경도를 샅샅이 찾아봤는데 이 그림처럼 사람 얼굴과 물고기를 선명하게 잘 그린 그림이 없었어. 여기 걸어두고 수시로 감상하고 있어.”

“오늘은 바둑에 관한 것, 동양적인 그림만 감상하며 설명했어. 일상을 벗어나 산수 좋은 곳에서 자연과 함께 금기서화를 펼치는 그림과 전설에서 나올 법한 그림도 아직 다 감상을 못 했지. 나는 이곳에 전시된 그림이 진품이든 모방이든 그런 걸 따지지 않고 감상했으면 좋겠다는 생각이야. 그림 나름대로 역사가 담긴 작품이라 그 시대의 각 나라의 자태를 바라봤으면 좋겠어. 다음엔 오늘 미처 설명하지 못한 동양적 작품과 체스에 대한 그림 작품도 서로 감상해보자. 다들 그럴 거죠?”

오늘 전시품을 다 설명해줄 순 없었다.

소개하지 못한 체스 그림도 있고 서예작품도 걸려 있다.

세계 체스챔피언 11인에 관한 설명을 듣고 오 여사 오빠의 현 상황을 들은 후 내친김에 바둑 그림에 대하여 설명을 듣다 보니 늦은 오후가 되었다.
모였던 사람 중 호연이만 귀가했으며, 강 사범도 오랜만에 만난 오 여사와 청춘 넷은 그대로 카페에 있었다.

"엄마. 저 앞의 민속 막국수 집이 강릉 맛집이야. 강 사범님도 계시고 미래와 오빠들도 함께 있을 때 내가 살게. 우리 저기서 저녁 먹자."
다은이 엄마의 팔짱을 끼며 말했다.
"저녁으로 막국수를 먹는다고?"
오 여사는 때에 맞지 않는다는 얼굴이었다.
"막국수 말고도 감자옹심이도 있고 칼국수도 있어."
"그래도 그렇지. 강 사범님도 모시고 여기 배 사범님 내외도 모시려면 좀 그럴싸한데 가는 게 어때?"
"아니요. 저희 부부는 지금 못 나갑니다. 강 사범님만 모시고 가십시오."
아직 영업시간이라 옆에서 듣고 있던 내가 얼른 거절했다.
"그럼 조금 더 있다가 강 사범님과 배 사범님 내외분 모시고 우리 횟집에 갈까? 오늘 저녁은 내가 회를 살 테니까 내일 점심

때 네가 막국수를 사. 어때?"

오 여사와 다은의 음식 흥정에 모두 재미있게 지켜보고 있었다.

가라앉았던 오 여사의 기분도 밝아졌다.

"그럴까? 돈 많은 우리 엄마 지갑 좀 털어볼까!"

흥정은 쉽게 끝났다.

"엄마. 카페 바체프에 왔는데 미니 골프를 즐기지 않고 그냥 가면 꿈에서도 후회하게 돼."

다은은 엄마한테 미니 골프를 종용했다.

"그래요. 어머니. 저희랑 미니 골프 한 게임 해요."

미래도 웃으며 옆에서 권장하고 있었다.

오 여사는 미니 골프를 칠 기분은 아니었다.

딸의 강권과 서울에서 쏜살같이 달려와 준 청춘들의 분위기를 맞춰주는 의미로 함께 어울렸다.

강 사범은 피곤하다며 카페 안에서 쉬고 있었으며, 오 여사를 비롯한 5인은 밖에서 미니 골프를 즐기고 있었다.

딸의 고집에 이끌려 마지못해 골프채를 잡았으나 짧게 퍼팅만 하는 미니 골프가 의외로 재미있었다. 다은의 고집에 5인은 깔깔거리며 환호성을 지르기도 하였다. 뭐가 그리 좋은지, 아니면 오 여사의 우울한 심사를 풀어주려는 것인지 유독 다은의 음성과 웃음소리가 카페 안까지 들려왔다.

“청춘이어서 좋은 건지 원래 성격이 밝은 건지 오 여사 따님은 참 쾌활하네요.”

강 사범이 다은의 웃음소리에 밖을 내다보며 말했다.

다은은 오 여사가 엄마이므로 몸짓도 과장되게 좋아할 수 있었으나 기정과 영하는 조금 조심스러울 수밖에 없었다.

미래도 다은과 함께 즐거움을 표현했으나 다은처럼 좀 과장된 웃음까진 보여주지 않았다.

“좋을 수밖에 없죠. 여행 떠나서 엄마도 곁에 있고 좋아하는 사람도 곁에 있는데 좋은 시간을 최대한 누리려고 더 쾌활하게 웃고 떠들고 하는 걸 겁니다.”

나는 다은이 얼마 전까지는 그러니까, 기정과 합류하기 전까지 우울한 시간을 보낸 것을 알기에 그렇게 대변해주었다.

강 사범도 어떤 의미인지 알 수 없는 희미한 미소를 그 주름진 얼굴에 드러내고 있었다.

“오 여사가 강 사범님께 바둑으로 어떤 신세를 진 겁니까?”

나는 밖을 내다보며 궁금함을 나타냈다.

강 사범은 간략하게 오래전의 일을 들려주었다.

“그때 오 여사 부탁으로 전력을 다해 내가 오정훈을 미국으로 가도록 만들었지만, 나도 그때 정신 차리게 되었으니 서로 고맙지요. 그 바람에 강릉에 와서 우리 배 사범도 만났고, 술도 같이 먹게 되었고, 하하하."

강 사범은 피로를 느끼는 얼굴로 크게 웃었다.

크게 웃을 기회를 노렸던 사람처럼 활짝 웃었다.

서로 좋은 인연이기에 강 사범은 귀가하지 않고 저들을 지켜보는 것일까.

"나에게 스스로 부가세 10% 매기며 저축하도록 한 것도 오 여사였습니다. 배 사범. 요즘 강릉에서 내 집을 마련하여 지낼 수 있는 것도 어쩌면 오 여사 덕분이죠. 책을 가까이하게 된 것도 역시 오 여사 덕분이죠."

강 사범은 진정으로 고마움을 나타내는 얼굴로 '덕분이죠,' 란 말을 두 번 세 번 덧붙이고 있었다.

서로 도운 일이었는데 그 당사자인 오빠 오정훈이 요즘 체스로 곤경에 빠졌다. 오 여사의 하소연을 듣고도 도와줄 방법이 없어 혹시나 하며 나를 소개한 것으로 내 짐작은 귀착되었다.

"생각했던 것보다 더 재미있네요. 강 사범님도 같이 치셨으면 좋았을 텐데요."

오 여사가 미니 골프를 마치고 카페로 들어오며 인사차 말했다.

"젊은 친구들하고 오 여사가 재미있게 즐겼으면 됐지 늙은이가 거기 껴서 무슨 재미가 있겠어요. 하하하."

강 사범도 밝은 얼굴로 오 여사를 맞아주었다.

영업이 종료될 때까지 기다리고 있는데 우리 부부도 같이 어울리지 않을 수 없었다. 조금 일찍 카페 문을 닫고 우리 부부가 가끔 단골로 가는 횟집으로 두 대의 차량으로 이동하게 되었다. 정말 모처럼 강 사범과도 술을 같이 먹는 시간을 가졌다.

두어 시간을 횟집에서 웃고 떠들며 술과 밥을 먹은 후, 오 여사 일행은 오죽 한옥마을로 향했다. 기정이 강권하며 숙박은 본인이 책임지겠다고 나섰다. 영하가 싱긋이 웃으며 지켜보았고, 오 여사가 수락하여 내일 점심때 다시 카페에서 만나기로 약속하고 우린 헤어졌다. 술을 안 마신 아내가 운전하는 차로 강 사범을 자택 인근에 내려주었다.

"강 사범님. 잘 생각하시고 내일 점심때 만나면 답을 주십시오. 가능하면 제 부탁을 들어주세요."

나는 아내가 운전하는 차 안에서 강 사범에게 부탁한 걸 다시 한번 강조했다.

"알겠소. 배 사범. 조심히 가시오."

강 사범은 고심하는 눈빛으로 내렸다.

부담이 크고 긴 토요일의 일과를 그렇게 마쳤다.

9. 징검다리

다음날 오전, 오죽 한옥마을에서 하룻밤을 보낸 일행 5명이 한 차량으로 이동하여 아침으로 초당 순두부를 먹고 막 경포해변에 도착했을 때였다.

기정의 휴대전화가 울렸다.

해변의 잔잔히 밀려오는 파도를 여자 셋이서 이리저리 피하며 젖은 발자국을 남겼다 사라지게 만드는 모습을 잠시 바라보며 기정과 영하는 걸음을 옮겼다.

기정의 휴대전화 액정에 보스 케빈이 떴기 때문이었다.

여자들과 거리를 두고자 소나무 숲이 있는 조용한 곳으로 갔다.

-설마 벌써 정보를?

기정은 울리고 있는 휴대전화를 영하에게 보여주었다.

영하도 벌써? 라는 입 모양을 하고 있었다.

“역시 빠르지?”

기정은 아닐 수도 있지만 속단하며 감탄하고 있었다.

“예. 보스 접니다.”

어제 낮에 한참 통화하였으므로 인사는 생략했다.

“진. 아직도 친구랑 강릉에 있는 거요?”

보스의 음성이 중저음으로 가라앉았다.

뭔가 있을 때 나타내는 보스의 자신감에서 나오는 발로였다.

기정과 영하는 보스가 자기 과시하며 위엄을 보이려고 할 때의 버릇 같은 것으로 여겼다.

“그렇습니다. 이렇게 일찍… 뭔가 알아낸 게 있나요?”

기정도 음성을 깔았다.

주변을 살피고 아무도 없음을 확인 후 휴대전화를 스피커폰으로 열어놓아 영하도 옆에서 듣고 있었다.

“미국의 체스 고수라면 다 내 손바닥 안에 있습니다. 진.”

보스는 계속 자신감이 우러나오는 중저음이었다.

“오우. 역시 보스는 대단하십니다.”

기정은 한번 치켜세워주었다.

어쩌면 장차 기정의 처외삼촌이 될지도 모를 사람의 일이었다.

아니 반드시 처외삼촌으로 모셔야 할 분과 관련된 일이었다.

“진. K-OCEAN의 오정훈 미국지사장과는 어떤 사이요?”

보스는 알아낸 정보를 알려주기 전 본인도 기정과 오정훈과의 관계를 알건 알아야겠다는 의도였다.
정보기관 요원의 몸에 밴 태도일 것이다.
기정은 영하를 바라보며 "역시" 라는 표정을 보였다.
잠시 뜸을 들이며 기정은 어떤 사이라고 해야 할지 고심하면서 영하에게 도움을 청하고 있었다.
영하는 모래 위에 "솔직히 얘기해. 처외삼촌 될 사람이라고" 라는 글귀를 집게손가락으로 빠르게 썼다.
둘이 있는 곳이 소나무숲이지만 바닥은 모래사장이었다.
기정은 멀지 않은 해변에서 밀려오는 파도를 피하며 이리저리 움직이는 다은을 눈으로 찾았고, 다시 다은의 엄마를 찾았다.
파도에 밀리면서 파도를 이기는 것처럼 셋은 깔깔거리고 웃으며 파도와 싸우고 있었다.

-정말 나의 아내가 되고, 나의 장모님이 될까?

기정은 잊고 있었던 부친과의 갈등이 음울하게 떠올랐다.
더없이 산뜻한 느낌이 먼저 다가오고, 이내 그 느낌은 사라지며 먹빛의 우울한 느낌이 다가오고 있었다.
"진. 듣고 있어요? 대답하기 곤란한 사이인가요?"

보스는 침묵이 흐르는 휴대전화 너머로 이상한 느낌을 감지한 듯 그렇게 묻고 있었다.

"솔직히 말하자면 장차 내가 결혼하려는 여자의 외삼촌이며, 제가 처외삼촌으로 모실지도 모르는 분입니다."

기정은 잠깐 고심하였으나 영하의 조언대로 솔직한 관계를 털어 놓았다.

보스 케빈이 좀 더 신경 써 달라는 의미도 들어있었다.

"처외삼촌? 진의 처외삼촌 될 사람?"

보스는 그 말뜻을 이해하려고 묻고 되물었다.

"보스. 지금 잠시 거리감이 생겼지만, 그건 오해로 인한 거고, 오 지사장은 나와 결혼을 약속한 여친의 외삼촌입니다."

기정은 일부러 음성에 절박함을 깔았다.

누구보다 가까운 사이라는 것을 강조했다.

"음."

보스는 짧게 신음을 토하며 뒷말을 곧바로 잇지 않았다.

서로 잠시의 침묵이지만 사태가 심각하다는 것을 느끼게 했다.

어제 누군가 기정에게 간절히 부탁하기에 기정은 보스에게 다시 부탁한다고 말했다.

"진. 잘 들으시오. 내가 돌아가는 상황만 재빠르게 알아보느라 정확도까지 장담할 순 없어요. 하지만 오 지사장은 어쩐지 기획된 함정에 빠진 느낌이오."

보스는 자신의 정보력을 과시하려고 앞부분은 중저음을 깔며 짧게 말했으나 지금은 어떤 우울함을 담아내는 음성이었다.

본인에게 뜻밖의 부를 쌓게 해준 조력자의 처외삼촌 될 사람이 국제적인 함정에 빠진듯한 기류를 설명하려니 힘이 빠지며 염려가 앞서고 있는 느낌을 주고 있었다.

눈치 빠른 기정이 그런 기운을 감지하고 있었다.

"보스. 현재 돌아가는 상황을 빠짐없이 사실대로 말해주십시오. 그래야 제가 잘 대처할 수 있을 겁니다."

기정은 단호한 음성으로 말했다.

"콜롬비아 쪽은 무역회사가 맞지만 뭔가 석연찮은 구석도 있고 그 중역도 국제적인 회사의 중역답지 않게 행동하고 있어요."

"보스. 그게 어떤 의미죠?"

기정은 그렇게 물으며 영하를 쳐다보았다.

영하는 아직도 파도와 함께 옆으로 갔다가 아래위로 움직이는 여자 셋을 살피고 있었다.

기정과 눈빛이 마주친 영하도 지금 어떤 느낌을 드러낼 수 있는 상황 파악이 안 되었다.

"미국 쪽의 체스 선수는 내 친구 제프리에게 알아보라고 했고, 콜롬비아 무역회사 클리어링(clearing)과 중역 삐룰로(Pirulo)에 관한 건 내가 우리 회사에 알아보라고 특별히 지시했었습니다. 진의 부탁이라 신중하게 알아본 겁니다. 그 회사는 어딘지 구린 냄새가 난다는 것이고, 삐룰로는 얼마 전에 낙하산으로 그 자리에 앉았다는 겁니다.”

보스의 음성이 걱정스럽게 변해가고 있었다.

-구린내? 그리고 낙하산?

두 단어는 기정의 미간을 살짝 좁히게 만들며 뇌리에 박혔다.

“보스. 먼저 체스 대국의 흐름부터 알아낸 만큼 자세히 설명해 주십시오.”

듣고 있던 기정은 양분하여 명확하게 알고자 했다.

영하도 옆에서 근심 어린 얼굴로 고개를 끄덕거리고 있었다.

“제프리도 체스 선수에게 들은 얘기라면서 하는 말이 처음엔 표준 체스로 시작하여 요즘은 변형 체스로 바꿔 대국한답니다. 선수한텐 액수를 정확하게 말해주지 않지만, 느낌상 대국마다 그 금액이 상당하다는 걸 느낄 수 있다고 했어요.”

보스의 음성으로 미루어 얼굴도 그늘져 있을 것이라는 짐작을 기정은 할 수 있었다.

“지금 변형 체스라고 했습니까? 보스?”

기정이 소리쳤다.

“그렇소. 진. 교과서적인 표준 체스에 싫증 난 고수들도 요즘 흔히 즐긴다는 체스-960을 말하는 겁니다.”

보스는 기정이 당연히 잘 알 것이라는 투로 말했다.

“피셔 랜덤 체스(Fischer Random Chess)라고 체스 세계챔피언이었던 바비 피셔가 창안하였고, 창안자의 이름을 딴 그 변형 체스가 맞죠? 보스.”

기정은 명확한 확인이 필요했다.

“그렇소. 나도 두 번이나 확인한 사항이오. 진.”

보스도 단정했다.

-요즘 왜 체스-960이 자주 등장할까?

기정은 다시 눈빛으로 영하에게 물었다.

우리들의 리그를 벌였던 앙리로부터 체스-960의 리그를 전화로 제안받았었다. 후원인의 재산을 침탈하자는 부정적인 리그전을 부탁해왔기에 단호하게 거절했었다.

-세계적인 흐름일까?

영하는 손가락으로 모래사장에 그렇게 썼다.

“그럼 오 지사장 쪽도 체스-960에 강한 선수를 내세우겠네요. 보스. 미국 내에서 그 체스에 강한 선수가 있나요?”

“있지만 그런 개인적인 내기 체스에 잘 응하지는 않을 겁니다. 요즘 세계적으로 유행을 타며 체스-960 대회가 여러 나라에서 돌아가면서 열리는 추세입니다. 세계대회에 참가하는 고수가 그런 대국에 참여할까요?”

보스는 세계적인 상황 설명과 부정적인 심경을 드러냈다.

“보스. 그럼 저쪽 선수는 어떻습니까? 그 체스에 아주 막강한 실력자입니까?”

“진. 안타깝지만 그렇습니다. 아직 이십 대 초반 젊은 선수인데 체스-960으로 바뀐 뒤부터 등장했답니다. 그와 겨루어본 미국 선수에게 물었을 때 체스-960엔 대단한 실력이랍니다.”

콜롬비아 선수의 실력을 확신하므로 난감하단 음성의 보스였다.

“그런 일련의 절차가 콜롬비아 쪽 빼롤로가 애초부터 기획한 의도라고 보는 거죠? 보스는?”

“진. 안타깝지만 90% 이상 그렇게 보입니다.”

짤막하지만 확신에 찬 보스 답변을 듣고 기정은 침울한 얼굴로 영하의 기색을 살폈다.

영하는 얼굴에 특별한 변화가 일어나지 않지만, 머릿속으로는 뭔가 궁리하는 느낌을 주고 있었다.

경포해변의 오리바위와 십리 바위에 그저 멍하니 눈길을 주는 태도는 체스 대국에서 깊은 수읽기 할 때와 다름없었다.
"내기 액수라던가 표준에서 체스-960으로 바뀌게 된 과정 등은 오 지사장에게 직접 물어야 할 것 같아요. 진."
기정이 잠시 침묵하자 보스가 길 안내를 했다.
장차 처외삼촌이 될 수 있는 위치라면 체스 대국이 바뀌는 과정의 절차와 내막 정도는 서로 문답할 수도 있는 것 아닌가, 라는 요지였다.

-그런 문답이 가능할까요?

기정은 보스에게 그렇게 묻고 싶었다.
그게 쉽지만은 않을 것이다.
다은 모친이 매우 어렵게 상황을 말했듯이 다은 외삼촌은 가장 감추고 싶은 내막을 장차 외조카 사위로 삼을지 모르는 젊은이에게 구구절절 쉽게 털어놓겠는가.
"보스. 그 문제는 제가 알아보겠습니다. 그럼 이번에는 저쪽의 회사와 그 중역의 석연찮은 점을 설명해주십시오."
적을 알아야 했다. CIA 정보망이면 보스는 어느 정도 이상으로 파악하고 있을 것으로 추측할 수 있었다.

-보스는 내게 과연 얼마만큼 전달해줄까?

기정은 물으면서 그 부분이 관건이라고 예상했다.

“클리어링은 제법 연륜 있는 탄탄한 무역회사지만, 정상적이지 않은 물건도 취급하는 것으로 우리 회사는 의심하고 있어요. 하지만 물증은 아직 찾아내지 못한 상태입니다. 진.”

보스는 묘한 뉘앙스를 풍기고 있었다.

조금만 새겨들으면 CIA가 전부터 그 회사를 의심하며 조사하고 있었다는 느낌을 주고 있었다.

기정과 영하는 서로 미묘한 눈빛을 교환했다.

그들만의 전문 용어가 있을 터이지만 기정이 일반인이라 알기 쉬운 용어로 설명하고자 하는 보스의 의도가 엿보였다.

“보스. 정상적이지 않다면… 어떤 걸 의미하는 거죠? 혹시… 마약류 같은 걸 이르는 건가요?”

기정은 그저 궁금해서 묻는다는 느낌을 주려고 애썼다.

“우리 회사는… 그런 경우를 의심하고 있어요.”

어느 부분은 감추려는 것인지 아니면 기정에게 설명하고 싶지만 불확실한 것인지 모를 그런 느낌이 들게 만드는 보스였다.

미국 내 체스 고수라면 보스나 절친 제프리가 대부분 파악하고 있어서 빨리 알아낼 수 있었을 것이다. 그런데 콜롬비아의 무역회사를 하룻밤 사이에 다 파악한다는 것은 그 회사에 대해 이미 어느 정도 들여다보고 있었다고 추정할 수 있었다.

기정과 영하가 눈빛으로 의미심장함을 주고받은 건 그런 느낌을 강하게 받았기 때문이었다.

"보스. 혹시 보스 회사에서 예전부터 그 콜롬비아 무역회사를 주시하고 있었던 건가요?"

기정은 보스의 옆구리를 강하게 훅 치고 들어갔다.

"으음."

휴대전화 저편에서 감추려다 들킨 듯한 보스의 신음이 들렸다.

그 신음은 가까이에서 조금 멀어지는 것으로 느껴졌다.

이젠 우리가 기다려야 한다.

기정과 영하는 뭔가 있다고 느끼며 눈빛을 다시 주고받았다.

"진. 사실은 그렇소. 이런 면까진 말을 안 하려고 했는데… 클리어링은 우리 회사와도 그리고 나와도 이래저래 사연이 얽혀 있는 회사입니다. 지금 진에게 다 말할 순 없다는 걸 이해하고 그 부분은 더 묻지 않았으면 좋겠습니다. 진."

보스의 낮은 한숨 소리가 들려왔다.

"어제 오후에 부탁했는데, 다음날 오전 그 회사에 대해 상세히 말씀하시길래 한번 물어본 것뿐입니다. 저 같은 일반인에게 말 못 할 어떤 기밀 사항이 있을 것이라고 느끼고 있습니다. 보스

솔직히 말씀해 주셔서 고맙습니다.”

기정도 고마움을 그대로 전달했다.

그러면서 보스는 그들만의 중요한 부분에 대하여 더는 말하지 않을 것이라고 짐작할 수 있었다.

“진. 삐룰로는 낙하산으로 온 지 얼마 되지 않았어요. 그리고 그는 그 회사의 주류도 아니며 별도의 물건을 취급하고 있다는 정보입니다. 우리도 그걸 파악하려고 노력하는 중입니다. 다시 말하면 그는 그 회사의 중역이지만 대외적으로 특별한 부분만 책임지고 있다는 겁니다.”

보스는 다소 중복되게 설명하고 있었다.

사회생활을 별로 하지 않은 기정을 위해 특별히 알기 쉽게 설명하려는 면이 돋보였다.

기정과 영하가 예견한 대로 보스는 핵심적인 부분은 드러내지 않고 있었다.

“그 특별한 부분이 어떤 건지 지금 보스는 저에게 말 못 하겠다는 거죠?”

기정은 다시 한번 세게 들어갔다.

“진. 우연인지 모르지만, 그 회사는 다방면으로 나와 우리 회사와 그리고… 한국인과도 연결되어 있는데 그 실체를 파악하기 어렵다는 겁니다. 내가 본사로 발령 나면 더 철저히 조사해 볼

요량으로 있습니다. 그런 가운데 장차 진의 처삼촌 될지 모르는 오 지사장이 그 회사와 엮어있다니 참 난감합니다."

-본사 발령과 그 회사의 실체?

-한국인과의 연결고리?

기정은 잠시 머릿속으로 내용을 정리하고 있었다.

보스는 분명 더 많은 걸 알고 있지만 다 말하지 않는다는 느낌은 확실했다.

"한국인과도 연결되어 있다는 건 콜롬비아 회사와 오 지사장의 관계를 말씀하시는 거죠?"

보스가 머뭇거리며 한국인과의 연결고리를 슬쩍 내비치는 것은 분명 어떤 의도가 있을 것으로 기정은 판단했다.

가벼운 질문으로 그 의도를 건드려 본 것이다.

기정이 질문하며 살펴본 영하는 질문을 잘했다는 의미로 고개를 끄덕거리고 있었다.

"그 부분도 맞지만, 한국인과의 연결 시점이 우리들의 리그가 여기 대한민국의 강릉에서 처음 벌어질 무렵부터라고 나와 우리 회사는 단정하고 있어요."

보스는 처음의 과시용 중저음도 아니고 차분하게 가라앉은 음성으로 기정에게 현 상황을 설명하고 있었다.

기정과 길숙이 연관되어 있으므로 보스도 진중하게 나왔다.

-나와 우리 회사는 단정하고 있어요?

그 부분에서 기정은 번득이는 눈빛으로 영하를 쳐다보았다.

누군가 오래 진행된 기획으로 오 지사장과의 연결고리를 만들고 강릉에서 리그전도 벌어지게 만들었단 말인가?

기정과 영하는 서로 그런 눈빛이었다.

"보스. 그럼 저와 제 친구도 모두 처음부터 기획된 의도에서 움직이게 만들었단 말인가요?"

기정도 놀라움을 감추고 낮은 음성으로 물었다.

"우연인지 아닌지는 더 조사해봐야겠지만 철학자가 솔로라고 불리기 이전부터 조직적인 움직임을 추정하는 보고서가 있어요. 어떤 기획안대로 한국에서의 행동을 가동했다는 의견도 보고서에 들어있어요."

보스는 흥미로움을 하나씩 던지며 기정을 유도하고 있었다.

-솔로, 철학자 그 이전부터라고?

-우연인 것처럼 아닌 것처럼 그렇게 사전에 움직였다고?

지극히 자연스러운 대화의 흐름 같았으나 보스가 의도하는 길로 끌려 들어간다는 느낌을 기정은 코끝에서 감지하고 있었다.

“보스. 그럼 혹시 예전의 그 암호도 그들의 기획안에 설계된 것인가요?”

기정은 선배 소개로 체스 때문에 보스를 처음 만난 것도 누군가 의도에 의해 설계된 것일까? 의심하며 그렇게 물었다.

-어디서부터 기획되었을까?

-보스를 소개해준 선배도 기획되었을까?

기정은 머릿속이 칡넝쿨처럼 얽히고 있었다.

“진. 그건 지금 명확하지 않아요. 한국에 관한 건 암호 전후로 이런 일련의 기획안이 다시 짜였을 거라는 추측은 하고 있어요. 하나 보충하자면 진이 내게 넘겨준 자료의 그 체스와 담 넘어 들어갔던 인물이 아직 한국 내 머물고 있을 것으로 우리 회사는 역시 단정하고 있어요. 혹 밀항이던가 그런 행동이 아니라는 가정하에 조사한 내용을 설명하는 겁니다. 이건 극비사항이지만 조사할 수 있게 만든 정보를 진이 내게 주었기에 조사 진행에 대해서만 은밀히 말해주는 겁니다.”

보스는 그 인물의 정체는 밝혔는데 찾진 못했다고 한다.

보스의 설명을 들으며 기정은 문득 이상한 느낌이 들었다.
"보스. 그럼 보스와 나와의 체스 대국도 우연이 아니라 기획된 대국이라는 건가요?"
기정은 미간이 좁아졌다.

-선배도 보스도 삐룰로도 오정훈도 모두 엮어있다는 건가?

미문화원에 근무하는 고교 선배의 부탁으로 보스와는 마지못해 그저 우연히 체스를 두었는데 그것 역시 기획된 것인가?
내 옆에 영하가 있다는 사실도, 영하가 등장할 것이라는 사실도, 어둠 속의 거대한 조직은 모두 파악하고 있었단 것인가?

"진. 그건 아닌 것 같소. 우린 우연히 만났지만, 삐룰로는 이미 대한민국에 대해 무언가 알아보고 있던 참이었소."
보스는 석연찮음을 드러내고 있었다.
"보스. 그게 혹시 서울의 훔쳐간 체스 주소와 강릉의 주소 등 두 곳과 연관되어 있다는 건가요?"
"그럴 거라는 추측이요. 조사는 하고 있으나 아직 실체를 파악하지 못해서 그들의 저의를 100% 알아내지 못했소."
어딘지 보스는 살짝 연막을 치는 느낌이었다.

“보스. 혹시… 암호문에서 드러난 것처럼 마약과… 관계된 일이라 나한테 말하지 못하는 부분도 있는 거죠?”

기정은 내친김에 또 훅 치고 들어갔다.

기정이 중간중간에 버벅거리듯 말하는 것은 미국의 오 지사장과 기정, 영하가 거대한 조직에 의해 본인들도 모르게 마약과 연루되었는지 모른다는 느낌이 들었기 때문이었다.

“음. 진. 그럴 수도 있고 아닐 수도 있어요. 기획이란 상황에 따라 얼마든지 변화를 줄 수 있는 거란 걸 기정도 잘 알 거요. 이건 나와 우리 회사의 공통적인 추측이지만 우리만 조사하는 게 아니라 여러 나라가 그 회사와 삐룰로를 예의주시하고 있소. 각국은 필요에 따라 서로 정보를 공유하는 부분도 있어요.”

보스는 놀라운 얘기를 꺼내 들었다.

콜롬비아 무역회사 클리어링과 삐둘로에 관해 이미 여러 나라가 감시하며 조사하고 있다는 내용이었다.

그건 그 회사가 비정상적인 운영도 하고 있다는 의미인데, 그게 마약과 관련된 일이라는 걸 보스는 말하지 않고 있었다.

보스는 길게 설명하고 있으나 핵심적인 내용은 말하지 않았다. 어쩌면 확실히 내세울 물증이 없어서 그럴 거란 추정도 할 수 있지만, 보스의 말을 듣고 있는 기정과 영하는 직감이라는 게 있었다. 정보기관에서 우리 같은 일반인에게 쉽게 정보를 말할 수 없는 까닭도 있을 것이라고 이해하려고 애썼다.
노련한 CIA 요원인 보스는 기정에게 오정훈을 통해 무언가 알아내라는 암시 같은 것도 은근히 내비치고 있었다.

-마약 아니면 무기?

옆에서 듣고 있던 영하가 모래사장에 손가락으로 그렇게 썼다.
"보스. 전에 우리가 풀었던 암호문을 분석할 때 거의 마약으로 굳어졌었는데, 혹시 무기는 아니겠죠?"
기정은 영하가 모래 위에 쓰고 턱으로 가리키는 질문을 꺼냈다.
"진. 갑자기 무기와 마약이 등장하니 내가 답변하기 참 곤란할 지경이오. 무기는 분명 아니오. 진."
보스는 잠깐 신음을 토하더니 무기는 아니라고 확신했다.

-마약도 아니라고 확답을 못 한다는 건 어떤 의미일까?
-심증은 가는데, 확실한 물증이 없다는 의미가 아닐까?

기정과 영하는 눈빛으로 그렇게 주고받았다.
여러 나라가 그 회사를 수상하게 여기며 파고들었지만, 지금껏 물증을 밝혀낸 나라가 없다는 의미일까? 그게 아니면 우리 같은 일반인에게 마약을 의심하고 있다고 말할 수 없다는 건가?

기정도 영하도 보스와 길게 대화하며 바닷가의 파도와 싸우는 여자 셋이 신경 쓰였다.

같이 놀아주진 않더라도 가까운 곳에서 기꺼운 마음으로 웃음을 보여주어야 한다고 생각했다.

“정보력이 뛰어난 각국이 클리어링과 삐뤁로를 예의주시하고 있지만, 그들 국가엔 이들에 의해 아직 마약과 관련된 사건이 일어나지 않았다는 거예요. 피해가 발생할 법한 나라에선 아직 그러한 눈치도 못 챈 상황인 건 확실히 말할 수 있어요. 진.”

보스의 보충설명이 따른다.

기정과 영하는 보스의 설명을 들으며 좀 수상한 생각이 들었다.

-자국에 피해가 가는데 눈치도 못 채고 있는 상태의 나라?

넌지시 설명 하나 던져주는 게 기정에게 알아채라는 그 무엇이 아닐까? 그런 생각이 언뜻 들었다.

기정은 영하를 쳐다보았다.

휴대전화 저편의 보스도 이 정도의 정보를 줄 테니 이제 너희가 더 알아보거라, 하는 의미심장함도 들어있다. 그나마 암호문도 풀어주고 담 넘어 체스를 훔쳐가는 귀한 자료까지 보내주었기에

이 정도의 정보를 공유한다는 의미도 들어있을 것이다.
영하도 좀 아리송한 표정으로 기정을 쳐다본다.
이번에도 보스는 기정에게 정보를 주되 오정훈에게 직접 알아보라는 지령을 내리는 듯했다. 깊숙이 접근하기 어려운 정보기관보다 개인적인 관계로 접근하기 쉬운 기정에게 그런 숙제를 내주는 인상이었다. 보스가 뒤이은 말은 하지 않았으나 오정훈에게 직접 알아낸 정보를 공유해야 보스의 회사도 정보를 더 주겠다는 의도가 엿보였다.
"보스. 알겠습니다. 저도 개인적으로 상세히 알아보겠습니다. 보스도 새로운 정보가 나오면 제게 알려주십시오."
기정은 더 나올 것도 없는 대화에 끝맺음하기로 작정했다.
"진. 그렇게 하겠소. 진도 새로운 정보가 나온다면 나한테 즉각 연락해주십시오."
보스는 정보기관의 그들다운 정보를 어느 정도 숨긴 채 새로운 정보를 거래하자는 의미만 남기고 대화를 마쳤다.

흑막

기정과 영하는 보스가 전해준 정보를 정리해보았다.
클리어링이라는 무역회사는 지극히 정상적으로 운영되고 있다.

그러나 중역 삐룰로가 맡은 역할은 잘 드러나지 않고 있었다.
그는 불과 얼마 전 그 회사에 낙하산으로 입성했다.
삐룰로는 중역임에도 불구하고 회사의 주류가 아니란 판단이다.
마약 거래를 의심하여 여러 나라가 그 회사를 주시하고 있다.
자국에 마약 밀반입 등으로 피해당할까, 예의주시하고 있다.
각국 정보기관이 암암리 조사하는데 드러난 물증이 아직 없다.
보스 회사(CIA)에서는 그 중역이 낙하산으로 그 회사에 입사 후 기획된 의도로 오정훈에게 접근한 것으로 보고된 바 있다.
비즈니스 차원에서 처음엔 본인들이 체스 대국을 벌였다.
일반적인 표준 체스 규칙으로 대국하다가 체스-960이 등장했다.
작은 내기로 시작하여 고수 등장으로 액수가 점점 커졌다.
이윽고 변형된 체스 대국으로 들어서면서 엄청난 액수가 걸리게 되고 콜롬비아의 젊은 체스 선수가 나섰다.
오정훈은 사업을 성사시키기 위하여 빼도 박지도 못하는 지경에 이르며 금전적 손실만 엄청나게 발생한 상황에 이르렀다.

여기까지가 대화 속에서 드러난 오정훈과 중역과의 관계이며, 보스 회사에서 조사하여 밝혀낸 내력이다. 보스가 아는 만큼 다 말하지 않았다는 건 느낌으로 알 수 있었다.
제프리가 알아내어 보스에게 전한 정보는 그 젊은 콜롬비아인 선수는 체스-960 실력이 상상을 초월할 정도라는 것이다.

그 선수의 표준 체스 대국은 누구도 본 적이 없다고 했다.

우리들의 리그, 라는 체스 대국은 서로의 이익을 추구하며 각자 부를 쌓았다. 서로 상부상조한 것이고, 지금은 또 따로 서로가 도움이 필요한 상황으로 발전했다.

보스보다는 기정이 훨씬 다급했다.

"점심 먹으러 가서 선생님과 상의해보자."

영하는 별 뾰족한 방도가 생각나지 않아 그렇게 제안했다.

기정이 바다를 멍하니 바라보다 고개를 끄덕거렸다.

* * *

"어머님. 우리 경포해변의 소나무숲 산책길을 좀 걸을까요?"

기정이 여자들에게 다가서며 유쾌한 음성으로 말했다.

그렇게 말하며 기정은 세 여자의 신발을 살폈다.

미래만 운동화를 신고 있었으며, 다은과 오 여사는 여름 샌들을 손에 들고 있었다. 그나마 다행인 건 가죽 샌들이었다.

"어머님과 다은인 신발이 불편해서 많이 걷지 못하겠네요."

기정이 다시 빠르게 말했다.

“모래사장에서 천천히 좀 걷는 정도야 괜찮지 뭐. 엄마. 어때? 걸을 수 있겠어?”

파도와 노는 것도 지루했는지 다은이 좋아하며 엄마의 의사를 타진하고 있었다.

“나도 괜찮아. 샌들 신고 걷는데 익숙한 걸 뭐.”

오 여사도 밝게 승낙했다.

“그럼. 바다를 바라보며 조금만 걷다가 오도록 해요.”

기정이 말하며 앞장섰다.

“오빠. 기다려요. 발 좀 털고 신발 신을 시간을 줘야지.”

다은이 소리쳤다.

“아, 하하하”

그 모습에 영하가 크게 웃음을 터뜨렸다.

영하는 기정이 왜 서두르는지 알 것 같았다.

기정은 얼른 카페로 가서 상의하고 싶을 것이다.

유명한 경포해변까지 와서 그저 잔잔하게 다가오는 파도에 밀려 다니다 발 한번 담그고 간다면 원성이 일 것 같아 잠시 해변의 소나무숲 길을 산책하자고 제안했을 것이다.

경포해변에서 강문해변으로 ~ 그리고 송정해변에서 커피 거리가 형성되어 있는 안목해변까지 소나무숲 해변 산책길이 이어진다.

바다를 옆에 끼고 바라보며 바다 내음을 맡으며 정겨운 대화를 나누며 천천히 걷다가 다시 걸어서 되돌아올 수도 있고, 택시 타고 원점인 경포해변으로 돌아와 차량을 회수할 수도 있었다. 이미 강릉에서 체스 대국하며 삼사일 비어있는 날 비는 시간에 해변 산책길을 여러 번 걸었던 기정의 머릿속 구상이었다.

바다에 왔으니 바다를 실컷 감상하며 소나무 아래로 걷기까지 한다면 더할 나위 없이 해변을 즐기는 것이다. 강릉의 장점 중 하나가 그늘이 드리워지는 해변 숲 산책길이 조성되어있는 것.

"어이쿠 죄송해요. 어머님. 신발 신을 틈도 드리지 않았네요."

기정은 마음이 급해진 까닭에 서둘다 다은의 외침을 듣고 돌아서서 오 여사에게 먼저 사과하며 살갑게 굴었다.

"아니야. 여기선 지금처럼 맨발로 걸어갈 수도 있는데 다은이 괜히 투정 부린 거야."

오 여사는 오히려 다은을 나무라는 투로 말했다.

그렇게 일행 다섯은 티격태격하며 해변 길을 걸었다.

"어딘가 짠 내가 나는 것 같은데 바다에서 풍겨오는 게 맞는 거지?"

미래가 일행을 돌아보며 반응을 살폈다.

나만 그런가? 하는 표정이었다.

"바다 내음이 맞아."

영하가 얼른 대응했다.

바로 옆이 바다여서 짠 내음이 코끝을 어지럽히는 가운데 다섯은 걸어서 쉼터가 있는 곳에 도착했다.

"어머님. 여기서 조금 더 가면 커피 거리까지 갈 수도 있어요. 거기까지 걸어가면 힘들어서 아마 택시를 타야 할 겁니다. 더 걷다가 택시를 탈까요? 아니면 여기서 다시 돌아갈까요?"

기정은 먼저 오 여사의 의향을 묻는다.

여자들의 신발이 오래 걷기에는 불편하여 기색을 살핀 것이다.

"여기서 잠시 쉬었다가 되돌아갈까? 너희는 어때?"

오 여사는 미래와 다은에게 묻는다.

"그렇게 해. 엄마."

다은은 엄마의 의향이 그럴 거라며 흔쾌히 따랐다.

"저도 그랬으면 좋겠어요."

다은에 이어 미래까지 동감했다.

그들은 바다를 바라보며 잠시 쉬었다.

다시 바다를 옆에 끼고 되돌아 걸어가 경포해변의 중앙지점에서 차를 회수한 후 카페로 몰았다.

오전은 온전히 짠 내 나는 바다 내음과 함께였다.

* * *

감추고 싶은 실력

"사범님. 저희 막국수 먹으러 왔어요!"

다은이 일행 다섯 중 가장 앞장서 카페로 들어오며 소리쳤다.

다은과 엇비슷하게 들어오던 미래가 인사를 하고, 영하, 기정, 오 여사 순으로 나와 아내는 그들과 인사 주고받기가 바빴다.

아직 점심을 먹기엔 조금 이른 시간이었다.

"이미 여러 번 봤겠지만… 다시 한번 자세히 보면 안 될까요? 좀 기다려야 할 것 같은데…"

나는 오 여사와 미래, 다은에게 전시물을 더 관람하던가 잠시 담소를 나누던가 했으면 좋겠다는 의사표시를 했다.

휴일의 우리 카페 앞 막국수 집은 점심시간엔 손님들로 붐빈다.

그런 연유로 막국수를 먹으러 조금 일찍 가는 게 좋을 듯했는데 기정이 얘기 좀 하자는 신호를 몰래 보내온 상황이었다.

기정은 무거운 돌덩어리를 짊어진 기색이었다.

"사범님. 우린 미니 골프 치고 있을게요."

다은이 눈치껏 싹싹하게 엄마와 미래를 이끌었다.

다은은 외삼촌의 일이지만 무엇보다 카페의 나, 기정, 영하와의 돈독한 관계를 잘 알고 있었다.

“아, 참. 배 사범님. 혹시 강 사범님은 오늘 오시나요?”

오 여사는 골프채를 고르며 묻는다.

“아마… 안 오실 겁니다.”

“그럼… 어떻게 만날 수 있죠?”

오 여사는 서운한 듯 묻는다.

“어제 두 분이 만났던 경포호수에 가시면 거기 어딘가에 계실 겁니다.”

“늘 거기에 계신가요?”

“네. 특별한 일 없으면 경포호수에서 산책도 하고 책도 보고 쉬기도 한다고 들었습니다.”

“잘 알겠습니다. 사범님.”

오 여사는 다은과 미래에 뒤미처 밖으로 나갔다.

-야호. 봤지? 봤지?

곧이어 다은과 미래의 환호성이 크게 들려왔다.

카페 안은 아직 에어컨을 켜지 않고 현관을 열어 놓고 방충망을 쳐놓은 상태라 그들의 환호성은 메아리처럼 울렸다.

“사범님. 일이 심상치 않게 돌아가고 있습니다.”

기정이 여자 셋이서 미니 골프 치며 즐거워하는 모습을 내다보다가 내게 말했다.

"어제 오 여사 얘기 들으며 내 느낌도 심상치 않았어. 뭔가 잘 꾸며진 느낌의 불안감이랄까… 그런 게 엄습하고 있었어."

나도 어제의 느낌을 말했다.

기정은 보스에게 들은 얘기를 가감 없이 말하고 있었다.

중간에 간간이 자신의 느낌을 말하며 마음 한쪽이 무너져내리는 기색이었다.

"기정이 보스와 연락하여 알아낸 사실을 오 여사에게 어떻게 말해야 할까?"

나는 내가 알아낸 것처럼 말해야 하는지를 묻고 있었다.

이참에 기정이 보스와는 선배 때문에 알게 된 사이로 부탁하여 이런 사실들을 알아냈다고 말해야 하는지도 거기 들어있었다.

기정은 카페 밖의 세 여자를 바라보며 고심하고 있었다.

"선생님. 아직은 기정이 나섰다고 말하지 않았으면 좋겠어요."

영하가 옆에서 지켜보다가 말했다.

"그건 왜?"

"다은이도 아직은 우리가 큰 상금이 걸린 체스 대국을 하는지 모르는데 섣불리 말했다가 오해할까 봐… 좀 걱정됩니다."

영하는 몰래 부끄러운 짓을 한 소년처럼 움츠러들었다.

다은이 미문화원의 부탁으로 영하와 기정이 해외 여러 나라와 문화교류로서 체스 대국을 하는 줄 알고 있었다.
오 여사에게 여러 복잡한 관계를 털어놓으면 모든 사실이 들통날지도 모른다는 우려가 영하를 짓누른다.
현재까지의 상황을 다 알게 되면 오 여사 그리고 다은과 미래도 충격이 클 것으로 짐작할 수 있었다. 서로의 관계에 지각변동이 어떻게 일어날지 알 수 없었다.

-오해할까 봐 걱정됩니다.

영하가 내비친 그 오해는 여러 의미가 내포되어 있었다.
자칫하면 영하가 세계적인 내기 체스인으로 알 것이고 기정은 그런 내기인 매니저로 그리고 도박사로 전락할지도 모른다.
그런 오해를 불러올지도 모른다는 불안을 영하는 느낀 것이다.

-만일 오해한다면?

기정과 다은의 관계가 틀어지는 것뿐만이 아니라 영하와 미래의 관계도 어떻게 변할지 예측 불가였다.
당사자들은 서로 죽고 못 사는 관계라 할지라도 부모가 나서서

적극적으로 반대할 수도 있는 사안이었다.
기정과 다은의 현 상황이 그렇고, 큰 내기 체스 대국으로 인해 다은의 외삼촌 오정훈이 눈앞에서 곤경에 처해있었다.
흘러가는 상황은 자칫 패가망신 당할 판이다.

나는 두 젊은이의 고뇌를 충분히 이해할 수 있었다.
그 세계에서 이제 막 손 털고 빠져 나왔다.
그런데 다른 이의 일로 엮여 들어가 업적이(?) 탄로 난다면?

-솔로. 솔리터리. 체스 필로소퍼. 체스 콘트라딕션?

은둔자를 자처하며 홀로 체스 공부한 솔로로 시작해 솔리터리를 거쳐 체스 철학자, 그리고 체스의 모순이라는 별칭에 이르렀다.
지하 체스 세계에서 세계적으로 인정하며 그런 찬사를 한몸에 받는 실력자가 영하이며, 매니저 역할 하는 이가 미스터 진으로 통하는 기정이라면?

-듣는 순간 모두 까무러치지 않을까?

나는 영하와 기정의 처지에서 그렇게 상상해보았다.

기정이 쉽게 판단이 안 되었고, 영하가 만류하는 까닭이다.

-그러나 오 여사와 오정훈에게 믿음을 주어야 한다면?

오정훈이 현 상황까지 진행된 과정과 손실액 정도를 모두 실토하게 하려면 믿음을 주어야 한다.
한편으로는 오정훈이 숨김없이 남김없이 모두 까발린 상태에서 수습책을 찾는 게 현명하다는 판단이었다.
나는 영하의 만류를 새겨들으며 양쪽의 입장과 수습책을 머릿속으로 궁리하고 있었다.
그간의 흐름이 매우 안 좋은 건 사실이었다.

-오정훈에게 직접 듣고 연락해!

그렇게 말했다는 보스는 오정훈과 빼룰로와의 현 상황을 얼마나 꿰뚫고 있을까?
영하, 기정과 마찬가지로 나도 그게 궁금했다.
보스는 수박 겉핥기식의 정보에서 한 걸음만 나아가 수박 맛을 한 조각 보여준 꼴이었다.

-본인에게 직접 들은 정보를 건넨다면?

보스도 양파껍질 한 겹 벗겨서 정보 하나 넘겨주겠지.
아니면 맛보기로 건네기 위해 가른 수박에서 한 조각 더 베어 줄 게 뻔했다.
가능하면 보스를 통하지 않고 우리끼리 해결해야 할 과제였다.

-이런 경우 챗지피티(ChatGPT)에 묻는다면?

고심을 거듭하는 영하, 기정을 주시하며 정말 그러고 싶었다.
그러려고 해도 현실은 녹록지 않았다. 오정훈에게서 지금까지 일어난 모든 과정을 들은 후 챗지피티에 입력해야 했다.
이 문제를 해결하는 방법은 하나였다.
오정훈을 만나 자초지종을 모두 털어놓게 만든 다음 수습책을 논의해야 한다는 결론이었다.

"오 여사에게 직접 부탁하든지 다은에게 간접적으로 부탁하든 일단 오정훈을 만나게 해달라고 하자."
나는 나 혼자 내린 결론을 말하며 둘의 눈치를 살폈다.
"다은도 다은 어머니도 다은 외삼촌이 처한 상황을 사범님께서 어느 정도 파악하고 알려주실 거라 조금은 기대하고 있는 눈치입니다.”

그렇게 말하는 기정의 시선은 밖을 향했다.

한 번에 홀인 하면 소리지르며 좋아하고, 두세 번의 타격에도 홀인이 안 되면 이렇게 해봐, 저렇게 해봐, 옆에서 훈수하면서 즐거이 미니 골프를 치는 세 여자를 바라보고 있었다.

“저도 오 여사님께 그런 느낌을 받았어요. 선생님.”

영하가 은근히 거든다.

기정은 내게 어려운 부탁을 하려는 듯 나와는 시선을 마주치지 않고 뜸을 들이고 있었다.

그걸 감지한 영하가 살짝 힘을 실어준다는 걸 나도 느꼈다.

-엄마가 너무 잘하면 젊은 우린 부끄럽잖아!

-정말 어머닌 너무 잘하세요!

다은과 미래가 번갈아 가며 오 여사의 미니 골프 플레이에 대해 불만을 털어놓는다. 그건 기분 좋게 하는 투정으로 오 여사의 기분을 더욱 날아가게 만드는 언어적 유희였다.

아주 적절한 시간에 들려오는 띄어주기에 들뜬 여자들의 유쾌한 대화가 카페 안까지 전달되었다.
내가 내다볼 때 오 여사는 오랫동안 골프를 쳤기에 미니 골프의 홀마다 포인트를 어디에 주어야 하는지 잘 파악하고 있었다.
힘 조절에만 유의하면 두 청춘보다 미니 골프를 잘 칠 수 있는 여건과 경험은 충분히 갖추고 있었다.
다은, 미래 둘은 우리 카페에 와서 골프채를 처음 잡아보았다.
지금까지 기껏 서너 번 정도의 미니 골프 체험으로 십 년 이상의 골프 연륜이 쌓인 오 여사와 같을 수 없었다. 미니 골프의 기록지에 홀이 진행될수록 기록되는 타수가 점점 벌어지는 건 지극히 당연하다. 그런 까닭을 잘 알면서도 오 여사의 기분을 더욱 날아다니게 만드는 다은과 미래였다.

-기정 오빠. 우린 걱정하지 말고 깊이 있게 대화해!

어쩌면 다은, 미래는 그렇게 외치고 있는지도 모른다.
기정이 잠시 숨 고르기에 매우 적절한 순간을 제공했다.

"사범님!"
기정이 음성에 무게를 실었다.

“어, 왜?”

“늘 부탁만 드려 죄송합니다.”

“뭔 소리야. 늘 부탁이라니.”

나는 기정이 어떤 부탁을 해올지 짐작하고 있었다.

“또 어려운 부탁을 드려야겠습니다.”

“그래? 말해 봐.”

“저희는 좀 빼주시고… 오 여사님과 상의하셔서 다은 외삼촌과 사범님께서 직접 만나보시는 건… 안 될까요?”

기정은 어렵게 띄엄띄엄 말을 이어나갔다.

내가 숙고 끝에 내린 결론을 내가 나서서 문제를 풀어가는 게 어떻겠냐는 부탁 겸 물음이었다.

둘은 옆으로 빠져 지켜보면서 지금껏 수집한 정보도 모두 내가 알아낸 것처럼 위장하고, 오 여사를 통해 오정훈과 접촉을 시도해 달라는 부탁이었다.

더 묻지 않아도 나를 매개체로 오정훈과의 정보를 주고받으며, 보스와 정보를 공유하면서 다음을 기획하겠다는 기정의 의도가 뚜렷이 보였다.

“그래야겠지?”

나는 기정에게 그리고 영하에게 눈길을 주고 있었다.

“죄송합니다. 선생님. 이 상황에서 저희가 모른 척할 수도 없고, 지금은 전면에 나설 수도 없는 처지라서……”

영하는 움츠리며 기정을 대변했다.

“김 박사나 기정이 죄송할 게 뭐가 있어?”

세상은 내 맘대로 흘러가지 않는다.

소나무는 왜 저기 우뚝 서 있는지, 꽃은 왜 여기서 피어나는지, 우리가 알 순 없지만 우린 소나무와 꽃을 느낄 수는 있었다.

내가 관심이 가는 순간 그것들은 나에게 다가온다.

-오. 미래도 정말 잘하네. 짝짝짝

오 여사는 환한 웃음으로 칭찬과 함께 손뼉을 치고 있었다.

어느새 세 여자는 카페 현관 앞까지 와 있었다.

주차장 쪽에서 1홀부터 시작되는 미니 골프 18홀 중 10홀 이상 쳤으며 잠시 후 18홀까지 마친다는 의미이다.

-만일 내가 오정훈을 만난다면?

-나에게 현 상황을 털어놓고 도움을 요청한다면?

그 뒤는 모닥불이 불꽃을 튀듯 할 것이었다.

그 불꽃이 어디로 튈지는 아직 모른다.

몰라도 체스가 등장하리라 짐작할 수 있었다.

“내가 이즈음 작은 역할을 해낸다면, 아마 둘이 전면에 나서야 할 거야. 그건 각오할 수 있지?”

일단 내가 나서야 실마리를 풀어갈 수 있겠지만, 나의 바로 뒤 기정과 영하가 대기하고 있어야 한다는 건 불을 보듯 뻔했다.

서로 숨지도 물러서지도 말자는 다짐이었다.

기정과 영하는 서로 눈빛을 주고받았다.

“알겠습니다. 선생님.”

“고맙습니다. 사범님.”

영하와 기정의 다짐에도 불구하고 오 여사가, 그리고 오정훈이 과연 우리 뜻대로 진행해 줄지도 사실 의문이었다.

다만 둘과 내 앞에 개울을 건널 수 있게 만들 징검다리 돌 하나는 갖다 놓았다. 체스로 시작된 사태는 결국 체스로 풀어야 할 것으로 추측할 수 있었다.

영하, 기정에게 긴장하며 대기하란 의미로 다짐을 받은 것이다.

만일 기정, 영하와 나의 뜻대로 흘러가지 않고 오정훈이 나와의 만남을 거절한다면, 우린 여기서 그치면 그만이다. 그러나 만남이 이루어지고 체스로서 해결하려 든다면 영하의 그간 이력이 다 들통날 것이며 다시 한번 그 실력을 드러내야 할 것이다.

"엄마를 이겨 보려고 기를 썼는데 역시 안 되네."

다은이 투덜거리는 소리가 들린다.

"이제 막국수 먹으러 가요. 사범님."

미니 골프를 다 마친 세 여자가 카페로 들어오며 다은이 앞장서 소리친다.

"그래. 가자."

아내에게 카페를 지키라 이르고, 나는 기정과 영하에게 눈짓으로 미래와 다은을 앞세워 먼저 가도록 했다. 카페와 막국수 집은 엎드리면 코 닿을 거리였지만 잠깐의 대화로 끝낼 수 있는 사안이었다.

"오 여사님. 좀 천천히 걸으면서 저랑 얘기 좀 해요."

내가 청춘 네 명과 뒤에서 거리를 두며 오 여사에게 말했다.

"아, 네. 그러시죠."

"제가 이리저리 인맥을 동원하여 알아봤는데 사태가 심각한 것 같습니다. 제가 오 지사장님과 만날 수는 없을까요?"

"배 사범님이 오빠를 만나신다고요? 어떤 연유로 오빠를 만나려고 하는지 여쭤봐도 될까요?"

오 여사도 지금 복잡한 심경일 것이다.

오래전 오정훈은 모른 채 강 사범과 오 여사가 진행한, 오정훈을 바둑과 단절시키기 위한 기획처럼 흘러가는가?

우리끼리 오정훈이 대화에 자주 오르내리지만, 당사자 오정훈은 이런 사실을 까맣게 모르고 있다.

“오 지사장님 상황이 생각보다 국제적으로 훨씬 복잡하게 얽혀 있는 듯합니다.”

나의 신중한 의견에 오 여사는 걸음을 멈출 정도로 심각해졌다. 그녀의 표정에서 얼마나 많은 상상이 머릿속에서 오고 가는지 미루어 짐작될 지경이었다.

“오빠를 배 사범님이 직접 만나서 현재 상황을 들어보시려는 건가요?”

오 여사는 다시 걸음을 옮기며 신중하게 묻는다.

나도 중간 역할이지만 오 여사 역시 사태에 대해 어렴풋이 아는 매개체일 뿐이다. 다만 하나뿐인 오빠에게 중대한 사건이 벌어진 것만큼은 명확하다는 것을 더 알고 있을 뿐이다.

“그래야 사태 해결에 어떤 실마리라도 찾을 수 있지 않을까, 하는 느낌입니다.”

나는 최대한 진중한 음성으로 말했다.

오 여사가 어떡하든 오빠가 나를 만나게 설득해야 한다.

오정훈에게 그간 벌어진 사태의 자초지종을 직접 들은 후 기정과 영하와 상의하여 우리가 해결할 수 있을지를 판단해야 했다. 이런 일을 몰랐다면 좋았을 텐데 안 이상 조금이라도 도움 되는 길을 찾거나, 해결해보도록 노력은 해야 했다.

"잘 알겠습니다. 우리가 대화한 내용과 현 상황에서 저도 오빠한테 오해 사지 않고 배 사범님께 도움받을 방법을 찾자고 말해보겠습니다. 배 사범님. 만일 오빠가 만나고 싶다면 물론 장소는 여기가 되겠지요?"

오 여사는 오정훈에게 이런 내용을 말하기도 쉽지 않을 것이다. 만남 장소가 대한민국 강릉이라 말한다면 번거롭게 느껴 만남을 꺼릴지도 모른다. 그렇다고 내가 미국으로 갈 수도 없었고, 일단 뒤로 빠져 있는 기정, 영하에게 미국 가서 오정훈을 만나라고 할 수도 없었다.

본인 문제가 심각하여 해결하고 싶은 마음이 간절하다면 본인이 어디든 쫓아다녀야 했다.

"네. 잠시 바람도 쐬실 겸 체스 관람도 하실 겸 한번 오셨으면 좋겠어요. 우리 카페에서 여러 나라와 문화교류로서 세계적인 체스 선수들이 여러 번 리그전을 벌인 곳으로 꼭 소개해주세요. 사실 그 덕택으로 체스인들과 인맥이 형성되어 오 지사장님의 상황도 알게 됐어요."

카페와 막국수 집과 짧은 거리를 이동하며 나와 오 여사와 나눈 짧은 문답형 대화였다.

10. 탁발 (흐르는 세월)

“사범님. 이 그림은 좀 특이하네요. 동자승이 바둑 공부하는 건 이해되는데, 이 흰색의 소를 여기에 그려 넣은 건 어떤 의미죠? 그리고 이 그림은 수채화가 맞죠?”

미래는 부조화 속에 조화를 이룰 것도 같은 그림 앞에서 궁금한 부분을 드러냈다.

막국수 집에서 점심 식사 후 차 한잔한다며 카페에 들렀는데, 그 그림 앞으로 바로 가는 미래의 태도로 봐서는 예전부터 묻고 싶었다는 궁금 분위기가 물씬 풍기고 있었다.

주문한 차를 아내가 만들 때 막간을 이용한 감상이었다.

“음. 미래는 혹시 불교의 심우도(尋牛圖)를 알아?”

불교를 모른다면 심우도를 알 수 없었다.

“전 불교에 대해 잘 몰라요. 사범님.”

미래가 궁금증을 드러내며 영하, 기정, 다은, 오 여사 등 5인의 발이 멎은 곳은 불교의 선종(禪宗)에서 본성을 찾는 선화(禪畫) 두 점이 전시되어 있었다.

마음을 닦는 선의 수행단계를 소와 동자에 비유하여 동자가 소(본성)를 찾는 그림이다. 수행단계를 10단계로 하고 있어 십우도(十牛圖)라고도 한다.

"절에 가면 주로 대웅전 같은 건물에 빙 돌아가며 벽화로 많이 그려져 있는 그림이야. 내가 특별히 부탁해서 수채화의 대가인 박혜용 선생님이 그려주신 거야."

나는 매우 자랑스럽게 설명했다.

"수채화의 대가 박혜용 선생님이요?"

다은이 즉각 반응을 보였다.

"응. 강릉에서 '참 공예' 라는 화실과 사천 해변에서 카페를 운영하시는데 내가 이 카페를 운영하기 훨씬 전에 부탁드렸더니 심우도 두 점을 그려주셨어."

"이 분이 강릉에서 활동하시는데 수채화 대가시라고요?"

그림에 관심을 보인 건 미래인데, 질문은 다은이 하고 있었다.

"내가 알기에는 우리나라에서 수채화로는 손꼽히는 대가신데 세계 여러 나라에서 수채화 전시회도 여러 차례 하셨다고 알고 있어. 마침 이분 제자가 소개해주셔서 부탁드렸지."

심우도-5단계

“사범님. 그림에 소와 동자가 들어있어서 말씀하시는 심우도는 맞는데 바둑판, 바둑책도 그려져 있네요. 이건 사범님이 별도로 주문한 특별한 의미가 있는 건가요?”

다은은 심우도에 대해 어느 정도 알고 있는 느낌이었다.

다은, 미래는 바둑은 몰라도 체스는 중급 이상 실력자라 하였다.

“특별한 의미가 있지. 이 그림은 심우도 즉 십우도의 10단계 중 5단계에 해당하지. 내가 인터넷에서 검색한 내용을 그대로 설명할게.”

이 부분의 의미를 박혜용 선생님께 설명하면서 그림을 그려달라고 했지만, 막상 관람자가 설명을 부탁해오자 좀 당황스러웠다.

버벅거리는 설명보다는 아예 검색한 내용을 그대로 들려주는 게 명확하리라는 생각이 들었다.

*　　*　　*

5. 목우(牧牛) 거친 소를 자연스럽게 놓아두더라도 저절로 가야 할 길을 갈 수 있게끔 길들이는 모습으로 묘사된다.

삼독의 때를 지우는 보임(保任: 깨달은 것을 더욱 갈고 닦음)의 단계로, 선에서는 이 목우의 과정을 가장 중요시하고 있다.

그 까닭은 한번 유순하게 길들이기 전에 달아나 버리면 그 소를 다시 찾는다는 것은 더욱 어렵기에 특별히 주의 준 것이다.

이때의 소는 길들이는 정도에 따라서 차츰 검은색이 흰색으로 바뀌어 가게 묘사된다.

*　　*　　*

"아하. 이제 알겠어요. 불교에선 소를 통해서 마음공부에 따라 색의 변화를 주면서 본성을 찾아간다는 의미네요."

심우도의 과정 중 지금 보고 있는 그림에 대해 아주 간결하게 설명하는 다은을 보며 나는 놀라고 있었다.

“그렇지. 그런 의미야.”

불교에 대해 알았다면, 심우도에 대해 알았다면 처음에 그렇게 질문하지 않았을 텐데, 놀라웠다.

다은은 그림을 통하여 투영되는 마음에 대해 충분히 이해할 수 있는 실력이 상당하단 느낌을 갖추고 있다는 걸 알 수 있었다.

물론 다은 외 일행이 그림에 문외한이라는 건 아니다.

다은이 그림을 대하는 공부가 더 된 듯한 내 느낌이다.

승려라고 똑같이 공부한다고 볼 순 없다. 심우도는 본성을 찾는 과정을 소와 동자를 통해 의미부여를 한 것에 지나지 않는다.

“이 그림은 또 어떤 의미가 들어있죠?”

다섯 번째 심우도를 한 번 더 감상한 후 이번엔 그 옆의 그림에 대해 또 묻는다.

다은과 나의 대화를 들으며 일행은 그림 감상에 빠져들었다.

“이건 10단계 중 6단계에 해당하는 걸 묘사한 그림이야.”

분명 불교적인 의미가 뚜렷한데 거기에 바둑을 가미한 부분이 있는 그림이었다. 잠깐 고심하던 나는 앞에서 설명한 방법처럼 인터넷에서 잘 묘사된, 내가 검색한 부분을 끌어왔다.

*　　*　　*

6. 기우귀가(騎牛歸家) 동자가 소를 타고 구멍 없는 피리를 불며 본래의 고향으로 돌아오는 모습으로 묘사된다.

이때 소의 모습은 완전한 흰색으로서 특별히 지시하지 않아도 동자와 일체가 되어 피안의 세계로 나아 가게 된다.

그때 구멍 없는 피리에서 흘러나오는 소리는 가히 육안으로 살필 수 없는 본성의 자리에서 흘러나오는 소리를 상징하게 된다.

* * *

심우도 - 6단계

"동자가 본성인 소를 찾고, 그 소를 타고 가면서 바둑 속에서 마음공부를 통해 지극히 만족함을 나타내고 있는 겁니다."

걸어가는 소 위에서 바둑책을 펼쳐서 보며 깨달음을 얻은 듯한 동자의 만면엔 미소가 번진다.

나는 이 그림을 처음 대하며 정말 가슴이 벅차올랐다.

부처님의 후광이 내 가슴으로 스며들어오는 줄 알았다.

나에게 그런 마음이 들게 만드는 건 저 동자승의 미소에 있다.

저 작은 몸짓, 저 작은 얼굴 가득 채워 넣은 미소는 장담하건대 아무나 흉내조차 내지 못할 것이다.

소를 통한 본성을 찾는 10단계.

그 안에 바둑이 들어있어서 더 흐뭇한 미소.

수채화 대가가 아니라면 흉내조차 낼 수 없을 것 같은 동자승의 미소 띤 얼굴.

그런 미소의 얼굴을 작은 그림 속에서 피어나게 만든 그림.

소 뒤에 그려진 바둑판과 흩뜨려진 바둑알은 동자승이 방금까지 바둑공부를 하고 있었다는 걸 나타낸다.

나는 그림을 감상하며 여러 생각에 잠겼었다.

-동자승은 본성을 찾았기에 미소를 띠는 걸까?

-동자승은 바둑공부에서 깨달음을 얻었기에 미소를 띠는 걸까?

-동자승은 바둑과 본성이 어우러진 혼재 속 깨달음을 얻고 미소 띠며 소를 타고 가는 걸까?

걷는 소 위에서 바둑책을 보며 나타내는 동자승의 미소는 내가 바둑을 통해 추구하는 것과 그 미소는 일치하고 있었다.
아주 작은 것에서부터 물결이 일 듯 감동이 퍼져나가게 만드는 경지에 이르면 우린 대가라며 존경한다.
어떤 문제 하나를 책 한 권으로 설명해도 모르는 건 모른다.
단 한 줄로 설명해도 알아들을 건 바로 알아듣는다.
복합적인 내막과 의미가 들어있는 고사성어도, 요란한 문구도 필요 없이 딱 한 단어, 혹은 한 면에 집약된 의미를 담아낼 줄 알아야 대가이다.
박혜용 화가는 수채화의 대가답게 모든 걸 동자승의 얼굴에서 다 꽃피어내며 담아내기에 내가 이 그림을 감상할 때마다 감탄을 자아낸다.

“사범님. 죄송한데 구멍 없는 피리의 의미가 정확히 뭔가요? 설명을 들으며 뭔가 알듯도 하면서 명확한 이해가 어렵네요.”
다은은 아리송한 표정으로 다시 묻는다.
“좋은 질문이네.”
나는 다은을 한 번 더 새삼스레 쳐다본다.
나의 눈길엔 너무 예쁘고 사랑스럽다는 느낌을 담았다.
감명이 올 때 의문도 함께 오는 경우가 있다.

그 의문을 걷어내는 게 마음공부이며, 한 경지 올리게 된다.

의문을 품었지만, 주변 상황과 주변인 때문에 그냥 넘어간다면 그 부분은 얼마 후 관심 밖으로 밀려나게 된다.

그 부분을 명확하게 이해하고 넘어간다면 지식에서 지혜로 승화되어 꽃으로 활짝 피고, 불꽃이 되며, 개울 물소리로 다가온다.

“마음공부로 불교 사상을 깨우친다는 선종(禪宗)에서 사용하는 비유야. 조금 전 심우도를 설명할 때 소를 통해 본성 즉 자아를 찾는다고 했지?”

“네. 사범님.”

“본성을 찾아가는 과정에서 외부 유혹에 미혹되지 않고, 나의 내면의 진리를 깨닫는 의미라고 해.”

“그럼 외부로부터 어떤 유혹이나 방해를 받을 수 있는 통로인 구멍을 죄다 막고 나만의 내면을 내가 들여다보며 깨닫는다고 이해하면 될까요?”

“그렇지. 다은이 틈새 질문도 날카로운데 정리도 정말 잘하네. 나는 생각 정리가 잘 되는 사람이 참 좋더라.”

수행과정이나 방법은 각자의 몫이다.

다만 그 이해도에 따라 수준이 드러난다.

바둑이나 체스로 비유하면 고수일 수 있고, 미세하게 한 경지 더 올라가 초고수일 수 있는 것이다.

바꿔말하면 중·상급까지이거나, 일류와 초일류의 단계이다.

"사범님. 바둑은 이기고 지는 게 판판이 나오는데 마음공부가 되나요?"

다은이 불쑥 묻는다.

체스나 바둑의 승패가 분명한데, 지고도 웃을 수 있냐, 묻는다.

"다은아. 그 부분은 나중에 사범님이 쓰신 책을 읽어보면 답이 나와 있어."

기정이 얼른 나선다.

"그래요? 중요한 승패의 갈림에서 패배했을 때 어떻게 마음을 다스리는지 그 책을 빨리 읽어보고 싶네요. 오빠."

"그 책이 나한테 있으니까 다음에 읽어봐."

기정은 다은의 불필요한 가지 뻗기를 얼른 제지했다.

"선생님. 전 다은이의 질문과 선생님의 설명에서 저 심우도에 대해 어느 정도 이해가 되는데 한 가지 궁금한 게 있어요."

이번엔 영하가 눈동자에 먹구름 하나를 띄우고 있었다.

"그게 뭘까?"

"선생님께서 선종의 심우도를 왜 바둑과 연결하셨는지, 왜 이 그림을 굳이 수채화의 대가께 부탁하셨는지 궁금해졌어요."

영하의 질문에 갑자기 정적이 감돌았다.

누구 하나 숨소리도 안 내는 듯했다.

-왜 수채화 대가께 동자와 소, 바둑을 함께 그려달라 했을까?
-불교의 수행방법 심우도, 동자와 흰 소, 그리고 바둑과 어떠한 연결고리가 있을까?

그들은 각자 그런 의문과 나의 답변을 기다리기에 숨소리조차 안 내는 느낌이었다.
나는 영하의 질문에 영하의 얼굴을 쳐다보며 선뜻 설명하기가 어려웠다. 설명하려면 길어진다.
그건 어디까지나 나와 다른 사람과의 관계에서, 혹은 대화에서 비롯된 마음공부의 물꼬를 트는 행위의 한 방법이었다.
바둑 수준을 십우도에 대비하려는 마음은 눈곱만큼도 없다.

-오래전부터 승패에 연연하지 않고 바둑을 즐길 수 없을까?

연구도 하고 궁리도 했던 터였다.
아이들에게 바둑을 지도하면서 패배한 아이가 웃지는 않더라도 짜증을 내지는 않았으면 하는 바람이 거기 들어있었을 것이다.

저 그림을 그려달라고 부탁하게 된 결정적 동기를 설명하려면 좀 과거로 거슬러 올라 다른 사람과의 일화를 가져와야 한다.

"내가 무언가 설명하려고 하니까 여기 모인 사람들과 무관하지 않네."

"그래요? 빨리 듣고 싶어요. 사범님."

어제 바둑 그림에 관해 설명 들은 미래가 좋아하는 모습이다.

"훨씬 전부터 저런 그림을 그리려고 노력했는데 잘 안 되다가 마침 어떤 인물과의 대화가 계기가 되었어."

나는 그렇게 말하는 중에 벌써 어떤 한 인물이 떠올랐다.

그런 면에서 보면 나는 불교를 종교로 갖고 있지 않은데 불교와 인연이 상당 부분 닿아 있다는 느낌이 강했다.

"그 계기를 만든 분이 혹시 바둑이나 체스에 관계되나요?"

"오. 대단한 감각이네. 다은. 젊은 청춘한테는 옛날 옛적의 좀 고리타분한 얘길 수도 있는데… 그래도 들어볼래?"

일단 그렇게 말문을 열었다.

"자기만의 빛을 찾아다니면서 자세를 낮추고 또 더 낮추려는 사람 얘기부터 해야 하는데 그래도 들어볼 거야?"

나는 어차피 들려줄 얘기지만 뜸을 들이는 게 아니었다.

강 사범과 시대나 바둑 인생이 겹친다는 생각도 문득 들었다.

-젊은이들이 끝까지 들을 인내가 있을까?

-나이가 들어가며 우려가 먼저 다가오는 것일까?

우려스러운 부분이었다.

영하가 옛 스승에게 보충 설명을 부탁해놓고 중간에 재미없다고 지루하다며 안 듣겠다고 할 수도 없을 것이다.

"선생님. 자세를 낮춘다는 건 어떤 의미지요?"

영하는 궁금함을 또 드러낸다.

"말 그대로야. 나의 자세를 낮추고 세상을 바라본다."

"선생님. 가장 낮은 곳에서 바라본다는 것은 세상 풍경을 말씀하시는 건가요? 아니면 사람의 인품이 보인다는 건가요?"

전부터 자세를 낮추어야 한다고 하면서 구체적인 이유는 나중에 설명해주기로 했었다. 우연히도 미래가 불교와 바둑이 혼합된 그림에 관해 물은 것이 이유의 본론이 되어버렸다.

"이 그림에 대해서, 그리고 저번에 자세를 낮추라는 말의 이유에 대해 듣고 싶다면 우리 밖으로 나갈까?"

천정이 매우 높기에 카페 안에서도 밖의 풍경이 잘 보이지만, 카페 주인인 내가 좀 답답함을 느꼈다.

다섯 명을 데리고 밖으로 나와 현관 바로 앞자리에 앉았다.

파란 하늘에 떠가는 구름처럼 떠도는 현상 스님을 떠올렸다.

*　　*　　*

빛을 찾는 길

"어. 스님. 혹시…?"

갑자기 마주친 그의 이름 석 자가 얼른 생각나지 않았다.

내가 5층에서 내려와 현관을 나설 때 그는 1층 상가 문 앞에서 승복을 입고 목탁을 두드리고 있었다.

나이가 들어 얼굴에 주름은 늘었으나 10여 년 전 기억 저편에서 꺼내온 그의 모습은 그대로 남아 있었다.

"배 사범님. 얼굴은 여전하시네요. 잘 지내시죠?"

그는 편안하게 웃는 낯으로 합장을 하며 마주 섰다.

"출가하신 겁니까? 아니면 그냥 승복을 입으신 겁니까?"

내가 아는 그를 떠올릴 때는 어딘지 낯설었으나, 걸치고 있는 승복은 남루하지만 제 몸에 맞춘 듯 잘 어울렸다.

"빛이 저에게 찾아오지 않으니 제가 이렇게 빛을 찾아 거리로 나선 겁니다."

스님이라 그런가, 내 질문에 선문답 같이 말하고 있었다.

"빛이라니요? 어떤 빛을 말씀하시는 건가요?"

내가 1 더하기 1도 모르는 아이 같은 심정으로 되물었다.

"나를 밝게 하는 빛을 이름이지요."

다시 선문답으로 되돌아왔다.

나는 어디선가 아득한 게 뭉실뭉실 다가오는 느낌이었다.

그 아득함은 여러 종류의 궁금증이 모여드는 것이라고 느끼는 데 오래 걸리지 않았다.

지나가는 사람들이 우리 둘을 흘끔거리고 있었다.

"여긴 사람이 많이 지나다니는 곳인데, 거리에서 이러지 말고 잠깐 우리 학원에 올라갈까요?"

내가 말하면서 건물 위층을 가리켰다.

초여름 저녁 6시가 막 지나가는 해는 아직 서쪽에 떠 있었다.

"아, 배 사범님 학원이 이 건물에 있나요? 원래 이 동네가 아니었죠?"

옥천동에서 학원을 운영할 때 마지막으로 만났으니 어림잡아도 10년 이상 흘렀는데 그는 어렴풋이 기억하고 있었다.

"네. 여기로 이전한 지 10년이 조금 넘었습니다. 여긴 강릉에서 신도시로 개발한 동네입니다."

약간 외곽인 솔올 마을이 강릉의 신도시로 조성되고 아파트가 들어서며 한참 상가를 조성할 때 여기로 이전했다.

옥천동에서 학원을 운영할 때 나름 학원생이 꽤 많았다.

그걸 아는 사람들은 모두 내가 돈을 많이 벌어 이 5층 건물을 짓고 이전한 줄 알고 있었다.

"신도시라서 전기선 하나 없이 동네가 참 깨끗합니다."

"그렇죠? 신도시답게 전기선 케이블을 지중화하여 거리가 아주 깔끔합니다."

수업 마치고 귀가하려다 그를 만나 다시 학원으로 올라왔다.

"배 사범님은 바둑학원을 참 오래 하시네요."

그는 다시 봐도 평온한 얼굴과 승복이 잘 어울리는 차림이었다.

"하하. 전 밥벌이로 할 줄 아는 게 바둑밖에 없어요."

오랫동안 입은 태가 배어나는 승복은 어설프지 않아 몸과 옷이 맞춤이 되었다고 해야 하나, 나의 의심스러운 눈길이 그의 얼굴과 옷을 이리저리 살피도록 만들었다.

"하하하. 배 사범님. 그런 눈으로 안 살피셔도 됩니다. 전 정식으로 출가한 게 맞습니다."

내 눈길을 의식하고 그가 먼저 털어놨다.

"우리가 헤어진 후, 흘러간 세월이면 벌써 수차례 만날 법도 하잖아요? 소식도 들은 적이 없던 차에 승복을 걸치고 계셔서 지금 좀 놀라고 있습니다. 언제 출가하셨어요?"

나의 의문은 아직 남아 있었다.

"한 10년쯤 됩니다. 예전에 강릉에서 배 사범님을 만날 즈음일 겁니다."

그는 잠깐 과거 속으로 다녀오는 기색이었다.

"출가하신 지 그렇게 오래되셨는데 전 까맣게 몰랐습니다.

어떤 이유든 강릉에 오셨으면 얼굴이라도 한번 보여주셔야죠. 어떻게 그냥 지나칠 생각이었나요?"

내가 섭섭한 감정을 담아내었다.

"그동안 강릉은 두어 차례 다녀갔지만 배 사범님께 신세 지기 싫어서 찾지 않았을 뿐이죠. 하하"

그는 조용히 웃는 얼굴이었다.

그러나 세상사 다 내려놓은 무상함이 표정에 깃들어 있었다.

건질 것도 없고, 담을 것도 없는, 집착이라고는 찾아볼 수 없는, 승려 특유의 면모를 나타냈다.

-쓸쓸함이랄까?

-허무라 해야 할까?

-무언가 찾아내려는 나의 집착이 빚어낸 걸까?

-기름기 없는 얼굴에서 언뜻 그런 느낌은 왜 드는 걸까?

"아까 빛을 찾아 나섰다고 하셨죠. 그 빛은 어떤 의미가 들어 있나요?"

"하하하. 여전히 나름대로 찾는 중입니다."

"출가하셨다면… 법명은…?"

"현상이라고 합니다. 검을 현(玄)에 형상 상(像)"

“내 짧은 소견에 법명에서도 뭔가를 찾는 느낌이 옵니다. 하하. 현상 스님은 왜 출가하셨어요?”

그렇게 묻는 순간 아련하지만 오래전 기억이 스친다.

그에게 이와 유사한 질문을 한 적이 있었다.

“왜 그렇게 떠돌아다니세요?”

그 당시 술기운에 그런 물음을 불쑥 던졌다.

유쾌한 술자리를 아연 긴장시켰던 상황이 떠올랐다.

그는 그때도 어디 정착하지 못하고 철새처럼 떠돌고 있었다.

“아까 말씀드렸습니다. 더도 덜도 아닌, 그 무엇도 아닌 빛을 찾기 위해서라고.”

그는 다시 담담하게 빛이라고 주장했다.

나는 언뜻 스치는 조금쯤의 허무를 그에게서 찾아내려고 애쓰고 있었다. 어쩌면 내 안의 허상 같은 어떤 허무를 그에게서 기어코 엮어내려는 것인지도 모를 일이었다. 그게 아니면 그에게서 끝내 허무라는 실토를 받아내려는 나의 집착일 것이다.

-나에겐 그가 말하는 빛이 왜 빚처럼 들리는 걸까?

어긋난 상상력일 것이다.

그에 대한 나의 까닭 모를 사고의 저편에는 그의 비상한 이력이 잠재해 있기 때문이었다. 그는 밀레니엄 시대가 들어서기 전까지 떠돌이 내기바둑으로 전국을 돌아다녔다.

인터넷 바둑사이트에서 소위 말하는 작전 대국도 시간에 맞춰 매일 하는 걸 알고 있었다. 돈은 크게 못 벌어도 그런 생활이 가능했던 건 아마추어 고수로서 당시 바둑사이트마다 유행하던 사이버 머니 (전자 화폐) 베팅 때문이었다.

"외람되지만 현상 스님이 찾는다는 그 빛이 혹시 일종의 빚을 갚기 위한 행동은 아닌가요?"

내친김에 낱말의 받침에 유의하면서 훅 나가버렸다.

그가 오직 빛만 강조하는 탓에 그에게서 무언가를 끄집어내려는 의도도 조금은 아니, 어쩌면 꽤 섞여 있었다.

수행이 깊은 스님은 불만이나 자신에 대한 속내를 잘 드러내지 않는다. 경험으로 체감하던 터라 어떤 강한 자극이 필요했다.

"하하하. 배 사범님은 변함없이 여전히 집요하시네요."

그는 무상한 듯 웃으며 넘기고 있었다.

"현상 스님은 혹시 술은 하시나요?"

나는 예전을 떠올리고 있었다.

만나면 최소 서너 시간은 술을 먹는 사이였다.

"먹물 옷 입는 중이라 술은 못 먹지만 배 사범님과 오랜만에 곡차는 한잔할 수 있지요. 하하하."

그는 너털웃음과 함께 재치 있게 돌려 말했다.

그렇게 걸림이 없는, 시원하고 당당함이 내가 알고 있는 그의 예전 모습이었다.

"그럼 가까운 술집이나 식당으로 가시겠어요?"

"배 사범님. 남의 이목도 있으니 여기서 맥주 한잔은 어때요? 학원이라 사범님이 불편하신가요?"

"전 여기가 편하지만 오랜만에 뵙는데 너무 초라하게 대접하는 것 같아 죄송해서 그러지요."

"절 떠나면 험식 공양하며 다니니 괜찮습니다. 오늘은 모처럼 중의 신분을 팽개치고 옛 얘기나 실컷 하지요."

그의 재치있는 말솜씨로 술자리 겸 대화가 시작되었다.

학원에서 술자리라고는 하지만 그는 맥주 한잔으로 간간이 입만 축이는 시늉을 할 뿐 사실 술은 별로 마시지 않았다.

술이니 곡차니 하는 건 예전 만나면 서로 두주불사하던 사이라 맨숭맨숭한 나를 충족시켜주려는 배려였다.

"현상 스님이 아까 1층 상가에서 하시던 행동은 스님들이 하는 탁발이라는 거죠?"

"탁발이긴 한데 요즘 예전처럼 먹을 걸 얻는 탁발은 아닙니다.

오래전 종단에서 금지령이 내렸어요."

"종단에서 만류하는데 현상 스님은 왜 그렇게 탁발하시나요? 그런데 예전엔 사범님으로 호칭했는데 자꾸 스님이라고 말하려니까 참 어색하네요."

그를 스님으로 부르자니 왠지 멋쩍음이 느껴지던 참이었다.

"하하하. 현실에 맞춰가며 살아야겠죠. 지금은 중이 맞습니다. 그리고 저는 제 나름의 빛을 찾는 일입니다. 절에서 지내다가 바깥세상에 나오면 늘 그렇게 하고 다닙니다. 전국을 주유하고 있다고나 할까요."

그는 담담히 말하고 있었지만, 그의 출가와 탁발에 어떤 사연이 들어있다는 짐작은 어렵지 않았다.

"스님은 붙박이로 지내는 절이 있습니까?"

사실 그에 대해 가장 궁금한 부분이었다. 동가식 서가숙하면서 출가 전 늘 떠돌아다녔는데 승려로서도 그럴까?

"그저 편한 대로 돌아다니고 있습니다."

그에게서 자세한 건 사실 기대하지 않았다.

"현상 스님은 절에서도 바둑을 두십니까?"

낯설고 어색한 분위기에서 어디부터 자연스레 대화의 실마리를 풀 수 있을까 고민하다가 찾아낸 게 바둑이다.

"큰 절에서 지낼 때는 바둑을 잊고 지냈는데 암자에서는 바둑

책을 볼 정도의 여유는 생겼습니다."

"제가 듣기론 큰 절에서 스님들끼리 내기바둑을 크게 한다던데 혹시 현상 스님은 아니지요?"

풍문으로도 들었지만 나는 나에게 개인지도를 받던 노 스님께 직접 듣기도 했다.

소문이 나쁘게 퍼지는 걸 방지하려는 것인지 알 길이 없었으나 현찰이 오가는 건 아니라고 했다. 내기에서 진 승려가 평소에 엄한 규율 속에 생활하는 대찰의 승려들이 모두 즐길 수 있는 과자 파티 등을 벌인다고 했다.

"두어 번 둔 적이 있지요."

말한 후 웃음을 참아내는 그의 모습에서 어떤 상황이 그려졌다. 나름대로 사찰에서 바둑 수준이 높다고 자부하는 승려가 그에게 도전하여 머쓱해지는 상황이 벌어졌을 것으로 짐작되었다.

"늦은 나이로 불교에 귀의한 내력 좀 들을 수 있나요?"

오늘 빛을 여러 번 언급한 터라 그 빛이 어떤 것인지 궁금했다. 어쩌면 출가하기 전 생활상과 무관하지 않다고 짐작했다.

내 말끝에 나를 물끄러미 쳐다보는 그의 표정은 담담하였으나 갈등을 느끼는 침묵이 잠시 흐르고 있었다.

"나는 살면서 바둑은 고수였으나 인생은 하수였다는 걸 뒤늦게 깨닫고 한동안 고심했습니다."

그는 그렇게 말문을 열었다.

"그래요? 스님은 어떤 면에서 그렇다는 거죠?"

"남에게 지기 싫어했고, 수단 방법 안 가리고 이긴 후 남의 걸 내 것으로 만드는 데 모든 힘을 쏟기만 했어요."

평범한 사람이라면 지기 싫어하는 건 당연한데, 수단 방법을 안 가렸다는 대목이 신경 쓰였다.

"남을 이기려는 것은 맞는데 수단 방법 안 가렸다면, 하지 말아야 할 행동도 했다는 말씀입니까?"

"가끔 정당하지 않았다는 겁니다. 이기는 방법에서."

"어떻게요?"

"배 사범님처럼 30여 년간 아이들만 가르친 사람은 이해하기 힘들 정도로 때론 협잡도 하면서 남의 걸 뺏었습니다."

"어떤 방법으로요?"

"그것까진 다 설명할 순 없지만 지나고 나니 여러 사람 인생을 망가뜨렸는데, 내 인생도 돌아보니 별것 없더라고요. 헛살았다는 느낌에 괴로웠는데… 더 괴로운 게 가슴에 박혀 있더라고요."

그는 웃음기도 가시고 얼굴빛도 좀 전보다 더 새하얘진 느낌이 들었다.

그가 만나면서부터 말하던 빛을 찾아다닌다던 말은 이상하게도 빚을 갚으러 다닌다는 말로 자꾸 왜곡되게 머릿속을 떠돌았다.

-결국은 그건가?

-어떤 죄책감?

-자책?

나는 그가 어떻게 살아왔는지 어느 정도 알고 있었다.
일명 바둑 마귀 중 한 사람으로 정상 비정상 가리지 않고 내기 바둑을 두어 다른 사람의 재산을 강탈했다고도 할 수 있었다.
그런 행위를 어떤 바둑인은 사회적으로 정당한 재산 분배라고 주장하는 걸 듣기도 했다. 각자 전문적인 방법으로 벌어서 서로 나눠 갖는다는 개념으로 이해하면 된다는 논리였다.

"내가 너보다 위다. 내가 너보다 더 강하다. 내가 너보다 더 잘 한다. 이런 우쭐한 자부심만 키우며 나쁜 걸 나쁘게 인식하지 못하고 살아왔어요."
담담하게 진심을 말하고 있다는 느낌이었다.
화법에서 "같아요." "그런 것 같았어요." 등 조금은 불분명한 언어는 단 한 번도 사용하지 않은 채 명확하게 짚고 넘어갔다.
어떤 변명거리도 없다고 잘라 말하는 화법을 구사하고 있었다.
그런 면에서 진정성이 다가왔다.
"제가 알기론 예전의 탁발은 정신수양도 겸한다고 들었습니다.

현상 스님은 왜 종단에서 금지하는 탁발을 하시는 거죠?"
해소 안 된 궁금한 부분을 다시 꺼내 들었다.
"탁발도 여러 종류가 있습니다. 원래 탁발(托鉢)은 바리때(발우(鉢盂)-공양 그릇)를 받쳐 들다. 라는 의미입니다. 예전의 승려는 무소유계를 실천하기 위한 생활방식으로 그리고 수행방식으로 마을에 내려가 음식을 얻어와 승려들이 나눠 먹었습니다."
불교의 전문용어와 오래전 의식으로 그의 설명은 시작되었다.
"그런 게 스님들의 무소유 생활방식이라는 거죠?"
"맞습니다."
"그럼 수행방식은요?"
"수행방식도 똑같습니다. 바리때를 들고 다니며 구걸하는 행위는 음식을 얻기도 하지만 본인의 마음속에 도사린 아집(我執)과 아만(我慢)을 없애는 겁니다. 바리때를 들이민다고 모두 음식을 주진 않습니다. 하지만 보시하신 이에겐 공덕을 쌓게 하지요."

현상 스님의 얘기를 들으며 충분히 이해가 되었다.
요즘은 바리때를 들고 다니며 음식을 구걸하지 않는다.
목탁을 두드리며 금전적인 보시를 원한다. 가짜 승려가 많다는 이유 중 하나이다. 이젠 마을의 집마다 찾아다니는 게 아니라 시내의 상가를 찾아다닌다. 보시하는 이보다 안 하는 이가 더 많고 모진 말도 쏟아낸다. 요즘 탁발승은 모두 가짜라는 인식이 강해 더욱 모질게 대하는 이들이 많다.

-교회 다녀요!

이렇게 한마디로 외치면 그나마 친절한 편이다.

"승려의 생활방식이나 수행방식은 이해했습니다. 전 스님이 왜 탁발을 하고 다니시는지 그게 궁금합니다."

나는 짐작은 가지만 나만의 왜곡된 이해보다는 본인에게 직접 명확하게 듣고 싶었다.

"배 사범님. 내가 지금도 강릉을 좋아하는 건 젊은 시절 우울할 때 이따금 바다에서 하염없이 바라볼 때가 생각나서입니다. 물론 배 사범님과의 인연으로 강릉에 오게 되었죠. 요즘은 줄 없는 낚시를 드리우고 바다를 하염없이 바라보고 있노라면 나의 지나간 인생의 한 조각 비늘을 하나씩 낚아 올릴 수 있습니다. 그렇게 나만의 마음 낚시를 한 후 절에 들어가면 한동안 마음을 다잡을 수 있지요."

현상은 학원 안에서 창밖을 바라보고 있었다.

역시 행동의 한 단면일 뿐 행동에 대한 깊은 내막은 없었다.

"한 조각 비늘이라면 인생의 편린? 저는 삶의 한 생각이라고 들리는데 바다가 스님한테 어떤 말을 들려주나요?"

나는 잠시 내가 아는 단어를 찾아내려고 애쓴 후였다.

-현상은 바다에서 바다의 어떤 이야기를 듣고 갈까?

승려들은 늘 1부터 시작하여 이해가 될 때까지 설명해주지 않는 특성을 터득한 존재로 나는 믿는다.

중간을 자주 생략하며 대화 상대가 깊게 생각하기를 바란다.

"바다는 저에게 더 낮추라고 합니다."

"더 낮추라고요? 뭘 더 낮추라는 거죠?"

"자세를 더욱 낮추어야 더 고귀한 이야기를 들을 수 있답니다. 바다가 늘 들려주는 아름다운 이야기입니다."

스님과 대화하면 알 듯하면서 모르는, 언어적 이해의 어려움에 늘 봉착하는 경향으로 두 번 세 번 반문은 어쩌면 필수이다.

-더 낮추어야 고귀하고 아름다운 이야기를 들려준다고?

나는 현상의 말을 곱씹으며 음미하고 있었다.

지긋이 그의 얼굴을 바라본다.

내가 가끔 아이들과 대화하며 해주던 말하고 차원이 다르다는 걸 느끼고 있었다.

아이에겐 내가 하는 말뜻을 알기 쉽게 조금쯤 풀어서 해준다.

지금 그의 말은 더 간결한데 그 의미는 깊어 이해가 어려웠다.

"배 사범님. 세상에서 가장 낮은 곳은 바다죠?"

질문에 대한 대답 넘어 그는 질문으로 이끈다.

"…? 그렇죠."

당연한 듯 어떤 의미의 질문인지 당혹스러웠다.

"세상에서 가장 넓은 곳도 바다죠?"

현상의 반 질문, 반 자문하는 태도에 운전하던 자동차를 길옆에 정차하듯 대응을 멈추고 그를 물끄러미 쳐다본다.

"…… 그렇겠죠?"

"바다는 나에게 더 낮추어야 내가 보고 싶어 하는 걸 비로소 볼 수 있다고 일러줍니다."

내 물음에 대한 대답인지 질문인지 독백인지 알 수 없었다.

-그게 스님이 찾는다는 빛입니까?

그렇게 대놓고 묻고 싶었으나 마음으로만 물었다.

대화가 점점 더 복잡미묘하게 어려운 곳으로 빠져들 수 있다는 생각이 문득 들었기 때문이다.

“비워야 하는데… 비우며 채워야 하는데, 전 너무 채우는 데만 집중하다 보니 남은 비우게 만들면서 나는 결국 물욕만 넘치고 손에 쥔 건 아무것도 없네요.”

대화로 시작해 반 자문에서 이제는 독백으로 서서히 바뀌었다.

집중해서 잘 들어야 그의 말뜻을 이해할 수 있었다.

스님과 선문답해 봐야 말꼬리나 잡으러 다니다 지칠 것이다.

차라리 잘 듣고 하나라도 이해하려는 쪽으로 가닥을 잡았다.

“스님. 강릉에서만 탁발하시나요?”

“아닙니다. 전국을 다 그렇게 돌아다닙니다. 바다가 너무 보고 싶을 때만 강릉으로 옵니다.”

“스님. 바다는 우리나라의 삼면에 걸쳐 있습니다. 바다가 보고 싶을 때면 왜 강릉으로 오시는 겁니까?”

나는 긴장감을 없애기 위해 지나가는 말처럼 물었다.

“저하고 강릉과 인연도 소중하고, 무엇보다 친근한 강릉해변의 에메랄드빛을 너무 좋아합니다.”

그는 또 바다에서조차 빚을 꺼내온다.

사람이 느닷없이 외롭고 외로워 무언가 그리울 땐 낯선 곳보다 낯익은 곳을 찾게 마련이다.

나는 그의 마음을 그렇게 이해했다.

“빛을 찾아다니신다고 했지요?”

현상은 맥주잔을 입에 갖다 대고 있었다.

“맞습니다.”

“그래서 빛은 찾으셨나요?”

묻는 순간 질문다운 질문이 아니라는 생각이 들었다.

만일 빛을 찾았다면 이렇게 다닐 이유가 없어지는 것이다.

“지금도 찾고자 떠돌고 있습니다.”

대화에 진전이 없었다.

그가 승복을 입었고, 승적이 있다는 걸 듣기만 했을 뿐이다.

“가끔 대찰에서 바둑을 두신다고 했지요. 출가한 스님껜 무례한 질문이겠지만 혹시 내기바둑으로 두십니까?”

“하하하. 배 사범님. 내기바둑 맞습니다.”

너털웃음과 함께 그는 시인했다.

“하하. 그래요? 어떤 내기가 걸리죠?”

나는 기대되었다.

속세에서 내기바둑으로 명성을 날리던 전문가는 출가하면 과연 어떤 내기 조건일까?

침이 꼴깍 넘어가려는 순간 나도 맥주로 입을 축였다.

옆 건물의 편의점에서 사 온 맥주는 나만 마시고 있었다.

“내가 이긴다면 상대 스님은 바둑 두면서 내기바둑은 안 두는 조건을 걸고 둡니다."

"네? 그게 스님이 내기바둑 두는 조건이라고요?"

"그렇습니다. 스님들은 제가 내기바둑의 전문가였다는 사실을 모릅니다."

"음. 그럼 제가 그 대국을 보진 않았지만, 스님은 상대 수준에 딱 맞추어서 이길 만큼만 간신히 이기시겠네요? 하하하"

그렇게 말하면서 나는 껄껄 웃었다.

내가 묻지 않아도, 그가 말하지 않아도 전문가다웠을 것이다.

"하하하."

그는 그저 웃고 말지요. 그런 허허로운 웃음이었다.

그의 헛헛한 웃음 뒤에 감춘 것은 자신을 최대한 낮추고 엄청난 굴욕을 참아내는 수행이 따르고 있다는 생각이 들었다.

부딪히는 사람들이 말로 상처를 주고, 행동으로 상처를 주어도 묵묵히 견뎌내는 것.

가장 밑바닥으로 자신을 낮추는 마음공부로 세속에서의 그릇됨을 세속에서 속죄하려는 수행의 의미가 아닐까?

참을 인(忍)을 마음에 새기며 수모도 받아내는 수행.

그와 대화하며 느낌은 그랬으나 입 밖으로 꺼내진 않았다.

* * *

바둑 세계의 마귀

내 앞에 승려로 나타난 그를 처음 만난 건 83년 봄, 군 복무를 마치고 속초의 신생기원에서 사범 노릇을 하고 있을 때였다.
시간이 남아돌고 안정된 생업의 건물주가 한쪽에 작은 단층의 건물을 짓고 본인도 바둑을 배우고 즐기려고 기원을 차렸다.
내가 사범으로 도와준다는 조건으로 문을 연 기원에서 오전에는 주부반, 오후에는 소수의 어린이를 지도했다.
물론 그때 초보자를 전문으로 지도할 수 있는 교재는 없었다.
여기저기 바둑책에서 발췌하여 문제를 내고 정석을 외우게 하고 기보를 놔보며 지도 대국하는 정도였다.

84년도 어느 날 저녁, 거리에 불 켜진 기원 간판을 보고 친구와 함께 찾아 들어온 그는 여행 중이라고 했다. 여행과 바둑 얘기를 하다가 등산도 가끔 한다는 그와 첫 인연을 맺었다.
내가 프로든 아마추어든 처음으로 알게 된 바둑 고수였다.
이듬해(85년) 나는 약 2년 간의 사범 노릇을 그만두고 약 1년간 전국을 돌아다녔다. 산장에서 지낼 때와 군 복무 중 맺은 인연으로 만나면 반가워했다. 본인이 거주하는 지역에서 보름이고 한 달이고 머물게도 배려해주었다.

그즈음 서울에서 그를 다시 만났다.

이른바 마귀(세미프로급으로 내기바둑 꾼을 지칭하는 은어)들이 가볍게 노는 곳이었다.

그는 본인이 직접 작은 내기바둑을 두는 모습도 보여주었다.

그는 마귀들도 좋은 시절 다 지나갔다고 했다. 일거리(내기바둑)가 없으면 그들끼리 모여 바둑도 두고 마작과 포커도 치며 시간 보내는 기원이었다. 이른바 독립군(홀로 활동하는 내기 바둑꾼)이면서 때론 팀으로 활동도 하는 꾼들이 모여드는 곳이었다.

그와 서로 연락처를 주고받은 게 없었다.

그 시절엔 휴대전화도 없었다. 그는 일이 없을 때는 그 기원에 자주 들린다면서 자신을 만나고 싶으면 거기로 오라고 했다.

본인이 자리에 없어도 원장에게 물으면 된다고 했다.

86년도 가을. 강릉에서 어린이바둑교실을 개원할 때 바둑계에 발이 넓은 그에게 교재에 대해 도움을 청했다.

당시는 어린이 전문 바둑교재가 없었다.

바둑학원 운영자가 재량껏 여러 바둑책에서 이것저것 발췌하여 복사하고 짜깁기하여 제본한 것이 최상이라고 할 수 있었다.

그나마 갓 탄생하는 어린이바둑교실의 열정적인 원장이 나서서 좀 조악하게 제본한 교재가 전부였다. 나도 몇 날 며칠 밤새며 만들어 대학가에서 제본하여 어린이 교재로 사용하고 있었다.
80년대의 국내 어린이 바둑교재가 그런 수준이었다.
그가 마지막으로 소개해준 곳이 서지학자이며, 월간 바둑지의 편집장을 지낸 안영이 선생이 운영하던 종로2가의 현현각이다.
나는 거기서 주로 고급자들이 공부할 수 있는 책을 시중가보다 저렴한 도매가격으로 구매했다.
당시 유명한 박재삼 시인이 서울신문 패왕전 관전기를 그곳에서 집필하고 있었다. 박 시인은 뇌졸중으로 쓰러졌다 일어나 다소 어눌한 말투였으나 나의 이야기를 듣고 신문 바둑난에 사용하는 숫자가 인쇄된 종이를 내게 기꺼이 건네주었다.
나는 깔끔하게 인쇄된 숫자를 이용해 교재를 만들어 제본하여 원생들에게 사용했다.
1990년도부터 어린이 전문 바둑교재를 제작하는 양지출판사가 양질의 교재를 생산하기 시작하였다.
양지출판사는 나중에 현현각 출판사를 인수인계했다.

그런 인연으로 그는 가끔 강릉에 와서 1주일 정도 머물며 같이 산행하기도 하고, 때론 2~3일 정도 지내다 훌쩍 떠나갔다.
그 당시 나와 그는 미혼이었기에 그런 동참이 가능했는데, 내가 결혼한 후 그는 발걸음이 뜸해졌다.

지금도 그때도 나를 찾아오는 사람은 모른 척하지 않았다.
85년도에 전국을 돌아다니며 아는 사람에게 많은 신세를 졌다.
그 후 알든 모르든 누굴 통하든 나를 찾아오면 소주라도 한잔 같이 먹으려고 노력했다.
간혹 실력이 좀 처지는 사람도 찾아오지만, 대부분 아마 강자의 실력을 갖추고 나름 바둑계에서 한마디 할 수준이었다.
아마 강자들은 특별한 직업 없이 지내는 사람이 많았다.
친분은 있으나 일정한 직업이 없던 바둑계 인사들이 잠적하면 나는 거의 찾을 수가 없었다. 내가 정말 어떤 부탁을 해야 할 때 두세 명과 통화하고 기다리다 연락이 되기도 했다.
분명 각별한 사이는 틀림없지만, 피차 생업으로 얽힌 게 아니면 서로 잊고 지낸다.

* * *

87년도에 30대 초반의 스님이 내가 운영하는 학원에 들어왔다.
강릉 시내 한가운데 위치한 포교당에 왔다가 맞은편 바둑 간판을 보고 들어온 것이었다. 지금도 뚜렷이 기억하는 것은 스님이 젊은 여자와 동행하고 있었다. 나와 꼭 한판 두고 싶다고 간청하여 두었는데, 바둑 실력이 아마추어 5단 정도였다.

원생도 있었고, 스님도 버스 시간 때문에 서둘러서 여유 있는 대화를 못 한 것이 못내 아쉬웠다.

본격적인 바둑공부를 안 하곤 그 정도 수준이 될 수가 없었다.

바둑도 한때 지하세계라는 큰 시장이 존재하며 선수를 내세우고 후원하면서 큰돈이 오락가락하던 물 좋던 시기도 있었다.

한국기원 연구생에서 나이 제한으로 퇴출당한 젊은 실력자들이 사회로 나오면서 점점 재미가 적어지며 내기바둑도 침체일로를 걷게 되었다. 구시대 아마 강자는, 낭만도 없고 술 담배 안 하고 오로지 바둑공부 외길의 신세대 강자를 이길 수 없었다.

전국바둑대회는 참가하지 않으며 이른바 지하세계에서 활동하며 야무지게 수입을 챙기던 강자도 점점 뒷전으로 밀리게 되었다.

접바둑 치수와 본인 실력만 믿고 멋모르고 그런 세미 프로한테 걸리면 결국 뼈까지 다 발린 후 파산하기에 이른다.

혼자 혹은 여럿이 사람 하나 폐인 만들어버릴 때도 있었다.

그러나 경비 빼고 작업한 여럿이 나눠 가지면 큰돈도 안 된다.

나는 이따금 나를 찾아오는 내기바둑 전문가에게 내기바둑으로 발리는 수법도 상상을 초월하는 여러 종류를 듣게 되었다.

잘못 걸려든 사람만 파산에 이르게 만든다.

마법의 접바둑

누구라면 바둑인은 알만한 프로기사도 강릉에서 몇 달을 지내며 하루도 안 빠지고 저녁마다 같이 어울려 술을 먹기도 했다.
그 프로기사도 우리나라 지하세계라 할 내기바둑으로 큰 획을 그은 한 사람이었다. 너무 늦은 나이에 입단하여 프로세계에서 빛바래며 스러져 간 1인이었다. 바둑TV에 고정 출연하며 인기 있던 프로기사였다. 당시 술값 대부분을 거의 내가 냈다고 해도 아무도 딴지 걸 사람이 없을 것이다. 접바둑 코너에서 상당한 인기를 끌었다. 당시 바둑TV에서 프로기사라면 TV 출연료를 균일하게 지급해야 하는데 그땐 프로의 단위로 출연료를 지급했다. 저단이었던 그는 불만이 많았지만 개선되기를 기다렸으나 좋은 소식은 오지 않았다. 나는 당시 술값으로 지출도 많았지만, 매일 너무 과하게 술을 먹느라 속이 말이 아니었다. 하루는 자고 일어나니 속이 쓰린 정도가 아니라 뒤틀렸다. 할 수 있다면 장기를 모두 꺼내어 깨끗이 씻어서 다시 넣고 싶은 심정이었다.
프로기사가 강릉을 떠난 후 길면 1년 6개월, 짧으면 6개월 정도 금주한 후 다시 음주하는 생활을 그때부터 지금까지 이어간다.

* * *

세월은 흐르고

“스님. 제가 예전 읽은 소설 속 장면 하나 말해 볼까요?”

언뜻 떠오른 장면이 하나 있었다.

잠시 대화의 소강상태를 틈타 말하고자 했다.

“하하. 말 해보시지요.”

그는 분명 내가 본인과 연관된 장면을 꺼내 들 것이라는 연상과 함께 웃음 짓는 모습이었다. 헤어지기 전 일반인의 다소 거친 언행에서 완전히 벗어나 수양이 된 자세와 말투였다.

그는 내가 그의 과거를 모른다면 아주 오랫동안 수행한 스님의 모습이었다.

-어떤 반응을 보일까?

나는 궁금함을 꽁꽁 감춘 채 슬며시 미소도 감추고 있었다.

“허름한 옷을 걸치고 엿장수로 거리를 떠돌며 생활하던 사람이 있었는데, 그 사람의 전직은 놀랍게도 판사였답니다. 그를 아는 사람이 구차한 생활을 왜 자처했냐 물었더니, 자신은 판사로서 너무 많은 생명을 사형시켜서 속죄하는 중이라고 말했답니다.”

굴곡진 긴 인생을 나는 짧게 말하고 그의 눈치를 살폈다.

소설 속의 그 사람의 인생이 허구인지 현실인지 내가 명확하게 단정할 필요는 없었다.

“배 사범님이 어떤 의미로 그 소설을 내게 말하는지 알고 있습니다. 배 사범님. 인생에 단맛은 없어요. 모두 그저 지나가는 한 순간일 뿐이죠. 바둑에서 꼼짝없이 죽을 듯하다가 사는 건 실력이지만, 현실의 사람은 끝없이 죽는 연습밖에 없어요. 저는 그걸 너무 늦게 깨달은 겁니다.”

알 듯 모를 듯한 말로 본인의 심경을 대변하고 있었다.

-그는 스님답다고 해야 할까?

젊은 날의 바둑 고수로서, 내기바둑 전문가로서, 달관한 스님으로서, 없는 단맛과 이어지는 죽는 연습으로 본인을 대변한다.

인생의 끝은 죽음이다.

가장 밑바닥으로 본인을 한없이 낮추라는 것일까?

죽음과 맞닿을 정도로 더 낮춰야 한다는 것일까?

그가 찾고자 하고 보고자 하는 빛이 다가올까?

스님들의 화두처럼 숙제처럼 나는 의문만 떠안았다.

알쏭달쏭한 말을 남긴 채 그는 떠났다.

뜨는 해 지는 해

“그런데 수도권에 거주하는 사람들은 바다를 보러 왜 가까운 서해를 가지 않고 그 당시 먼 강릉까지 바다를 보러 갈까?”

운전대를 잡은 다은이 정면에 대고 혼잣말처럼 말했다.

강릉의 고속도로 요금소를 막 지났다. 작별과 강릉 시내 탈출의 어수선함이 모두 가라앉고 서울까지 직행하면 되는 상황이다.

차 한잔 그리고 불교적 바둑 그림에서 이어지는 바둑 고수였던 어느 탁발승의 이야기를 들은 후 서울로 가는 참이다.

“지는 해와 뜨는 해의 차이겠지.”

기정이 거기에 화답했다.

“지는 해와 뜨는 해?”

다은의 의문.

“다은인 이해가 안 돼?”

“동해는 떠오르는 해이고, 서해는 지는 해라는 건 알겠어요. 그런데 왜 강릉을 더 선호하는지 그게 궁금하다는 거죠.”

다은의 투정이다.

“난 배 사범님 얘길 들으며 생각해낸 게 있어.”

기정은 느낌 하나를 흘린다.

“뭐죠?”

“내기바둑을 직업으로 삼은 사람은 승부에서 이겼을 때 기쁨도 얻겠지만, 분명 좌절도 하고 자책도 따라다녔을 거야.”

“그건 아까 배 사범님이 말씀하신 내용으로 당연한 일상 말고 오빠가 생각했던 느낌을 말해봐요.”

다은은 기정을 추궁하듯 단호하게 말했다.

“좌절할 때 이른 아침의 떠오르는 해를 바라보며 스스로 심기일전하는 마음을 키웠을 거야. 해를 보고 있지만, 본인의 가슴 속에서 끓어오르는 그 열정을 보려고 했을 거야.”

“오빠. 그건 좌절 때고 자책은 뭐죠? 좌절과 다른 의미잖아요. 내기바둑을 직업으로 삼던 인물이 상대가 파산지경에 몰리면, 자책한다는 것도 앞뒤가 안 맞는 부분이에요. 이상한 건 그럴 때 강릉 바다를 찾아간다는 것도요.”

다은의 말투가 왠지 날 선 느낌을 준다.

기정을 향하는 게 아니라는 건 차 안의 모두 알고 있다.

오 여사는 고개 돌려 거친 말투의 딸을 한번 살핀다.

“그 탁발승의 얘기를 들으며 와닿는 느낌이 없어?”

기정은 상체를 기울이며 운전하는 다은에게 좀 더 다가갔다.

운전하는 옆자리는 오 여사가 앉아 있었고, 기정과 영하는 뒷자리에서 보이는 오 여사가 좀 신경 쓰였다. 오빠 일로 머리에서 지진이 일어날 지경일 텐데, 종목만 바뀌었지 유사한 일로 딸이 거친 말투로 대화를 이끌고 있었다.

"탁발승? 탁발승에게 자책을 찾아라? 난 이해가 올 듯 말 듯 해요. 속 시원히 설명해줘요. 난 어쩌면 기정 오빠의 나름대로 해석을 듣고 싶은 건지도 모르겠어요."

다은이 음성을 조금 낮추며 스스로 진정하고 있었다.

본인 때문에, 아니 본인의 외삼촌 때문에 긴급 호출로 강릉까지 와주었고, 엄마는 깊은 시름에 잠긴 걸 문득 느꼈다.

"고수가 치열하게 뼈를 깎는 승부로 내기바둑을 승리로 마친 후 거기에 걸린 상금을 여럿이서 분배해 봐야 큰돈이 아니야. 그렇지만 패배한 쪽은 상당한 타격을 입었을 거야. 고수는 그 돈으로 흥청망청 유흥비로 지출할 수도 있고, 경마 등 또 다른 도박자금으로 날려 버릴 때도 종종 있었을 거고."

기정은 바둑 고수의 직업적인 생활상을 말하고 있었다.

"기정 오빠는 승부에서 패배한 쪽의 상황 때문에 탁발승이나 다른 여타의 내기 꾼이 자책도 한다는 건가요?"

"그래. 난 그런 생각이 지배적이야. 그런 생활로 일생을 보내다 나이도 들고 수입도 별로인데 자책하며 어쩌면 죄책감도 들지 않았을까, 하는 생각을 했어. 그런데 젊은 시절에는 그 세계에서 빠져나오려니 먹고사는 재주가 그것밖에 없었을 테고."

기정은 담담하게 다른 인생 하나를 그려내고 있었다.

“이제 이해가 될 듯해요. 탁발승은 그래서 후회하며 세상에 진 빚, 사람들에게 진 빚을 갚으려고 스스로 고행을 한다는, 그런 얘기죠. 젊었을 때는 어쩔 수 없이 그런 생활에 절어 있으면서 좌절이나 자책이 들면 강릉에서 떠오르는 해를 바라보며 그런 걸 털어버리고 심기일전했고?”

다은도 기정의 해석에 뒷받침하고 있었다.

“친구. 그렇게 해석해도 무방하지 않을까?”

기정은 둘의 대화를 잠자코 듣고 있던 영하에게 시선을 돌렸다.

“난 선생님의 탁발승 얘기를 들으며 사실 그렇게 여러 갈래로 생각하지 않고 그 탁발승은 고행으로 속죄하려는 것이 아닐까? 하는 생각과 소도시의 가게마다 들리며 누굴 찾고 있지 않을까? 하는 생각을 했어.”

영하는 새로운 견해 하나를 꺼냈다.

“고행하면서 누굴 찾는다고?”

“응. 탁발승 얘기를 들으며 불현듯 그런 느낌이 들었었어.”

이젠 기정과 영하가 대화를 이어간다.

“음. 큰돈이 걸린 내기바둑이라면 분명 후원자가 있었을 거고, 혹시 이길 자신감이 넘쳐 개인적인 승부의 내기바둑에 패배 후 재산을 날린 상대를 찾는다는 건 아니지?”

기정은 언뜻 떠오른 의혹 하나 들이민다.

"그럴 수도 있고 아닐 수도 있고."

영하는 모호한 투로 넘어갔다.

"뭐야? 그 애매모호 한 말투는. 그러지 말고 네가 생각했던 걸 제대로 털어놔 봐."

"우리가 카페를 방문한 지 얼마 안 되었을 때 체스 대국을 앞두고 선생님이 자신을 더 낮추라고 강조한 거 기억나?"

"응. 오늘 탁발승 얘길 들으며 아 이렇게 연결되는구나, 하고 배 사범님의 그 말씀이 생각나더라. 그런데?"

"그건 승부에서뿐만 아니라 사회나 가정에서도 그렇게 자신을 낮출 수 있다면 어지간한 다툼은 일어나지 않을 것이라는 예상이랄까 상상이랄까, 그런 생각이 문득 들었어."

영하는 조용한 어조로 자신의 심정을 털어놓고 있었다.

차 안 일행은 모두 영하의 잔잔한 소감을 듣기 위해 숨소리조차 감추어야 했으며 귀를 쫑긋 세워야 했다.

고속도로를 달리는 차량의 소음만 크게 울렸다.

"승부는 그렇다 치고, 사회도 그렇고… 탁발승과 낮추는 것에 가정은 왜 들어가지?"

잠시의 침묵 끝에 기정이 의문 하나 꺼냈다.

"깊게 생각해봐. 오래전의 큰돈이 걸린 내기바둑이라면 하루만에 끝나지 않았을 거야. 이삼일은 기본이었을 텐데, 집에서 기다리는 아내는 집 나간 남편이 죽었는지 살았는지 며칠씩 소식도 없다가 불쑥 나타나는 생활이 정상적이었겠어?"

"음. 휴대전화도 없던 시절이니까 능히 그럴 만도 하겠지."

"가정이 정상이라면 아내를 두고 출가를 했겠어?"

영하는 상상의 끝으로 질문과 답을 내놓았다.

사회와 가정에 죄책감으로 탁발승은 거리를 떠돌며 온갖 모욕도 감수하며 누군가를 찾는 고행을 하고 있을지도 모른다?

"영하 오빠의 소감은 잘 들었어요. 그런데 왜 흘러간 옛 바둑 고수들은 하나같이 강릉으로 왔을까요?"

다은이 침묵을 깨며 영하의 소감을 듣고자 했다.

"새해 아침에 일출을 보려고 사람들은 오래전부터 강릉을 많이 찾았어. 그리고 우리가 선생님께 들은 탁발승이나 강 사범님이나 하나같이 선생님과의 인연 때문이겠지. 서로 공통적인 대화를 나누며 언제든지 소주 한잔 정도는 할 수 있다고 하셨잖아. 예전에 1년간 전국을 여행할 때 지역적으로 여러 사람에게 신세를 졌으므로 찾아오는 사람은 박대하지 않는 거고."

영하는 강릉이 고향인 사람으로서 잘 설명해주었다.

"우린 배 사범님을 찾아온 사람의 얘기만 들었기에 사람들이 바다 보려고 강릉에만 오는 것 같고?"

기정이 그렇게 마무리하며 다은의 답답함을 풀어주었다.

"우린 선생님을 찾아온 흘러간 고수 얘기만 들었으므로 바다가 보고 싶은 사람은 강릉만 찾는다는 생각이 드는 것뿐이야."

기정과 영하는 반복되게 이해를 돕고 있었다.

"오빠. 탁발승이 사회든 가정이든 개인적이든 속죄를 위해서 고행을 하고 있다지만 이미 거기 당한 사람들의 심적 고통이나 재산상의 피해는 복구가 안 되잖아요?"

모두 각자의 생각에 빠져 있을 때 잠자코 듣고만 있던 미래가 영하를 쳐다보며 새로운 과제 하나를 꺼냈다.

"그렇게 살아온 사람이 죄책감도 못 느끼는 것보다 사실 그게 더 큰 문제이지. 내기바둑 패배 후 심적으로나 물질적으로 고통 받으며 살아가야 하는 사람에게 원상복구가 따르지 않는다는 것. 고행하든 어떻든 자신은 스스로 속죄하면 그만이지만……"

그런 악다구니에 끼어든 본인의 잘못도 크다. 영하는 거기까지 생각하고 있었지만 차마 그걸 꺼내지 않고 빠르게 응답했다.

오 여사는 청춘들의 대화를 들으며 여러 상념이 오락가락했다. 마지막 부분이 가슴을 비수처럼 파고들어 헤집고 다녔다.

오정훈의 피해가 어느 정도인지, 어떻게 설득해야 강릉에서 배사범과 만나게 할 수 있는지, 만나면 어떻게든 피해를 복구할 수 있는지, 머릿속이 바둑 수읽기처럼 수십 갈래로 뻗어 나갔다.

11. 수상한 과정

오 여사는 미국지사에 사태 파악을 위해 출장 가 있는 남편에게 먼저 전화하여 이런저런 얘기 끝에 우선 남편을 설득했다.

"여보. 꼭 부탁드릴게요."

오 지사장 개인적으로는 파산까지 들먹일 정도로 심각한 재산 손실이 발생했을지라도 회사 자금은 그리 심각할 정도로 손실은 없는 것이 다행이라고 최 사장은 오히려 아내를 안심시켰다.

오정훈・오정원 남매는 오빠가 여동생을 끔찍이 챙겨주는 것이 아니라 여동생이 오빠를 늘 생각하며 염려하고 있었다.

두 남매를 지켜보는 최창해 사장의 눈길에 박힌 모습이다.

"처남이 내 말을 들을까?"

k-OCEAN 최창해 사장은 고집이 센 처남이 회사 일이 아니라 개인적인 일로 본인의 말을 듣겠느냐는 반문이었다.

“그러니까 당신께 부탁드리는 거죠. 지금 내가 오빠에게 부탁한다고 오빠가 한국으로 냉큼 귀국하겠어요?”

오 여사는 다시 한번 더 간곡히 애원한다.

어떤 핑계를 대더라도 오정훈을 며칠간 한국으로 들여보냈으면 좋겠다는 부탁과 애원을 거듭하고 있었다.

최 사장은 처남인 오 지사장에게 회사 일로 한국 본사에 들어가 근무하라고 할 수도 없었다. k-OCEAN 미국지사에서 남미 쪽으로 무역을 확장하려다 진척은 없고 회사 자금손실만 발생했다는 보고가 올라왔다. 최 사장이 직접 미국지사에 출장 가 있었지만, 사실은 오 여사가 등 떠밀어 직접 가게 된 출장이다.

오정원은 새언니와 심각하다는 통화를 여러 번 했다. 오정원의 새언니는 오빠 오정훈의 아내이다. 오정훈은 본인이 끌어모을 수 있는 개인 자금을 전부 탕진한 후 고심하고 있었다.

그런 낌새를 가장 먼저 눈치챈 사람은 오정훈의 아내, 오정원의 새언니였다. 새언니는 남편과 시누이의 관계를 최창해 사장처럼 잘 파악하고 있었다. 오정훈과 결혼 후 집안의 일은 시누이와 상의하면 아무 문제 없이 통과되고 잘 해결되었다.

오정훈은 여동생이 결정했다면 군소리 없이 거기에 따랐다.

오정원은 집안 안팎으로 늘 현명한 판단으로 대처했다.

흘러가다

“오 지사장. 늘 고생한다는 건 잘 알고 있네. 며칠간 휴가 줄 테니까 혼자만 한국에 다녀오게. 식구들한테는 한국 출장이라 말하고 다녀와.”

사장은 부탁하는 어조로 은근하다.

최 사장은 미국지사에 출장 와서 회사 차원에서 큰 문제가 발생한 건 아니라고 판단했다. 사세 확장을 위해 책임지고 공금을 임의로 좀 사용할 수 있는 상황이었다.

“알겠습니다. 사장님.”

오 지사장은 군말 없이 지시에 따랐다.

정훈은 사장의 태도와 어조에서 회사 일로서 보다는 가족으로서 요구하는 분위기라는 것을 느낄 수 있었다.

아직 회사에 손해를 끼쳤다고 단정할 수 있는 상황이 아니었다. 지금도 회사 간 서로 타협점을 찾고 있었으며 다만 진도가 더딜 뿐이었다. 그 과정에서 개인적으로 예기치 않은 일로 오정훈은 재산상으로 상당한 피해를 본 상태였다. 그런 일도 정훈이 먼저 시도했기에 누굴 탓할 수도 없고, 회사 공금으로 유용할 수도 없었다. 미국지사는 며칠간 자신에게 맡기고 조건 없이 한국에 다녀오라는 것은 여동생을 만나보라는 의미였다.

정훈은 한국행 비행기에 올라탄 것은 개인과 회사, 바둑과 체스, 표준 체스와 변형 체스, 모두 지워버린 채 마음을 텅텅 비우고 지금의 상황을 객관적인 시선으로 바라보고 싶었다.
비행기 창 밖으로 구름이 뭉게뭉게 떠가고 있었다.
손으로 잡히지 않는 구름은 언뜻 본인의 인생처럼 무상했다.

여동생 오정원과 결혼한 최창해 사장은 오정훈보다 나이가 많지만, 처가 가계로 족보를 따지면 손아래가 되어 처남인 오정훈을 형님으로 호칭해야 한다. 그러나 둘은 그런 족보에 구애받지 않고 누가 있거나 없거나 회사의 직급으로 사장과 지사장으로 편하게 대하고 있었다.

오정훈은 오래전 대학을 마치고 경영학 전공을 살려 미국에서 지사를 경영하도록 만든 계기가 여동생 오정원이라는 것을 알고 있다. 여동생 오정원은 무역회사를 운영하고 있었던 최창해와 결혼하는 조건이 오빠 오정훈이 대학을 졸업하면 해외 지사를 설립하고 맡긴다는 전제가 깔려 있었다. 최창해 입장에서 S대 경영학부를 다니는 수재 오빠를 영입하는 것은 가족으로서 마다할 이유도 없었으며, 회사로서는 오히려 환영할 사안이었다.

두뇌 특성화

대학에서 전공과목을 익히며 바둑 공부까지 정말 열심히 했는데 입단할 수 있었을까?
오정훈이 바둑 공부할 당시 입단대회 인원을 늘리라고 팬들이 바둑사이트의 댓글에서 빗발칠 때, 주로 중견 기사들이 빗장을 잠그고 열지 않는다고 오해 속에 비난을 받았다. 나중에 그런 반대는 주로 젊은 기사 층에서 나왔다고 밝혀졌다.
"왜 그런 주장을 했나요?"
젊은 기사에게 물었다.
"우린 어렵게 좁은 관문을 통과했는데, 입단의 문을 넓히면 1년에 두 명씩 통과할 때의 우리 고생은 누가 보상하는가?"

-내가 입단했다면?
-바둑으로 어느 정도의 성과를 낼 수 있었을까?

줄기차게 공부를 해야만 바둑 실력이 향상된다고 생각되었다. 대학 전공도 열심히 했으며 바둑 공부도 게을리하지 않았다. 그리고 조금은 이상하지만 내기 바둑 한판의 패배로 바둑을 아낌없이 버리고 전공을 선택했다.

산은 산이요, 물은 물이다

당시 머릿속이 바둑으로 꽉 들어차, 앉으나 서나 바둑만 생각했다. 누구랑 대화할 때도 건성이고, 오직 바둑만 생각했었다. 그러다 문득 바둑만 생각하고 바둑만 공부한다고 능률적으로 향상되는 것도 아니고, 프로가 보장된 것도 아니라는 생각이 뒷덜미를 한 번씩 잡아당기다 놓아주었다.

미래가 보장되지도 않는 바둑 공부가 지루하게 느껴지던 차, 자신을 검증하고 평가할 수 있는 이상한 제안이 들어왔다.

이상하고도 수상한 내기 바둑 한판이었다. 오정훈이 패배하면 바둑계를 떠나는 것이고, 만약 승리하면 걸린 상금을 차지하면 되는, 이상한 조건이었다.

삶의 기로에서 본인 스스로 결정하지 못하고 양손에 든 무게를 느끼며 하나를 선뜻 내려놓지 못하는 상황에 놓여 있었다.

"내일 우리 집에서 바둑 한판 둘 거야."

"그럼 내가 구경해도 돼?"

"맘대로 해."

둘만 살던 오정훈과 여동생 오정원의 지극히 짧은 대화였다.

다음날 그 내기 바둑에서 패배한 정훈은 정원이 보는 앞에서 바둑계를 영원히 떠나겠다는 각서를 썼다.

자신의 세계

정훈은 그로부터 일 년여 남짓 후 대학을 졸업하고 무역회사에서 인턴으로 회사 업무를 익혔다. 그 무렵 탤런트로 얼굴을 알리며 잘 나가던 여동생이 사업가와 결혼했다. 여동생의 배우자가 경영하던 무역회사에 입사한 것이었다. 다시 일 년여가 지난 후 k-OCEAN 미국지사를 설립하고 정훈은 지사장으로 나갔다. 본사 사장이 전폭적으로 지원하는 미국지사는 엄청난 성공을 거두며 회사 규모를 키워나갔다. 요즘 좀 더 세계적인 무역회사로 나아가기 위해 남미 쪽과 접촉하던 중 개인적으로 체스를 활용, 친근감을 키우고자 했다.

그러나 오히려 체스가 걸림돌이 되어 개인적으로 엄청난 손실이 발생했다. 이런 상황을 알 수밖에 없는 정훈 아내는 여동생에게 상의했을 터이고, 정원은 정훈을 한국에서 한번 보자고 하는데 여러 번 거절하던 중 사장이 미국으로 날아와서 지시한 것이다. 정원도 어릴 적 함께 바둑을 배워 유단자 수준이었으며, 바둑에 관해 그 세계를 어느 정도 파악할 수 있었다. 비록 회사 업무의 연장선이었으나, 지금 개인적인 체스로 문제가 불거졌다.

정훈은 정원이 한국에서 한번 만나자고 하는 이유를 어렴풋이 알기 때문에 주저했었다.

하나를 내리다

정훈은 지금 미국에서 한국으로 날아가는 비행기 안이었다.

이십몇 년 전 한국에서 미국으로 날아가는 비행기 안에서 했던 생각들이 불현듯 떠오른다.

이상한 조건의 내기 바둑/ 정원의 결혼/ k-OCEAN 회사에 입사/ 모두 정원이 오빠를 위하여 기획된 것들이었다.

지금까지도 남매가 서로 확인은 하지 않고 있었지만 그런 낌새를 눈치채지 못할 정도로 정훈은 둔감하지 않았다. 남매 둘이 생활하는 집에서 열심히 바둑 공부하고 있지만, 바둑에서 자신감이 점점 떨어지는 오빠 모습을 정원은 느끼고 있었을 것이다.

정훈은 오래전 처음 미국으로 날아가는 비행기 안에서 섬광처럼 느낀 점에서 전율을 느꼈었다. 정원은 S대 경영학을 전공하는 오빠를 위해 무역업 하던 최창해를 선택해 결혼했을 것이라는, 어쩌면? 이 아니라 명확한 그 의도가 다가왔기 때문이었다.

잘 나가던 연기자의 길을 포기하고 정원이 결혼을 선택한 것은?

정훈은 그때 스스로 다짐했었다.

바둑계는 그 세계대로 재능이 특화된 자가 세계를 호령하도록 하고, 본인은 본인만의 특화된 경영 쪽에서 빛을 발하며 세계를 경영하여 여동생에게 진 빚을 세계적인 성공으로 갚는 것으로.

체스 대서사(大敍事)

인천공항에서 내린 오정훈은 정원에게서 걸려온 전화를 받았다.

“오빠. 피곤하겠지만 지금 즉시 청량리역으로 가.”

정원의 음성은 평소와 다르게 단호했다.

열서너 시간의 비행에 시달린 몸과 마음도 얼어붙는다.

“왜?”

무기력한 저항이다.

“내가 시간 맞춰 강릉행 KTX를 예매해놨어.”

여동생의 음성이 차갑게 느껴진다.

“강릉은 갑자기 왜?”

정원이 공항에 마중 나오지 않은 것도 평소와 달라 이상했지만, 느닷없이 강릉행이라니?

“내가 문자로 예매 좌석을 보낼 테니까, 확인하고 타면 돼.”

평소에도 남매간 살갑게 조잘거리는 사이는 아니었지만, 오늘은 특히 행동에만 중점을 둔 명령조였다.

“강릉에 도착하면?”

정훈도 지극히 의례적 말투가 되었다.

“도착 즈음에 다시 연락할게.”

정원은 전화를 끊었다.

정훈은 한국에 도착한 후 얼굴도 내밀지 않고 불호령처럼 지시하는 정원에게 섭섭함을 느꼈으나 냉정함을 잃지 않았다.
이동에 따른 시간 안배 등 안내하는 것은 다른 의미도 들어 있다는 판단이 섰다.

-모든 상황을 내가 더 잘 아는 걸 오빠는 모르지?

이번만큼은 불쾌해도 내가 하라는 대로 해.
그런 의미가 들어있었다. 정원은 때론 소름 돋도록 얼음보다 차갑고 냉철하게 판단하고 실행한다.

-정원은 지금 나의 형편을 어디까지 알고 있을까?

정훈은 ktx 안에서 창밖의 풍경을 바라보며 짐작해내려고 애쓰고 있었으나 알 수 없는 부분이었다. 어쩌면 아내가 시누이인 정원에게 과장하여 하소연했을 수도 있었다.
아내가 아는 만큼만 축소하여 전달했을 수도 있었다.
아내는 현실적으로 드러난 것 외 정훈이 처한 상황을 적확하게 모르고 있다는 판단이었다.

종착지인 강릉역이 5분여 남았다고 열차 내 안내방송이 나온 후 다시 정원에게서 전화가 왔다.

“그래. 나야.”

정훈은 ktx 안이라 전화를 받았다는 신호만 보냈다.

다행히 평일이라 빈 좌석도 많았고, 옆자리에 사람이 없었다.

“오빠는 지금 늪에 빠져 있어. 나오려고 허우적거리면 허우적거릴수록 점점 더 늪으로 들어가는 상황이야. 이런 상황에서는 늪 밖에서 누군가가 오빠를 끄집어내 줘야 해. 그런데 오빠는 지금 늪 속에 빠졌다는 걸 자각하지 못하고 있어.”

정원은 늪만 반복적으로 강조했다.

-늪?

-누군가의 도움?

정훈은 들으면서 불쾌함은 없었다.

두 가지 모두 맞았다.

정원은 비유도 잘 찾는군.

우습게도 그런 생각이 스친다.

-자각하지 못하고 있어?

어쩌면 그 얘기도 맞을 듯하다.

지금 상황에 어울리지 않게 비유라는 엉뚱한 단어가 스쳐 간다.

자각하지 못하고 있어!

정원은 지금의 나에 대해 얼마만큼 알면서 저런 소리를 할까?

의문으로 머릿속은 복잡하다.

"강릉역에서 내리면 바로 택시 타고 오죽 한옥마을로 가 오빠. 거기 시설이 아늑하여 숙면 취하기 좋을 거야."

정원은 비로소 다정한 오누이의 음성으로 말했다.

정훈은 듣고만 있었다.

"내일 늦은 아침에 전화해서 내일 일정에 대해 말해줄 테니까, 아무 생각도 하지 말고 푹 자, 오빠."

정원은 거기까지 말하고 잠시 기다린다.

내일 아침까지의 일정이 잡혔다.

정훈은 질문할 게 없었다.

잠시 후 전화가 끊긴다.

그리고 한옥마을 '세심재 00호' 라는 문자가 떴다.

세심(洗心)? 문자를 들여다보며 정훈은 의미심장함을 느낀다.

-세심(洗心) : 의미를 뜯어보면 마음을 씻어낸다?

정훈이 알고 있는 한자 풀이엔 그런 의미가 담겨 있다.

정원은 그 의미까지 알고 세심재를 예약한 것일까?

사회적인 일상을 모두 벗어던진 상태에서 작은 의미들이 크게 부각 되어 다가온다.

동생 말대로 푹 자고 난 정훈은 한옥마을 숙소에서 나오자마자 바로 오죽헌이 보였다.

정훈은 잠시 의아함을 느꼈다.

일 년에 한두 번 정도 귀국하여 정원의 가족과 함께 국내 여행을 떠나면 어쩌다 동해안도 가끔 오게 되었다. 그런데 정원은 그때마다 강릉은 극구 거절하며 강릉의 주변만 돌고 갔다.

그런데 강릉에 관해 ktx 열차 이용시간이며 숙소까지 다 훤하게 알고 있었다. 방문을 싫어하던 동해안의 해변 도시를 사전답사 수준 이상으로 정원이 알고 있는 것이 이상한 것인가?

정훈 가족끼리는 가끔 방문하던 강릉이기에 유명한 관광코스는 다 알고 있었다.

그중 하나가 오죽헌이며 모자간의 지폐에 더욱 유명한 곳이다.

-이것도 오빠를 위한 배려인가?

평범한 집은 오빠가 이끌어주고 여동생이 따라주는 풍경일 텐데 우리 남매는 부모님이 돌아가신 후부턴가 다른 집과 정반대의 행동에 어느덧 익숙해져 갔다.
오죽 한옥마을 입구까지 산책 삼아 걸어 나와 오죽헌 후문으로 오죽헌을 들여다보고 있을 때 정원에게서 전화가 걸려왔다.
"그래. 나야."
"잘 잤지. 오빠?"
"그래. 네 덕분에 오랜만에 단잠을 잤어."
회사 업무에서 손 떼고, 미국을 떠나고, 한국의 동해안까지 단번에 와서 파김치 같은 몸으로 기절하듯 잠든 하루였다.
사람은 신경이 예민해져서 잠을 제대로 이루지 못할 때는 때론 몸을 혹사해서 가누지 못할 지경까지 몰고 갈 필요도 있다는 걸 일깨워주는 일정이었다.
"섭섭하겠지만 내가 공항에 마중 나가지 않은 이유는 하나야. 내가 궁금한 걸 물을 테고 오빤 대답해 줄 텐데, 그런 문답형을 똑같이 반복할 수도 있는 걸 미리 방지했다고 생각하면 오빠도 마음이 편할 거야."
어제와 달리 오늘은 정원의 음성이 따듯하다.
"그게 무슨 말이야?"
"오늘 아마 오빠보다 오빠의 현 상황을 더 잘 알고 있을지도 모르는 분을 오빠가 만나야 해.”

정원은 뚱딴지같은 말을 늘어놓는다.

-나보다 나를 더 잘 아는 분?

해괴망측하게도 세상에 귀신이라면 모를까, 나보다 더 현재의 나를 잘 아는 사람이 어디 있겠나.

“그게 무슨 소리야? 나보다 나를 어떻게 더 잘 알아?”

정훈은 정원의 말이 믿어지지 않았다.

내가 잘못 들었나 싶을 정도로 혼란스러웠다.

“인간 오정훈보다 오빠가 처한 상황에 대해 하는 말이야.”

정원은 다시 알 듯 모를 듯한 말을 휴대전화로 보내온다.

-정원은 지금의 나에 대해 어디까지 알고 있는 것일까?

정훈이 짐작할 때는 여동생은 오빠가 개인적인 파산 직전까지 이르렀으므로 작은 도움이라도 줄 요량으로 체스계에 대해 좀 아는 사람을 만나 상의해보라고 하는 것쯤으로 여겼다.

미국 ~ 콜롬비아를 오가며 대국한 체스에 대해 한국의 동해안에 거주하는 사람이 알면 얼마나 알겠는가?

그런데 좀 이상한 느낌이 드는 건 과장된 표현을 거의 안 하는 정원이 나의 상황에 대해 더 잘 아는 사람이라는 표현이었다.
정훈은 사리분별이 명확하고 어디에 치우치지 않는 판단을 하는 여동생 정원이 신기루에 빠져 나를 인도한 것일까?

-들거라!
-믿거라!
-따르거라!

여동생은 마치 그렇게 지시하고 있는 듯했다.
정훈도 나름대로 어릴 적부터 두뇌가 명석하다는 소릴 들으며 성장했는데 한 가지 흠이라면 너무 외골수적인 면이 있어 가끔 저울의 추가 한쪽으로 기울어지듯 고집을 부린다는 것이다.
지금 정원은 속속들이 많은 것을 알고 있는 듯 말하고 있었다.
"뭐 하는 사람인데?"
"바둑, 체스 카페를 하는 바둑 사범님이야. 혹시 오빠도 아는 분일지도 모르지만, 일단 그 카페에 가서 만나봐. 한옥마을에서 걸어서 4~5분이면 갈 수 있는 거리에 카페가 있어."
"뭐? 그래서 여기 한옥마을에서 자라고 한 거야?"
"좋은 숙소와 가야할 카페가 가까워서… 겸사겸사야."

동생과 통화를 마친 정훈은 입맛도 없고 가볍게 커피 한잔으로 아침을 때우려고 천천히 카페까지 걸었다.

“배 사범님이시죠? 전 미국에서 온 오정훈이라고 합니다.”

카페에 들어선 정훈은 누가 소개해주지 않아도 알 수 있었다.

“아, 네. 오 지사장님. 한번 뵙고 싶었습니다.”

나는 오 여사에게서 조금 전 연락을 받고 있었다.

“우와. 우리나라에 이런 카페가 있다니 신기합니다.”

“하하. 평생 수집한 것들입니다. 아침 식사는 하셨습니까?”

오 여사와의 통화 시간상 아직 식전으로 여겨졌다.

“그냥 카페 라테 한 잔 주십시오. 사범님.”

오정훈은 혼자 카페를 둘러보고 있었다.

“저도 한땐 바둑에 미쳐있었는데… 바둑돌 잡은 지가 이십 년이 훨씬 넘은 듯합니다.”

커피를 앞에 놓고 오정훈은 감회 어린 표정이었다.

“말씀 들었습니다. 오 지사장님이 바둑계를 떠나게 만든 분이 지금 강릉에서 지내고 있습니다.”

“그래요? 바둑계의 전설이며 타짜 같은 분이라는 강 사범님이 정말 강릉에서 지내고 계신다고요?”

오정훈은 정말 놀라워하고 있었다.

"네. 그분도 이젠 연세가 많으셔서 몸도 좀 불편하시고 해서 현역에서 은퇴했습니다."

나는 만일 오정훈이 강 사범을 만나고 싶어 하면 만나게 해줄 요량이었다.

"저도 아주 가끔은 그때의 대국을 생각할 때가 있습니다."

오정훈은 거기까지만 말하고 커피를 음미하고 있었다.

오정훈은 강 사범한테 내기 바둑에서 패배한 것이 잘된 일일까, 잘 안된 일일까?

나는 잠깐 그런 생각을 해보았다.

그 패배 한 방으로 엄청나게 잘 풀린 인생일 것이다.

다만 지금 사업차 친근감을 더하려던 체스로 좀 꼬였을 뿐이다.

꼬인 부분을 풀어주려고 노심초사하는 여동생이 미국에서 강릉까지 날아오도록 만들었다.

여동생의 계획된 수상한 내기 바둑이었다고 서로 대화했을까?

S대 수재 한 명을 구원한다는 차원에서 그 대국을 제안한 것에 대해 오정훈이 믿고 있을까?

사실 문득 떠오른 생각들에 직접 묻고 싶었으나 참고 있었다.

과거의 회상은 자칫 대화 분위기가 이상한 쪽으로 흐를지 몰라 내심 조심하고 있었다.

지금은 바둑이 아니라 체스의 바다에서 풍랑을 헤칠 때이다.
작년 초여름 무렵 오 여사가 내게 도움을 청한 후 세월은 벌써 반년도 넘게 흘러갔다.
오 여사의 간절한 호출에도 오정훈은 한국을 방문하지 않았다.
본인이 직접 자초지종을 털어놓고 사실 확인을 해주지 않는다면 주변의 도움은 아무 소용이 없다.
백방이 무용지물인 것이다.
오 여사는 결국 남편인 최 사장을 미국으로 보낸 후 사장 직권으로 미국 지사장을 한국으로 떠밀었다.

-6개월? 7개월? 아니 8개월?

여동생의 처음 호출부터 지금까지 걸린 기간이다.
오정훈은 혼자 해결해보려고 애쓰고 있었으나, 수렁에 조금씩 더 가라앉을 뿐이었다.
이젠 정말 개인적으로는 여력이 없었다.
사장의 지시에 따른다는 명목으로 한국으로, 강릉에 왔다.

-그와 난 서로 어디서부터 대화의 물꼬를 터야 할까?
서로 조심스러운 물꼬를 찾는 중이다.

“오 지사장님. 콜롬비아 회사의 중역이라는 삐룰로가 내세운 젊은 체스 선수는 콜롬비아인 ‘우고’ 로 알고 있습니다.”

나는 모른 척 조금밖에 모른 척하며 서서히 중심으로 들어가는 대화법을 버리고 태풍의 눈으로 치고 들어갔다.

“배 사범님은 삐룰로도 아시고 우고도 아십니까?”

역시 오정훈은 놀라고 있었다.

“네. 알고 있습니다.”

나는 더한 것도 알고 있다는 듯 담담히 말했다.

“그럼 혹시 제 여동생도 삐룰로와 우고를 알고 있나요?”

“아닙니다. 오 여사님한텐 그런 얘긴 하지 않았습니다.”

사실 오 여사도 그들의 이름만 모를 뿐 윤곽은 알고 있었다.

다들 모를 것으로 생각하는 오정훈이 어쩌면 더 이상했다.

“배 사범님은 어떻게 아시죠?”

오정훈은 자신의 회사와 본인의 개인적인 일인데, 대한민국의 동해안에 사는 사람이 그런 사실을 안다는 게 놀라웠다.

정훈은 사람이 민망할 정도로 얼굴을 빤히 들여다보고 있었다.

그는 지금 앞사람의 얼굴을 그렇게 정면에서 주시하고 있다는 사실조차도 느끼지 못하며 의문을 드러내고 있었다.

“오 지사장님이 출전시켜서 우고 선수와 겨룬 미국인 선수도 세계적인 그랜드마스터죠?”

"네. 맞습니다. 지금도 세계 체스대회에 출전하는 선수로 알고 있습니다."

"최근에 마지막으로 내세운 선수가 미국인 레이몬드 맞죠?"

"네. 맞는데… 어떻게 그리 잘 알고 계시죠?"

본인에 대해서 손바닥 들여다보듯이 너무 훤히 알고 있는 것에 오정훈은 소름이 돋을 지경이었다.

"그럼 그 선수한테 전화해서 혹시 한국의 동해안에서 은둔자 생활하는 체스의 철학자를 아느냐 물어보십시오. 만일 모른다면 미국 내의 유명한 체스인에게 문의하라고 하십시오."

"사범님. 그건 왜죠?"

"일단 체스 철학자가 검증되면 우리의 대화가 훨씬 더 수월해 질 겁니다."

오정훈은 다시 나를 빤히 쳐다보고 있었다.

"지사장님. 삐룰로와 왜 연결된 건지 말씀해주실 수 있나요? 이를테면 누가 중간에서 매개체 역할을 해줬다든지 하는 것 말입니다."

나는 조심스럽게 물었다.

오정훈 회사의 기밀일 수도 있었다.

"그게 왜 궁금하시죠?"

“제가 알고 있는 것하고 조합이 맞는지 맞춰보려고 합니다.”

역시 조심스럽게 말했다.

“사업도 협상하는 믿을만한 인물입니다. 나를 이상한 쪽으로 엮을 위인은 아니라고 봅니다.”

오정훈은 그 인물을 의심할 여지가 없다는 투로 말했다.

그가 그렇게 철석같이 믿는 그 인물이 나는 더욱 의심스러웠다.

오정훈에게 사업 쪽으로 이익이 되는 걸 해놓고 삐룰로와 연결한다면, 그 모든 게 계획된 일이라면 그는 꼼짝없이 올가미에 걸려들게 돼 있었다.

“그럼 오 지사장님은 우고 선수가 체스의 신동이었으며 우고가 어릴 때부터 변형 체스인 체스-960 게임만 연구했다는 사실은 알고 계십니까?”

나는 오정훈이 모를 것이라고 확신하며 혹시나 물었다.

“그게 정말입니까? 사범님?”

역시 오정훈은 놀라고 있었다.

“그렇습니다. 콜롬비아에서 체스 신동으로 소문났는데 어느 날부턴가 표준 체스는 접고 변형 체스만 공부했습니다.”

내가 말하면서도 마치 내가 우고를 어릴 때부터 그런 모습들을 지켜보던 사람처럼 말하고 있다고 느껴졌다.

“그런 일들을 배 사범님은 어떻게 아시죠?”

오정훈은 내가 말하는 태도에서 의문이 들 것이다.

“그럼 다른 하나만 더 묻겠습니다. 신동 우고를 어릴 때부터 줄곧 변형 체스만 연구하도록 하면서 생활비를 대준 후원자가 누군지 혹시 알고 계십니까?”

나의 질문에 그는 무언가 이상함을 느끼고 있었다.

오정훈은 미국에서 이십 년 이상 산전수전 다 겪으며 사업했을 텐데 오늘 이 상황이 믿어지지 않는 눈치였다.

-그럴 리가?

어떤 연결되는 부분이 떠오르자 그는 미간을 좁히고 있었다.

“배 사범님. 혹시 삐룰로가 ……?”

오정훈은 아니길 바라는 눈치지만 이미 받아들이고 있었다.

“맞습니다. 삐룰로가 우고에게 모든 표준 체스대회는 불참토록 조처했습니다. 우고 집안에 생활비를 넉넉하게 대주면서 십 년 이상을 변형된 체스-960만 연구하도록 후원했습니다.”

나는 담담하게 말했다.

내가 왜 매개체 인물에 관해 묻는지 그는 서서히 느낄 것이다.

오정훈은 머릿속의 사과나무에 사과뿐만 아니라 대추도 달리고 잣도 영글어가는 표정으로 최근의 일들을 복기하고 있었다.

“저는 지금 책을 집필하고 있습니다. 책 내용은 여기 박물관 겸 카페에 전시된 유물을 소개하며 그 유물의 탄생과정을 조명해보고자 하는 것입니다. 물론 바둑과 체스에 관한 것들입니다. 제가 발간한 책을 읽으려면 바둑을 알고, 체스를 알면 재미있을 겁니다. 그리고 체스를 알고 바둑을 모른다면 90% 정도의 재미를 느낄 것입니다. 그러나 바둑을 알고 체스를 모른다면 50% 정도의 재미밖에 못 느낄 것입니다. 그런데 이런 숫자에 불과한 수치를 단박에 깨뜨리고 책 내용에서 100%의 재미를 느낄 수 있는 건 체스는 단 10분이면 배울 수 있다는 겁니다. 바둑은 좀 더 시간이 걸립니다. 실력이 아니고 둘 줄 안다는 부분입니다.”

나는 아주 길게 설명했다.

바둑 고수인 오정훈은 잠자코 듣고 있었다.

여동생은 분명 내가 처한 상황에서 돌파구의 실마리를 찾으라고 나를 이 사람에게 보냈다. 정원이 그런 의도였다면 뭔가 있을 것이다. 카페에 있을 수 있고/ 사람에게 있을 수 있으며/ 유물에 그 의미가 담겨 있을 수 있다. 어느 하나 허투루 놓칠 수 없는 부분이었다. 다 듣고 난 후 머릿속에 입력된 의문만 조목조목 따져보면 답은 나오게 되어있다. 대국 때처럼 초읽기에 몰려 시간에 쫓기는 것도 아니었다. 조급함은 대세를 그르친다. 누누이

스치는 인생사의 한 단면이며 단점이다.
자기 자랑 겸 전시 유물을 자랑하려는 것은 아닐 것이다.
나도 한때는 바둑으로 높은 경지에 오르고자 몸부림치던 시절이 있었다. 바둑으로 입신양명을 꿈꾼 것이 아니었다.
바둑 수마다 오묘함이 느껴져 그 오묘함은 어디서 오는가?
그걸 파헤치고 있었다.
대학의 전공을 살려 결국 경영 쪽에서 성공했다고 할 수 있으나 지금 상황은 홀로 날개가 접힌 채 엄청나게 추락하고 있다.

"평범하게 아는 것, 알아가는 것과 어느 분야의 신동이 하나만 십 년 이상 연구했을 때의 드러나는 실력이 어떠하리라는 것은 바둑의 고수이신 오 지사장님이 잘 아실 겁니다. 제가 이렇게 지금 장황하게 설명하는 것도요."
오정훈은 신음을 내고 있었다.
"사범님은 어지간한 세계적인 체스 그랜드마스터라 할지라도 신동이 십 년 이상 특정한 분야만 연구했다면 체스 실력면에서 안 된다는 걸 말씀하시는 거죠?"
"그렇습니다."
"콕 집어서 말하면 우고에겐 어지간한 체스 그랜드마스터라도 변형 체스로는 이길 수 없다는 의미이기도 하고요?"

"그렇습니다."

"배 사범님의 추측은 나를 중간에서 삐룰로에게 소개한 인물이 농간을 부려 내가 현 상황에 봉착하도록 기획했다는 것으로도 추정할 수 있다는 것이고요?"

"그렇습니다."

"사범님이 왜 그렇게 추측하시는 건지 여쭤봐도 될까요?"

"클리어링은 분명 콜롬비아의 무역회사가 맞습니다. 삐룰로도 그 회사의 임원이 맞고요. 그런데 제가 알아본 바로는 삐룰로는 정상적인 무역과 좀 거리가 있다고 들었습니다."

나는 비로소 클리어링 회사명까지 밝혔다.

다 파악하고 있으므로 회사 기밀로 취급하며 내게 감출 필요가 없다는 의미를 분명하게 전달한 것이었다.

오정훈은 오늘 나와 대화하며 여러 번 놀라고 있었다.

그러나 이젠 놀라움의 표정이나 태도를 잘 절제하고 있었다.

"제가 말씀 안 드렸는데 사범님도 콜롬비아의 클리어링 회사를 아시네요. 그런데 정상적인 무역과 거리가 있다는 건 무얼 뜻하는 건가요? 사범님."

"회사 내 별도의 물건을 취급하는 것으로 알려졌는데 조금은 수상한 부분이 있다고 합니다. 그 회사에 낙하산 임원으로 들어간 것도 오 지사장님과 협상하기 불과 얼마 전의 일이고요."

내 말을 듣는 오정훈은 이번엔 놀라운 기색을 감추지 않았다.
본인에 대해, 본인과 클리어링 회사와의 관계에 대해 본인보다 더 상세히 알고 있는 것이 분명하다고 확신하고 있었다.

오정훈은 여동생이 이 카페에 오기 전 나보다 나의 상황에 대해 더 잘 알고 있을 것이라는 말을 그제야 이해할 수 있었다.
회사가 아니라 거의 정보기관 수준이라고 봐야 할 것이다.
딴생각하던 오정훈은 문득 삐룰로와 협상이 늘어지는 부분에서 불길함이 불안감으로 엄습했다.

“배 사범님. 저… 수상한 별도의 물건이라면 혹시… 불법적인 걸 가리키는 건가요?”

아니길 바라지만 이미 팔뚝엔 소름이 돋고 있었다.
남미에서 불법적인 거라면 거의 예감이 틀리지 않을 것이다.

“그렇습니다.”

“으음.”

오정훈은 다시 신음을 내뱉는다.

-해롤드(Harold)가 설마 그럴 리가?

-왜? 무엇 때문에 나를?

오정훈은 어쩌면 앞에 앉아 있는 배 사범은 이미 해롤드까지 다 알고 있지 않을까?
그런 의심이 들었다.

-매개체 인물을 조심하시오!
-그런 경각심을 갖게 하려는 의도일까?

그런데 깊이 생각할 것도 없이 이미 불미한 사태는 발생했다.
남미 쪽으로 사업을 확장하려는 회사엔 다행히 큰 손실이 발생한 것은 없었다. 다만 개인적인 내기 체스로 인해, 변형 체스로 게임이 변경된 후 오정훈 본인만 큰 손실만 입었을 뿐이다.
해롤드가 미리 계획적으로 나를 삐룰로에게 사업차 손잡게 하고 내기 체스로 내 뒤통수를 쳤다?
어딘지 앞뒤가 안 맞는 건 내가 먼저 내기 체스를 원했다.
나와 삐룰로와 일대일로 대국 때는 아무 문제가 없었다.
그러다 삐룰로가 미국과 콜롬비아를 오가는데 이왕이면 양국의 체스 그랜드마스터를 대동하길 원했다.
선수로 대국하게 한 후 관전하며 배우는 상황으로 이어졌다.
서로 좋은 취지로 시작했고, 그랜드마스터에게 직접 배우기도 하고 관전도 하면서 재미있었고, 경비에 큰 부담은 없었다.

그러다 어느 날부터인가 표준 체스에서 변형 체스로 변경되며 우고 선수가 출전하기 시작했다. 내기의 금액도 점점 커져갔고, 대국에 패배만 하면서 개인적인 손실이 늘어났다.

-만일 내가 먼저 체스 대국을 원하지 않았다면?

-해롤드나 삐룰로가 먼저 체스 대국을 원했을까?

"사범님. 저를 삐룰로에게 소개해준 인물에 대해선 미국으로 들어가 제가 상세히 조사한 후 알려드려도 될까요?"

오정훈은 미안한 기색을 띠고 있었다.

그리고 한편으론 다른 의도가 내재되어 있었다.

"그렇게 하셔도 좋습니다. 저도 그의 정체에 대해 알아볼 것이 있으니 꼭 한번 알려주십시오."

"알겠습니다."

오정훈은 배 사범이 해롤드는 상세히 모른다고 판단했다.

다만 어딘가 의뢰할 곳은 분명 있는 것으로 확신했다.

나는 미국에 들어가면 해롤드에 대해 어떻게 알아볼까?

* * *

이상한 은둔자

"오 지사장님. 그럼 이제 다른 얘기 좀 해볼까요?"

나는 홀로 생각에 잠긴 오정훈을 현실 세계로 불러냈다.

그는 대화하던 사람이 앞에 앉아 있는 상태로 심사숙고에 빠진 듯한 모습이었다.

나는 그의 그런 모습을 충분히 이해할 수 있었다.

생각지도 못했던 엄청난 뒷배경이 거짓말처럼 하나둘 드러났다.

땅속에서 땅 위로 줄줄이 줄기에 딸려 나오는 고구마 같았다.

"아. 네. 사범님. 더 하실 말씀이…?"

그는 지금까지 대화로 볼일이 마무리된 것으로 알고 있는 걸까.

사실은 지금부터가 엄청난 볼 일의 시작이다.

"오 지사장님. 지금 미국의 레이몬드와 통화 가능할까요?"

"맞다. 제가 깜박했습니다. 아까 대한민국 강릉의 은둔자인데 체스 철학자로 부른다고 하셨나요?"

"네. 아마 레이몬드도 소문을 들었을 겁니다."

오정훈의 선수로 대국한 레이몬드가 미국의 그랜드마스터라면 강릉에서 수차례 벌어진 리그전에 대해서 모를 리 없다고 나는 확신하고 있었다.

"제가 잠깐 나가서 통화하고 오겠습니다."

오정훈은 휴대전화를 챙겨 들고 카페 밖으로 나갔다.

나도 얼른 기정에게 전화했다.

요즘도 심심찮게 앙리나 다른 선수가 기정에게 체스-960 리그전 한번 하자고 하루가 멀다고 번갈아 가며 전화로 조른다고 했다.

앙리가 프랑스로 돌아간 직후부터 체스-960 경기에 참가하려는 선수들이 기정에게 빚쟁이처럼 군다는 푸념이었다.

영하가 승낙하면 리그전은 날짜만 잡으면 성사될 것이다.

"사범님. 저흰 분명 체스-960리그에 출전한 용의가 있습니다. 오 지사장님과 마음 놓고 협상하셔도 좋습니다."

기정은 명쾌하게 말했다.

"그래. 알았어."

"저희 응원이 필요하시면 전화 주십시오. 둘 다 ktx 타고 바로 강릉으로 가겠습니다."

기정은 그렇게까지 덧붙였다.

기정은 계속 서울에 머물러 있었으며, 영하는 박사학위 논문을 6개월 뒤로 미루고 서울에 와 있었다.

오정훈이 미국에서 떴다는 긴밀한 첩보(?)가 오 여사로부터 전해

들은 여럿은 서로 연락하며 긴장하고 있었다.

그동안 리그전에 참여한 후원자들만 승낙하면 리그전은 열린다.

통화 끝내며 가만 생각해보니 기정이 다은과 결혼하면 오정훈은 기정의 하나뿐인 처외삼촌이 되는 관계였다.

나 역시 오정훈을 만나 얼만큼의 성과를 낼 수 있을지 모르지만 사실 나보다는 오 여사나 기정이 더 다급할 것이다.

이미 6개월 이상 체스 경기에서 손을 뗀 영하도 조금 긴장하지 않을 수 없었다.

여차하면 변형 체스, 체스-960경기의 선수로 나서야 한다.

영하는 이번 겨울에 박사 논문이 통과될 가능성이 높았다.

그런데 본인이 직접 지도교수에게 박사학위를 6개월 정도만 더 늦춰달라고 부탁하고 서울로 왔다는 통화를 했었다.

“배 사범님. 전 강릉에 와서 놀랄 일이 너무 많습니다.”

오정훈은 자리에 앉기도 전에 저만치서 소리치며 걸어왔다.

“하하. 그래요. 레이몬드 선수가 뭐라던가요?”

“하하. 체스의 철학자한테 찬사를 보내며 미국뿐만이 아니고 세계가 놀라며 주목하고 있다고 했습니다.”

“오. 그 정도로 높이 평가하던가요?”

“네. 철학자와 대국했던 선수들은 모두 AI 인공지능과 둔 것 같다는 둥 사이보그와 둔 것 같다는 둥 한다면서 본인은 상대가 안 될 것이라고 너스레를 떨던데요."

"하하하. 허풍이 좀 있는 선순가요?"

"아닙니다. 제가 알기론 나름 미국 내에선 다섯 손가락 안에 드는 그랜드마스터입니다. 허풍 떠는 선수가 절대 아닙니다."

오정훈이 정색을 하면서 자리에 앉는다.

이번엔 내가 그의 얼굴을 살피며 쳐다보고 있었다.

-체스의 철학자는 왜?

미국에 있는 레이몬드까지 전화하여 강릉의 체스 철학자를 왜 검증하라고 했습니까?

그는 그렇게 표정으로 묻고 있었다.

그도 어느 정도 짐작은 하고 있을 것이라는 나의 짐작이다.

그는 본인이 관여된 일이 아니라 추이를 지켜보고 있었다.

"지사장님. 체스의 철학자는 어릴 때 저에게 바둑을 수년 간 배운 바둑으로 제자입니다."

"그래요? 그럼 강릉 출신인가요?"

"네. 중학교에 입학할 무렵 서울로 이사 갔습니다."

"바둑 유단자인데 체스는 그랜드마스터 실력이라는 거죠?"

"네."

"그런데 이상하네요. 왜 강릉의 은둔자라는 거죠? 서울로 이사 갔다가 강릉에 홀로 내려와 산골에라도 산다는 건가요?"

오정훈은 뭔가 앞뒤가 안 맞는다는 걸 지적했다.

"하하. 사실 그는 미국대학에서 박사과정에 들어가 있습니다. 논문이 거의 통과 직전이라 들었습니다만, 보강할 부분이 조금 있다며 본인이 보류해 놓았다는 것까지만 알고 있습니다."

지금부터의 주인공에 대해 일찌감치 정체를 까놓고 시작했다.

영하의 내력을 들으며 그는 분명 충격을 받은 기색이었다.

"그런데 왜 강릉의 은둔자라는 거죠? 사범님."

나는 그의 질문에 잠시 대답을 멈추었다.

그는 대답을 재촉하는 어린아이 눈빛으로 내 눈을 주시했다.

-은둔자와 체스 철학자는 동일인?

잠시 머릿속으로 정리를 끝낸 후 그 눈빛에 설명을 시작했다.

작년 봄부터 초여름까지 두어 달 동안 우리 카페에서 열린 세계적인 그랜드마스터들의 체스 경기 리그전, 그리고 개인전까지.

왜 체스의 철학자인가.

왜 체스의 모순인가.

왜 그런 별칭까지 헌정 받게 되었는지.

그의 뒤에는 CIA 요원이 버티고 있다는 것까지 모두.

김영하와 매니저 역할 하는 진기정까지 설명을 마쳤다.

여동생의 딸이며 오정훈에겐 질녀가 되는 다은과의 관계까지 다 설명하려다 참았다.

그 부분은 나중에 청춘들의 일이 잘 풀린다면 기정이나 다은의 몫으로 남겼다.

그는 묵묵히 들으며 중간중간에 이해가 된다는 의미로 고개를 주억거리며 일체의 반문 없이 내 설명을 다 들었다.

그의 그런 면도 대단하다고 할 수 있었다.

“사범님. 제가 철학자의 실력을 믿는다면요?”

오정훈은 내 설명을 듣는 내내 숙고하던 그대로 묻는다.

-다음은 뭐죠?

그는 그런 얼굴이었다.

오정훈. 그는 나름 명석하고 노련한 사업가이며, 바둑 유단자라 어렴풋이 온몸으로, 온몸의 세포로 느꼈을 것이다.
내가, 그리고 냉철한 여동생이 수개월 간 왜 만나자고 했는지.
여기서 벌어진 체스 경기를 왜 장황하게 설명했는지에 대하여.

"오 지사장님. 얼마 전부터 우리 카페에서 우리들의 리그전을 벌였던 선수들이 이번엔 표준 체스 말고 변형 체스로 한 번만 더 경기를 벌이자고 재촉하고 있습니다. 패배했던 그 선수들은 철학자에게 변형 체스로 설욕전을 하고 싶은 겁니다."

나는 하나를 감추고 말했다.
어쩌면 나중엔 그 감춘 부분이 없었던 부분이 될 수도 있었다.
그 부분은 드러내더라도 기정과 영하의 몫이었다.

"아, 그렇습니까? 그렇겠지요. 나름대로 자국이나 세계적으로 쟁쟁한 선수들인데 무명의 은둔자에게 패배했는데, 체스 게임 종류를 가리지 않고 한번은 이겨보고 싶겠지요."
"그래서 만일 이번에 변형 체스 경기가 성사되면 지사장님도 베팅에 참여해보실 의향이 있으신지요?"
그에겐 느닷없는 엄청난 제안일 수 있었다.
오정훈은 살짝 당황하고 있었다.

-이건 뭐지?

혼란스러움이 흔들리는 눈빛에 담겨있다.

그는 자세를 고쳐앉으며 의자 등받이에 등을 기댄다.

“그래요? 저도 선수를 한 명 출전시켜야 하는 겁니까?”

그는 지금까지 설명을 들었던 내용을 토대로 반응했다.

“그건 아닙니다. 철학자에게 베팅하면 되는데… 사실은 우고 선수를 이번 경기에 참여시킬 수 있는지 삐룰로에게 의사타진을 해주십사 하는 겁니다. 만일 참여한다면 강릉까지 와야 합니다. 그리고 지사장님이 철학자를 믿는다면 철학자에게 베팅하시고 우고 선수에게 베팅하시고 싶으면 그렇게 하셔도 됩니다.”

나는 그에게 선택할 권리를 주었다.

선택할 권리를 준다고 말하지만, 이미 정해진 선택일 것이다.

“아니, 제가 베팅하면 질 땐 지더라도 철학자한테 질러야지요. 어떻게 우고 선수에게 베팅하겠습니까? 사범님.”

예상한 대로였다.

오정훈은 뭔가에 홀려서 엮이는 듯한 느낌이었지만, 불쾌한 건 아니었다.

내가 엮이는 게 아니라 체스의 철학자를 앞세워 아닌 듯 하나씩 풀어가며 엮어가자는 의도가 분명했다.

-기회일까?

-모험일까?

-아니면 또 다른 위기일까?

여동생 정원도, 지금 내 앞의 배 사범도 본인을 엮어 불이익을 주려는 게 아니라는 걸 삼척동자도 알 수 있었다.

아직 만나지 못했으나 은둔자이며 체스 철학자라는 별칭을 헌정 받은 체스 고수도 환한 빛으로 느낌은 다가오고 있었다.

내가 그랜드마스터가 아니라 체스 고수라고 표현하는 건 그가 공식 체스 대회의 공인된 마스터가 아니었기 때문이다. 그리고 지금까지 설명을 듣는 내내 배 사범도, 그와 겨룬 어느 선수도 그 은둔자를 그랜드마스터라고 표현하지 않았다. 다만 실력은 인정하여 지금까지 세계의 어느 체스 그랜드마스터에게도 헌정하지 않았던 특별한 별칭을 헌정한 건 사실이었다.

미국의 레이몬드도 내 앞의 배 사범의 설명만으론 경이로움으로 다가오는 체스의 신인(神人)이 내게 손을 내미는 형상이었다.

그윽한 담(潭)

미국으로 날아가는 비행기에서 오정훈은 창밖의 구름 떼를 바라보고 있었다.

미국에 들어간 후 이십 오륙년 동안 한국에 입국하여 오늘처럼 일박만 하고 돌아간 적이 단 한 번도 없었다.

한국에 더 있을 이유도 없었지만, 미국에서 시급히 해결해야 할 일이 생겼다.

-늦게 왔던 거 후회되지?

구름이 말을 걸어왔다.

무엇이든 자연스럽게 흐르면 아름다운 거야.

분명 한국으로 올 때의 구름과 형태는 같았으나 웃고 있었다.

여동생이 한국에서 한번 만나고 싶다고 연락 온 게 벌써 6개월여의 세월이 흘렀다.

다른 때 같으면 여동생은 미국으로 들어와서라도 대화했을 텐데 굳이 한국으로 오라고 했었다.

콜롬비아 뻬룰로와의 관계 때문에 미루다 피해만 더 커졌다.

정원이 처음 전화로 한국에서 만나자고 했을 때를 떠올렸다.

그 후 나는 삐룰로와 몇 번 만났나?

돌이켜보면 그때 이미 중상을 입고 있었다.

사업적으로 몇 번의 통화를 했었고, 삐룰로는 뭔가 될 듯 말하며 만나자고 했었다. 두어 번의 접촉에서 미국의 그랜드마스터 중 변형 체스에 강하다는 선수를 출전시켰으나 삐룰로의 우고 선수에겐 모두 역부족이었다. 삐룰로가 만나자고 해도 오정훈 쪽에서 더 내세울 선수가 없어 대국은 기피 할 지경이었다.

그리고 여동생은 왜 만나자고 하는지 이유를 뚜렷하게 밝히지 않으며 그저 한국으로 오라고만 재촉했었다.

여동생이 이 정도 깊이까지 알고 있을 줄 정훈은 몰랐었다.

그리고 강릉의 체스 카페에서 그런 엄청난 세계적인 체스 경기가 열리는 줄도 알 길이 없었다.

떠가는 구름이 지금 웃는다고 느끼지만 뜬구름 잡기 하다가, 더 높은 곳에서 추락하는 것은 아닐까?

여러 상념이 충돌하면서 한줄기 우려도 스며들고 있었다.

그러나 위기는 기회일 수 있고, 그 기회는 늘 다가오지 않는다.

정원도 치밀하게 알아보고 전부터 한국에 들어오라고 했을 터.

괜한 걱정으로 시간만 보낼까 오히려 염려되었다.

"체스 실력도 일류지만 그의 체스에 대한 철학이 돋보입니다. 경외하는 수학자이며 철학자인 고대인의 생각을 현대에서 실천하려는 그 태도가 전 정말 마음에 들었습니다. 나의 바둑 제자여서가 아닙니다. AI인공지능을 상대하며 터득한 수법을 전공한 수학과 동경하는 철학, 자신만의 독특한 AIQ라는 감성까지 입혀서 전개하는 체스는 체스에 대한 사랑이 담겨있어요. 제가 아까 바둑과 체스에 대한 글을 쓰고 있다고 말씀드렸는데 그런 경이로움까지 글로 담아내기는 제가 역부족이지만 관찰과 대화로서 그의 그런 생각들을 밝혀보려고 노력하고 있습니다."

오정훈은 배 사범이 그윽하게 들려주던 한 청년의 체스에 대한 사랑과 실력, 철학적인 흐름을 음미하고 있었다.
창밖의 구름을 바라보면서.
그의 표현대로라면 한 편의 인상적인 서사(敍事)를 체스판에서 볼 수 있는 것이었다.

-고요하면서 울림이 있는 움직임 속의 체스가 그럴까?

체스를 깊이 연구한 것도 아니고, 실력이 출중한 것도 아니라 체스의 그윽함까진 모른다.

그러나 예전 바둑 공부할 때는 분명 그윽하면서 오묘한 바둑 수를 느낀 적은 여러 번이었다.

깊은 계곡에 자리하여 그 깊이를 알 수 없는 물웅덩이.
수천수만 년의 세월 동안 낙차 큰 폭포수를 받아내며 그윽함을 유지하는 담(潭).
꽹과리도 집어삼키고 기타의 선율도 흡수하고, 인간의 고성도 무릇 받아주는 담.
그 담과 같은 마음을 지닌 걸까?
마음만으론 안된다. 생각이 깊어야 한다.

왜 체스의 철학자라고 부르는지 알 것 같기도 하고, 선수들이 패배 후 너무 띄운 것 같기도 한 감정이 가슴에서 꿈틀거린다.
체스의 철학자! 그의 체스가 전개나 절정에서 아름다운 철학이 스며있기 때문에 감동을 주는 것일까?
비행기가 가는 걸까? 구름이 가는 걸까? 내가 가는 걸까?
오정훈은 기대를 안고 미국으로 날아가고 있었다.

반대편 미국에서 최창해는 아내 얼굴을 떠올리며 안도의 한숨을 길게 내쉬면서 한국으로 날아오고 있었다.

12. 해롤드 & 삐룰로

오정훈. k-OCEAN 미국 지사장실에서 밖을 내다보고 있었다.

깊은 생각에서 빠져나온 오정훈은 박태형 과장을 호출했다.

박태형은 유학생으로서 미국의 명문대에서 수학한 터라 인맥이 좋았고 성격이 서글서글하여 세계 각지에 연락을 주고받는 동문이 대단하다고 알려져 있었다. 가장 믿을만하고 정보수집능력에 탁월한 인물로 여겼다.

오 지사장은 긴밀한 지시를 내렸다.

"누굴 붙여줄까?"

부하 직원을 선택하라 했고, 박 과장은 이준수 대리를 지목했다. 둘은 지사장의 특별지시로 앞으로 한 달간 해롤드와 삐룰로에 대하여 은밀하게 조사에 착수할 것이다. 박은 클리어링 회사의 삐룰로와 해롤드, 오정훈 간 무역 협상 중인 걸 잘 알고 있었다.

변형 체스-960

변형 바둑은 존재하지 않는다.

한국과 일본은 바둑 규칙이 대부분 흡사하다.

중국은 종국 후, 계가 방식에서 조금 다르다.

어느 나라의 규칙이 더 합리적인가, 따지지 않는다.

바둑 규칙은 자국에서 정한 규칙대로 대국하면 그만이다.

세계바둑대회는 개최하는 나라 규칙에 따르면 다툼이 없다.

전 세계에서 1억 명 이상의 인구가 즐긴다는 체스

이번 강릉여행에서 우연히 구매해온 책 두 권.

1. 바둑 다모여
2. 수락석출

그 두 권의 책 속에는 오래전 어릴 때부터 대학생까지 치열하고 재미있게 공부하던 바둑이 새롭게 다가왔다.

오랜 세월 동안 수집했던 바둑과 체스 유물을 전시한 박물관 겸 바둑·체스 카페를 운영하는 배해석 대표가 쓴 책으로 36년간 바둑학원을 운영하며 겪은 자전적 소설형식이다.

수락석출(水落石出)이라는 책 속에는 한국 및 세계 바둑인들과 체스인들 속에 세계 속 저명인사의 바둑·체스 사랑이 넘치도록 명언(예찬)이 설전처럼 대립각을 세우며 우월을 다투고 있었다.
그 책에서 고대 인도의 차투랑가라는 게임에서 4인용으로 체스가 시작된 것을 알게 되었다.
세계 여러 나라를 수 세기 동안 거쳐 가며 나라의 특성에 맞게 변형된 체스 기물을 강릉의 카페 바체프에서 관람하고 왔다.

영화 속에 등장하는 체스
전설 속의 체스
외설적인 체스
지구본. 코끼리. 대포. 골프. 등등 체스의 형태도 체스에 얽힌 사연도 다양했다. 30여 나라의 100여 점에 이르는 체스는 제각기 사연을 말하고 있었다. 특히 12세기에 바이킹이 바다코끼리 상아로 제작했다는 루이스 체스맨, 이라는 체스가 인상 깊었다. 해리포터 영화에도 나오며 대영박물관에 전시된 진품은 수년 전 기물 하나가 소더비 경매에서 한화 15억에 낙찰된 바 있었다.
4인용에서 3인용으로 그리고 2인용으로 변경되어가는 과정.
4인용 체스판, 3인용 체스판, 1백 년 전 여성 3인이 3인용 체스 대국하는 모습을 그린 그림도 카페에서 직접 감상했다.

체스 천재 바비 피셔

피셔 랜덤 체스(Fischer Random Chess)

미국의 체스 세계 챔피언인 바비 피셔가 창안한 변형 체스이다.

창안자의 이름을 따서 붙여진 명칭이다.

기존에 폰 뒤의 기물을 섞어서 진행하는 경기(shuffle chess)는 있었으나, 바비 피셔가 추가로 일정한 규칙을 도입하여 만든 것이 바로 체스-960이다.

표준이라는 기본 체스 오프닝은 수백 년 동안 연구되어 새로운 수가 나올 수 없는 지경에 이르렀기 때문에, 플레이어들이 이미 연구된 수만 암기하게 되어 창의성이 희박해진 것을 타파하고자 발명하였다고 한다.

체스계 불세출의 천재 바비 피셔.

오랜 기간 최연소 세계 체스챔피언.

체스-960은 오프닝의 기물 배치가 960가지이다.

체스-960은 대국 때마다 무작위로 돌려서 나오는 번호의 기물 형태로 대국해야 한다.

치열한 수 싸움으로 무승부가 적게 나온다.

표준 체스-그랜드마스터.

변형 체스-그랜드마스터.

세계의 체스인은 그렇게 그랜드마스터를 구분 짓지 않는다.

그러나 그렇게 체스를 구분 지어 세계 체스대회가 열린다.

어릴 때부터 체스 천재니 체스 신동이니 한 나라에서 소문났던 어린이가 오로지 체스-960만 연구하며 20대로 성장했다.

그 신동은 세계의 기본 체스 그랜드마스터들이 모두 인정하는 변형 체스 그랜드마스터로 성장했다.

-체스-960 그랜드마스터와 나의 대결?

적확한 표현은 그런 선수를 상대로 표준 체스 그랜드마스터를 내가 기용하여 선수로 출전시킨 것이다.

우리나라 아마추어 바둑의 단위로 보면 아마 5단과 아마 7단이 맞바둑(호선)으로 대국하는 것과 같다고 비교해도 무방하다.

아마 5단도 아마추어로는 꽤 높은 수준이지만, 아마 7단 자격은 공인 전국 아마바둑대회에서 3번의 우승 경력이 필요하다.

본색

오정훈은 내키지 않았으나 통화를 시도했다.

“오 지사장님. 반갑습니다. 잘 지내시죠?”

뻬룰로는 먼저 다른 때보다 더 반가움을 전해온다.

“네. 뻬룰로 이사님도 별일 없으시죠?”

신호음이 끝나며 뻬룰로가 먼저 인사하는 경우는 드물었다.

“네. 전 늘 바쁘게 지내고 있습니다. 한 번 만나야죠?”

뻬룰로는 말끝에 잠시의 여유를 둔 후 호탕하게 웃었다.

-하하하. 아 하하하.

그의 웃음소리는 전례 없던 호탕함이 전해졌다.

일반인은 어떤 일을 추진하던 중 그 일이 성사되어 큰 소득을 얻었을 때 터지는, 성과를 나타내는 그런 종류의 웃음이었다.

쾌활함을 뛰어넘는 호탕함.

쾌활한 성격이지만 진중하기도 한 뻬룰로에게 좀처럼 보기 힘든 큰 웃음소리를 들으며 오정훈은 문득 섬뜩하다는 느낌이 왔다.

뻬룰로가 그동안 정훈을 대하는 태도에서 한 번도 본 적 없고 들은 적도 없는 우월함을 드러내는 듯한 무례함이 느껴졌다.

삐룰로에게 이토록 우월의식을 심어준 건 본인이라는 생각에 쓴 웃음을 짓고 있었다. 두어 달 전에는 아무리 연락해도 한 달여를 통화할 수 없었다. 그리고 협상을 핑계로 체스-960 체스를 두자고 연락해와 정훈이 정중히 사양한 것이 한 달쯤 전이다.

-나의 실탄이 다 떨어진 것으로 파악한 것일까?

오랜만의 통화인데 느물거림 뒤의 무례한 웃음으로 그는 본색을 드러내는 것일까? 약간 비웃는 어조로 말하는 영화 속의 조직원 같은 느낌이 든다면 너무 비화한 것일까? 그것도 아니라면 계급 사회에서 마치 본인이 한 계층 윗사람처럼 군림하려는 기운이 느껴지는 건 늘 패배만 일삼은 나의 비애로 받아들여야 할까?

"업무적인 협상이 아닌, 우리끼리 개인적으로 만나는 것은 별 의미가 없다는 생각입니다. 삐룰로 이사님."

오정훈은 이 악물고 버티고 있었다.

"그럼 어쩐 일로 전화를 주셨는지요?"

삐룰로는 느물거리듯 물었다.

오정훈은 삐룰로가 확실히 변했다고 느꼈다.

"회사 간 업무 협약으로 만나실 의향은 없는 건가요?"

오정훈은 일부러 호칭을 빼버렸다.

“아직은… 저희는 지사장님과 협약할 준비가 덜 되었습니다. 조금만 더 기다려주십시오. 하하하.”

삐룰로는 갑과 을 같은 태도로 일관했다.

뭔가? 비릿한 저 웃음은.

-해롤드는 이런 자를 왜 소개해주었을까?

기고만장의 의기양양에서 스스로 기세를 조금 낮춘 기고천장의 오만함을 삐룰로는 드러내고 있었다.

오정훈은 다시 한번 이를 악물고 있었다.

“제가 듣기로는 어디선가 음성적으로 체스-960경기를 준비 중이라던데 혹 삐룰로 이사님과 막강한 실력의 우고 선수는 참가하지 않는지 궁금해서 전화 한번 해본 겁니다.”

오정훈은 한껏 띄워주었다. 좋은 정보 제공 핑계로 업무 협약의 진척을 파악하려는 것으로 느끼게끔 하고 있었다.

“오 지사장님은 그런 정보를 어디서 얻으셨나요?”

“요즘 체스에 관심이 높고 미국에서 그랜드마스터를 찾다 보니 주위에서 그런 정보를 주더군요. 나같이 개인적으로 대국료만

받고 대국하는 것이 아니라 출전한 리그전에서 우승하면 상당한 상여금을 대국료 외적으로 받는 음성적인 경기가 있다고요.”

대회 참가가 아니라 개인적인 대타 대국을 하는 그랜드마스터는 그런 경기를 선호한다는 의미를 내재하고 있었다.

“저도 그런 소식 듣고 있습니다. 지금 가만히 지켜보는 중인데, 회원들끼리 우리들의 리그라는 기본 체스 경기를 하는 모임에서 추진한다고 들었습니다. 오 지사장님도 그 모임이 진행하는 걸 말씀하시는 건가요?”

삐룰로도 아는 소식이며 관심 속에 주시하고 있다는 거였다.

“네. 맞습니다. 이사님은 어떻게 알고 계십니까?”

“지사장님. 그 경기에 선수를 출전시키며 즐기는 콜롬비아의 자비드가 제 절친입니다. 리그가 열리면 간간이 연락이 옵니다. 대한민국 강릉에서 벌어졌던 경기에 그 친구도 선수를 출전시킨 후원인으로 참여했었습니다. 하하하.”

삐룰로는 당연하게도 역시 체스계에도 발이 넓었다.

강릉에서 열렸던 경기에 대하여 오정훈보다 이미 상세히 더 잘 알고 있는 느낌이었다.

“역시 이사님은 세계로 통하십니다. 우리 회사와 클리어링이 협약하여 빨리 사업하고 싶은 마음뿐입니다. 그런데 강릉에서 체스-960경기가 열린다면 참여하실 의향이 있습니까?”

오정훈 간단하게 용건만 추려서 문의했다.

사업의 협약은 처음부터 태평양 건너간 내용이었다.

“진짜 체스-960으로 경기하는 겁니까?”

“그렇다고 들었습니다.”

“강릉에서 패배한 대여섯 선수가 이번에 체스-960으로 리그전을 한 번 열어 달라고 후원인들에게 부탁한다고 들었습니다. 아, 물론 우고 선수를 출전시키라는 말은 없었습니다. 저는 회원도 아니고 우고 선수도 표준 체스 경기에는 관심도 없어서 한 번도 출전한 적이 없으니까요.”

뻬룰로는 현재 진행 상황을 누구보다 잘 알고 있는 눈치였다.

“이사님이 저보다 더 잘 알고 계시네요. 그럼 경기가 열린다면 우고 선수를 내세워 참가하실 겁니까?”

오정훈은 확답을 듣고 싶었다.

“저와 우고 선수에게도 체스-960경기에 참여할 기회를 준다면 당연히 가야지요. 비회원이라 초청할지는 미지수이지만……”

거만하게 들리던 음성이 좀 잦아지고 있었다.

뻬룰로의 분위기로는 참여하고 싶은데, 비회원이라 연락이 오지 않을 것이라는 전망이었다.

우고 선수의 체스-960 실력을 잘 아는 자비드가 본인의 선수를 출전시킨다면 더욱 그럴 것이라고 예상하는 눈치였다.

오정훈은 일단 삐룰로가 미끼를 물었다고 생각했다.
그러나 통화 끝내고 긴장감이 풀릴 즈음 누가 미끼를 문 건가? 자문하고 있었다.

체스 신동으로 체스-960만 연구하여 가장 최적화된 체스 고수.
AI 인공지능과 인간지능 감성으로 결합 된 AIQ 체스 고수.
강릉의 배 사범은 이 둘의 특성을 잘 알고 있었다.
AIQ 고수는 여러 대국을 통해 잘 알고 있지만, 체스-960 고수는 말로만 전해 들었다고 했다.
바둑이라면 사람마다 각각의 기풍도 있고 기보 하나를 복기하면 실력도 어느 정도 알 수 있었을 텐데.
오정훈은 그 부분이 아쉬웠다.

-해롤드 - 삐룰로 - 자비드

오정훈은 이 3인은 분명 어떤 노림이 도사린 연관성이 있다는 느낌이 강하게 들었다.
박 과장이 철저히 조사하면 그들의 실체가 낱낱이 드러날 거다.
그런 기대에 오만하게 느물거리는 삐룰로와의 통화는 정말 이를 악물고 신음을 참으며 잘 버텼다.

이상한 질문

"배 사범님. 작년 체스 경기가 열릴 때 콜롬비아인 자비드라는 사람이 후원인으로 참여했는지 기억하시나요?"

오정훈은 조심스럽게 그걸 먼저 물었다.

역시 바둑인이라 사범이라 호칭했다.

-콜롬비아인 자비드?

오정훈이 전화로 대뜸 그 이름을 들이대자 바로 떠올랐다.

가격보다는 무게를 따지던 콜롬비아인.

전시물을 만져볼 수 있도록 허락해 달라던 후원인.

"자비드? 우리 카페에서 좀 이상한 행동이랄까, 평범하지 않은 질문도 여러 번 해서 기억하고 있습니다. 그러고 보니 자비드도 콜롬비아인이고 삐룰로도 콜롬비아인이네요. 그 둘이 체스와도 어떤 연관이 있겠네요."

내가 잘 기억하고 있는 이유를 설명하면서 언뜻 스치는 예감은 좀 불길한 느낌을 가져왔다.

"맞습니다. 둘은 아주 절친이랍니다. 삐룰로도 강릉에서 체스 경기가 여러 번 열린 걸 자비드를 통해 이미 알고 있었습니다.

우고 선수가 기본 체스는 고착화 이미지가 너무 강한 느낌이라 탐탁지 않아 참여하지 않았다고 합니다.”

오정훈도 어떤 의혹이 담겨 있는 듯한 음성으로 말했다.

-밝은 곳에서 검은 그림자는 감춰지지 않는가?

핑계를 의혹처럼 말하면 감춰진단 말인가?

그런 느낌으로 그의 음성이 전해졌다.

물론 나에게 따지는 것이 아니라 그런 의문을 나타내고 있었다.

“그럼 체스-960으로 경기하면 참여한다고 승낙했나요?”

“네. 불러주면 참가를 고려하겠다고 했습니다.”

“오 지사장님. 일단 잘 알겠습니다.”

그렇게 몇 마디 주고받은 후 통화를 끝냈다.

사실 그게 가장 궁금했다.

오 여사도 기정과 영하도 그리고 보스도 모두 목 빠지게 소식을 기다리고 있을 터였다.

특히 보스는 미국의 제프리에게 소식을 알려야 했고, 제프리는 다시 다른 후원인들에게 전달하고 중지를 모아야 한다.

선수가 아무리 아우성쳐도 후원인이 내세운 선수가 우고 선수를 이길 가망이 없다고 판단하는 후원인은 경기에 불참할 것이다.
어쩌면 본인은 선수를 내지 않고 체스-960 실력이 막강하다는 우고 선수에게 역으로 베팅할 수도 있다.
그러한 경우에도 그 누구도 그런 행위를 탓할 수 없다.
이런 경기는 의리를 지키려는 게 중요하지 않다.
개인적으로 베팅하고 잃느냐 따느냐의 문제이기 때문이다.
우리 쪽에선 삐룰로와 우고 선수를 반드시 참여시켜야 하는데 먼저 체스-960으로 리그전을 외치던 선수나 후원인이 불참하면 경기 자체가 무산될 수 있었다.
선수들은 승부와 상관없이 기본적인 대국료를 챙길 수 있으나, 후원인은 모험할 건지 포기할 건지 갈아탈 건지 결정해야 한다.

-삐룰로와 우고 선수를 아예 빼고 경기를 치른다면?

그러나 6개월 이상 경기에 불참해온 체스 철학자 측에서 만일 우고 선수가 출전한다면 새롭게 한 수 배우는 자세로 리그전에 참여하겠다는 조건부 의사를 전달해왔기에 그럴 수도 없었다.
케빈은 체스 철학자가 경기에 출전한다면 반길 일이다.
그러나 그동안 우리들의 리그에 참가했던 선수들 위주로 열려던 경기에 변수가 생긴 것이다.

사실 케빈도 잠시 고심했었다.

아무리 체스의 철학자라 해도 체스 신동이 10년 이상 연구하여 체스-960대국은 세계적인 그랜드마스터를 제압한다고 알려졌다. 체스-960으로 우고 선수는 마에스트로라는 별칭이 붙었다.

-체스-960부문의 체스 마에스트로

체스판 위에서 기물들이 현란한 춤을 추며 시선을 사로잡는다.

오프닝부터 춤인지 무예인지 모를 움직임으로 상대를 제압한다.

960가지 변형된 오프닝을 모두 암기하고 있다.

그런 소문이 들려오고 있었다.

체스-960 세계대회가 유럽의 각 나라를 돌며 개최되고 있는데, 그런 공식 대회는 한 번도 참가한 적이 없다고 한다.

케빈도 고심하다가 제프리와 상의했던 부분이다.

후원인은 누구나 본인이 내세운 선수가 우승하길 바란다.

-체스의 철학자 VS 체스-960의 마에스트로

두 선수의 이력만 보면 흥미진진하여 대국을 지켜보고 싶지만, 후원인은 모험이며 엄청난 손실을 감수해야 한다.

체스-960 리그전을 갈망하던 선수들도 마찬가지 심정이다.
삐룰로와 우고 선수가 느닷없이 튀어나와 체스-960 리그전에 참여한다는 소식이 전해지자 그 리그전을 추진하던 선수들도 매우 당황스러웠다. 자칫 엉뚱하게 뛰어든 선수에게 기획했던 모든 걸 한입에 털어 넣을 수 있는 상황으로 변모했다.

오정훈은 삐룰로에게 의사 타진했고, 참가 의사가 명확했다.
삐룰로는 우리들의 리그 선수들이 체스-960 리그전을 열고 불러주기를 기다렸을지도 모를 일이었다.
나는 기정에게 오정훈과의 통화 내용을 전했다.
이제 기정이 보스에게 전하면 보스가 진행할 일이었다.
기정과 영하는 기존 선수들만 참가하는 체스-960 리그전에 출전하긴 싫었다. 돈 때문에 후원인도 속이고 본인도 속이는 행위였기 때문이다. 우고 선수가 참가한다면 체스-960 마에스트로에게 한 수 배운다는 자세로 참가할 명분이 생기는 것이다.
체스-960대국에 최선을 다해 승리할 경우 다은 외삼촌의 설욕전도 겸한다. 오해의 소지를 없애기 위하여 오정훈이 베팅하는 액수만큼 기정과 영하도 베팅할 예정이다. 영하가 패배할 경우는 외삼촌과 기정, 영하도 재산상의 손실은 똑같다.
누굴 탓할 바 못 된다.

엄포

“제프리. 우리의 예상대로 삐룰로와 우고 선수가 참가한다네. 체스의 철학자를 빼면 선수들이 반발하여 리그전 불참할 거고, 우고가 참가하지 않으면 철학자가 불참할 거고, 진퇴양난이네.”
케빈은 거기까지로 말을 멈췄다.

-제프리. 이제 공을 넘기니까 잘해보게!

케빈의 심경이었다.
곧 미국 본사로 영전될 듯하면서 차일피일 서울에 머물렀다.
후원인과 선수들이 대한민국으로 입국하면 예전처럼 내가 모든 진행을 총괄할 테니 자네는 책임지고 이 경기를 성사시켜 봐.
케빈이 소리 내어 말하지 않았으나 제프리는 알아들었다.
지난번 이미 둘이 한 차례 그런 내용으로 통화를 길게 했기에 새삼 말할 필요가 없었다.
체스-960 리그전이 성사되어 선수단이 한국에 입국하면 그다음은 케빈이 다 알아서 말씽 없이 이동과 숙소를 책임질 것이다.
그동안 케빈이 모두에게 불만 없이 다 알아서 처리했었다.
불만이라면 체스 철학자를 내세워 우승을 독차지한 것뿐.

제프리는 일단 우리들의 리그 회원 모두에게 체스-960 리그전을 공지했다.
그런 후 참가를 희망하는 선수 명단도 올려놓았다.
선수 대부분 후원인이 정해져 있으나 그 후원인이 선수를 다시 선발해야 출전할 수 있는 상황이었다.
명단에 올려진 선수의 후원인 대부분 그 사실을 알고 있었고, 선수의 건의를 꾸준히 들어왔던 터라 새삼스러울 것도 없었다.
다만 이번 체스-960 리그전은 회원이 아닌 콜롬비아인 삐룰로와 우고 선수가 참가한다고 올려져 있었다.
우고 선수에 대해서 소문으로 익히 알고 있는 후원인도 있으며 만약 몰랐다면 친숙한 회원에게 전화 한 통이면 그 이력을 바로 알 수 있었다.

-체스-960 마에스트로라고?

세상은 넓다.
지구촌 어디에서 또 어떤 천재가 나타날지 모른다.
몰랐다가 우고 선수의 실력과 별칭을 알고 난 후 반응이었다.
비록 입 밖으로 드러내진 않았으나 듣는 뇌는 놀라고 있었다.
세계의 체스 은둔 고수가 하나둘 나타나고 있었다.

-표준 체스, 변형 체스 말고 우리가 추진하는 새로운 체스에는 또 어떤 고수가 하나둘 등장하여 우리를 놀라게 할까?
-그때는 그 부문에서 어떤 별칭을 헌정할까?

체스의 철학자에 이어 체스-960부문에서 마에스트로라는 별칭의 출중한 실력을 갖춘 선수가 나타났다고 했을 때 반응이었다.

제프리는 체스 경기를 주선하는 순수한 후원인이다.
케빈은 체스 선수를 후원하지만, 선수단을 대한민국 강릉까지 끌어들인다. 후원인, 선수단이 볼 때 케빈은 본인 홈그라운드로 불러들이는 처사였다.
이번엔 강릉에서 리그전을 벌였던 선수들이 체스-960 리그전을 원하였고, 리그전에서 늘 우승하던 체스의 철학자가 7~8개월여 불참하던 중 조건부 참가를 희망한 상태였다.
그런 일말의 상황을 후원인과 선수들 모두 파악하고 있었다.

인생은 정글을 헤쳐나가는 모험이며, 끝없는 갈등의 연속이지만 이번엔 갈등의 골이 다른 때보다 더 깊었다.
승부를 예측하기 어려운 최상급 체스 그랜드마스터의 리그전은 그 모험심을 승부라는 최고의 긴장감 속에 충족시킨다.

-내 선수가 체스-960대국에서 체스의 철학자를 이길 수 있을까?

처음 여러 선수가 후원인에게 체스-960 리그전을 제안했을 때 후원인들이 고심하던 부분이었다.
이것 하나만으로도 갈등인데, 뭐라고? 체스-960의 마에스트로?
이미 알던 후원인이나 우고 선수를 새로이 알게 된 후원인이나 고심할 수밖에 없었다.

-어느 부문의 장인일 수도 예술가일 수도 있는 마에스트로?
-오케스트라의 지휘자일 수도 있는 마에스트로?

우고 선수가 참가해야만 체스-960 리그전이 성사된다는 사항을 전달받은 후원인들은 '마에스트로' 그 의미를 곱씹고 있었다.
우리들의 리그 회원(후원인) 대부분 사업가였다.
체스-960 리그전의 특징은 그 깜깜이 같은 대국 규정에 따르는 것이며, 무제한 베팅이 허용된다고 했다. 최대, 최소 베팅 액수인 상한액도 하한액도 경계가 없다는 것이었다.
회원 체면상 최소 10만 불 이상은 베팅할 것이지만, 비회원의 참여도 허용된 가운데 하한액보다는 상한액에 관심이 높았다.

후원인은 각자 사업적으로 혹은 도박사의 촉감으로 여러 각도로 계산하기에 바빴다.
내 선수를 내세워 리그전에 참가하지만 내 선수에게는 10만 불 베팅하고 체스의 철학자에게 50~100만 불을 베팅해볼까?
아니면 이번엔 마에스트로에게 100만 불을 확 질러봐?
그것도 아니면? 내 선수를 출전시키지 않고 10만 불 정도 둘 중 한 명에게 베팅한 후 참관하러 가볼까?

-체면과 실리. 도박사의 안목?

강릉에서의 경기를 참관한 후원인들은 체스의 철학자가 마음에 끌리지만, 이번에 참가하는 우고 선수도 체스-960의 대국에서는 마에스트로라는 별칭을 얻은 실력자이다.
다만 조금 미심쩍은 건 소문만이고, 아직 20대 초반 애송이라는 점이 저울질에 선뜻 결정하기 어려웠다.
체스의 그랜드마스터 중 조금이라도 특징이 있거나 조금이라도 윗길로 여겨지면 그렇게 별칭을 헌정하는 것이 유행인가?
실소도 나오지만, 별칭에 흥미롭기도 했다.

-체스의 철학자는?

종국 후 상대 선수가 체스 철학자 별칭을 헌정하는 자리에 내가 있었는데, 마에스트로는 누가 별칭을 헌정한 것인가?

궁금증을 참지 못한 회원은 전화로 이리저리 알아보았지만, 그 누구도 아는 바가 없었다. 공식 체스대회에 참가한 경력도 없고, 다만 어릴 적 체스 신동이었다는 것과 체스-960 체스 부문에서 최상의 실력은 인정받는 선수라는 분위기였다.
그런 모호한 평가는 고심을 더욱 부채질하는 요인이었다.

*　　*　　*

“진행이 어떻게 되고 있어?”
일주일이 지나도록 기정이나 영하에게 아무 연락이 없어 내가 먼저 전화했다.
“사범님. 저희도 보스의 연락을 기다리고 있는데 아직도 아무 소식이 없습니다.”
기정은 조금 맥이 풀린 음성이었다.
선수들이 원한다고 우리들의 리그가 열리는 것은 아니었다.
지금까지 선수들이 먼저 리그를 하자고 한 적도 없었다.
선수는 후원인이 지목해야만 출전할 수 있는, 그저 뛰어나가는 경주마에 불과했다.

그 부분이 세계적인 체스 그랜드마스터라고 자부하는 선수들의 자존심을 건드렸다.

그리고 '우리들의 리그' 마저도 사라지고 회원제가 아닌 새로운 형태의 리그·토너먼트가 열린다는 소문이 파다했다.

그 경기엔 지금의 선수 중 극히 일부만 출전이 가능한 자격이나 실력을 갖추고 있었다.

-큰손 도박사들이 눈여겨보는 음성적 체스의 체계?

우리들의 리그에 참여하는 선수들 대부분 음성적이며 복합적인 체스의 체계가 들어선다는 것을 알고 있었지만 속수무책이었다.

"후원인들도 생각할 시간이 필요하겠지. 철학자만 상대하려고 해도 벅찰 텐데, 체스-960만 연구해 온 체스 신동이 참가한다면 나부터라도 고심하겠다."

"사실 우려하는 건 영하가 곧 미국으로 다시 들어가야 합니다. 사범님. 리그전 성사 여부를 빨리 알아야 하는데 우리 쪽에서 할 수 있는 게 없어요."

기정의 음성은 안타까움에 물들어 있었다.

영하가 이 경기에 왜 참여하게 되었는지 잘 아는 기정의 입장은 후회만 하고 있을 수도 없었다. 영하나 기정 중 한 명만 반대했어도, 처음부터 불참을 선언한 이 경기에 애태울 필요가 없었다. 어쩌면 다은 집안의 일에 도움이 되려고 기정이 영하를 이끌고 온 흔적도 역력했다.

"보스한텐 연락해봤어?"

"네. 답답하여 오늘도 통화했는데 보스도 기다리는 수밖에 별 방법이 없다고 해요. 영하가 그들의 리그에서 늘 우승한 터라 제프리를 독촉할 입장이 안 된다고 기다려보자고 합니다."

"음. 좀 답답한 상황이군. 영하가 미국에 다시 들어가야 한다고 보스에게 말할 수도 없고… 이젠 영하가 리그전에 참가할 시간이 없다고 할 수도 없고…"

나도 말끝을 흐릴 수밖에 없었다.

"사범님. 통화 하면서의 느낌인데, 보스도 체스-960 리그전에서 체스-960에 특화된 우고 선수에게 영하가 버틸까 하는 우려도 묻어나고 있었어요. 이건 어디까지나 제 촉입니다."

기정은 보스에게서 흐릿하지만 그런 여운이 느껴졌다는 것이다.

케빈의 그런 기운은 제프리에게서 전이 되어온 것일 수도 있다.

세계 속의 후원인 모두가 느끼며 고심하는 부분일 것이다.

오직 당사자 영하와 기정만 스스로 믿고 있었다.

선수들이 체스-960리그를 요청하고 철학자가 승낙하여 마지못해 리그전이 열렸으면 미심쩍어하면서도 단 몇 명이라도 리그전에 참가했을 것이다.

체스의 철학자가 난데없이 난제 하나를 툭 던지며 풀어보라고 제시한 모양새가 되었다.

-후원인에겐 엎친 데 덮친 꼴인가?

“그럼 보스에게 다시 한번 더 통화하여 기한을 정해. 앞으로 일주일 안으로 체스-960 리그전 성사 여부가 결정되지 않으면 영하가 경기를 포기하고 다시 은둔한다고 엄포를 놔.”

나는 영하의 촉박한 한국 체류 기간을 계산한 터였다.

마냥 시간만 끌며 그들의 고심이 끝나길 기다릴 수 없었다.

“사범님. 그게 통할까요?”

“영하가 다시 불붙인 거나 마찬가진데, 강력하게 이쪽 의사를 전달하면 저쪽도 여하간 판단하겠지.”

전에 없이 단호하게 엄포를 놓으면 보스도 결단할 것이다.

엄포는 튕겨 나올 수도 스며들 수도 있는 전략이었다.

제프리도 좀 더 후원인을 재촉할 터이고.

속전속결의 결정은 아니더라도 애매한 시간 끌기는 불필요하다.

13. 체스-960

23년 3월 토요일.

오죽 한옥마을의 사물재는 오랜만에 외국인이 둘러앉았다.

미국의 제프리가 우리들의 리그 회원들에게 체스-960 리그전을 공지한 후 한국의 케빈이 후원인에게 일일이 전화로 설득했다.

후원인들은 지난 수년간 자신들의 경주마가 되어 전력을 다해준 선수들에게 마지막으로 체스 경연의 장을 열어준다는 의미에서 체스-960 리그전에 참여하기로 했다.

이 경기 이후 표준 체스, 변형 체스 등과 같은 체스만의 경기는 지하세계에서 횟수가 현저히 줄거나 서서히 사라질 분위기였다.

조만간 새로운 세계가 열리므로 상한액 같은 무리한 힘은 빼고 서로 자제하며 적당한 경계에서 베팅하기로 다짐했다.

체스의 철학자 VS 체스의 마에스트로 대결을 보고자 결의했다.

세기의 대결은 아니더라도 표준 체스 및 변형 체스 양대 산맥의 음지에 싱싱하고 화려하게 피어나는 꽃의 향연을 보고자 했다.
누군가 그런 표현을 썼다.

-꽃의 향연이라고?

그렇게 묻는 이에게 그렇게 말한 이가 대답했다.
체스의 철학자나 마에스트로나 체스의 그랜드마스터 급의 실력을 갖추고 있으나, 우리들의 리그에서는 아직 갓 피어나는 꽃일 뿐이라고. 수년간 여러 나라를 돌아다니며 혈투를 벌인 우리의 경주마 같은 선수들이 진정한 실력자이며 우리 편이라고.
우리가 좋아서 베팅하며 품격 높은 체스를 관전하며 즐겼지만 각 나라에서 최상의 체스 실력을 뽐내는 선수들이 참여해주어 그런 긴장감 속의 유희도 즐길 수 있었다고.

아무리 다짐해도 개인적으로 커다란 이익 창출이 눈앞에 보이면 무리를 이탈하여 한껏 챙기려 드는 것이 도박사들의 특징이다.
늘 반전은 숨어 있었고, 욕심은 발톱을 감추기 급급했다.
때가 되면 어김없이 물어뜯고 할퀴며 마각을 드러낸다.

이미 두어 번씩 대한민국의 강릉을 방문했던 후원인과 선수는 번거롭게 시간 맞춰가며 단체로 몰려다니지 않았다. 개별적으로 오죽 한옥마을로 향하여 케빈의 단체로 인솔이 훨씬 수월했다. 각자 자국에서 출발하여 인천 공항에 내린 후 전철만 갈아타면 강릉역까지 도착하는데 어려울 것도 없었다.
그리고 대부분 한옥마을에서 숙박한 경험이 있던 터라 일일이 쫓아다니며 사용법에 대해 굳이 설명하지 않아도 되었다.

선수와 후원인 명단

체스 철학자- 케빈-보스(미국) 오정훈 · 오정원(한국)

벤자민-제프리(미국)

제임스-크리스토퍼(영국)

앙리-마티유(프랑스)

헨리-토마스(캐나다)

디마-러셀(영국인)

알렉산드르-러셀(영국인)

우고-삐룰로, 자비드(콜롬비아)

전례에 따라 사물재의 앉은뱅이 탁자에 빙 둘러앉은 선수단은 총 19명이었다. 발언권 없는 매니저 기정은 인원에서 제외했다.

지금까지 작년 강릉의 경기에 참여한 선수단의 명단을 순서대로 정리해보았다.

4인 토너먼트

솔로(한국)-케빈(미국)

디마(러시아)-러셀(영국) · 자비드(콜롬비아)

레델-에드워드(영국)

게리-저스틴(미국)

3인 리그

솔로(한국)-케빈(미국)

아미뜨-수레쉬(인도)

알렉산드르(러시아)-러셀(영국)

5인 리그

철학자(한국)-케빈(미국) 진기정 · 김영하(한국)

벤자민-제프리-브랜든-패트릭(미국)

제임스-크리스토퍼-찰스(영국)

앙리-마티유(프랑스)

헨리-토마스(캐나다)

기록된 선수와 후원인은 어디까지나 강릉에 방문한 후원인이며, 해외의 자국에서 베팅한 후원인도 꽤 여러 명이었다.
특이한 점은 영국인 후원인 러셀이 러시안 디마와 알렉산드르 두 선수를 후원한 것이다.
그와 다른 점은 삐룰로와 자비드 둘이 자국의 우고 선수를 후원하고 있었다. 둘은 놀랄 정도의 고액을 베팅하고 있었다.
강릉을 방문했었던 영국 선수 레델(후원-에드워드)과 미국 선수 게리(후원-저스틴) 인도 선수 아미뜨(후원-수레쉬)만 빠졌다.

강릉에서 처음으로 4인 경기를 벌였던 러시아 디마, 영국 레델, 미국 게리 선수 중 디마만 유일하게 체스-960에 참가하고 있다.
영국인으로 러시안 디마와 알렉산드르를 차례로 후원한 러셀은 이번엔 설욕을 다지며 두 명 모두 지명하는 과감성을 드러냈다.
러셀은 둘 중 하나가 우승하길 바라는 것일까?
디마가 처음으로 등장할 때는 영국인 후원자 러셀과 콜롬비아인 자비드가 공동으로 후원했었다.
이번에 자비드는 자국의 체스-960의 강자 우고 선수를 후원하며 고액을 베팅하고 나섰다. 우승할 확률이 높을 때 고액 베팅하여 그동안 강릉 경기에서 빠뜨린 본전을 되찾겠다는 심산이었다.
그런 자비드를 보는 다른 후원인의 시선이 곱지 않았다.

새로운 손님

오정훈은 한국인으로는 최초의 후원인으로 등장하는 터였다.

여기 모인 선수단은 알 턱이 없지만, 한국인 최초로 후원하는 오정훈이 나서지 않았다면 오늘 이렇게 모일 수가 없었다.

몇 명만 알고 있는 비밀이었다.

“이번 체스-960경기에 참여해주신 선수단 여러분 반갑습니다. 제 소개는 이제 안 해도 될 만큼 한 번 이상 만난 것 같습니다. 제가 이번 경기에도 총괄 진행을 하겠습니다. 케빈이지만 그저 편하게 보스라고 불러 주십시오.”

케빈이 자기소개부터 하고 박수를 받았다.

“여러분, 우선 이 땅의 주인부터 소개하겠습니다. 제가 알기로는 우리의 우리들의 리그에 한국인 후원자는 처음입니다. 현재 K-아세안 미국지사장으로 근무하고 있습니다. 이번 경기에 체스 철학자에게 고액 베팅을 했습니다. 오정훈 미국지사장께 환영의 박수 부탁드립니다.”

케빈은 가장 먼저 오정훈을 소개했다.

선수단은 정말 뜨거운 환대를 하며 손뼉을 쳤다.

케빈은 오정훈이 어떤 연유로 이 경기에 후원하며 이 자리에 와 있는지 자세히 모른다.

오정훈 옆에 미모가 돋보이는 중년의 여성이 앉아 있었다.

“여러분, 이번에 상당한 고액을 베팅하시는 오정원 여사입니다. 진즉 알았다면 작년 봄부터 열린 경기에서부터 베팅하며 고품격의 체스를 관람했을 것이라며 무척 아쉬워하셨습니다. 앞으로는 혹시 외국에서 개최되는 경기에도 후원을 부탁드리고자 합니다. 당연히 응하실 것으로 믿겠습니다.”

보스는 넉살 좋게 그렇게 소개하고 있었다.

오 여사가 소위 큰손이라는 분위기를 띄우는 중이다.

“환영합니다. 늘 사내들만 득시글거려 좀 삭막했는데 사막에 꽃이 피어나니까 너무 보기 좋습니다. 고맙습니다. 오 여사님.”

제프리가 친구 케빈의 넉살을 받아 환영의 뜻을 전했다.

듣기에 따라 불쾌하거나 자칫 이상한 쪽으로 분위기가 흐를 수도 있는데 제프리가 중심을 잘 잡아주었다.

“반갑습니다. 여러분. 오정원입니다.”

“참고로 오 여사님과 여기 오 지사장님은 친남매이십니다.”

케빈은 보충하여 소개를 덧붙였다.

“저의 절친이며 미국에서 온 제프리를 소개합니다.”

“반갑습니다. 제프리입니다. 선수 벤자민을 소개하겠습니다.”

“벤자민입니다. 대부분 다 만났던 분들이며 아는 선수들입니다. 반갑습니다.”

제프리와 벤자민은 구면이라고 소감 없이 간단히 소개했다.

박수가 터졌다.

"다음은 영국에서 온 크리스토퍼입니다."

"반갑습니다. 크리스토퍼입니다. 저도 선수를 소개하겠습니다. 제임스 인사하세요."

"네. 제임스입니다. 다시 만나 반갑습니다."

박수가 터졌다.

"다음은 프랑스에서 온 마티유입니다."

"마티유입니다. 반갑습니다. 앙리 선수를 소개합니다."

"앙리입니다. 다시 뵙게 되어 영광입니다."

박수가 터졌다.

"캐나다에서 온 토마스입니다."

"아름다운 해변이 있는 강릉에서 다시 뵙게 되어 반갑습니다. 토마스입니다. 헨리를 소개합니다."

"헨리입니다. 반갑습니다."

박수가 터졌다.

"영국에서 온 러셀은 러시아의 알렉산드르와 디마 등 두 명의 선수를 이끌고 왔습니다."

보스가 그렇게 특별히 소개했다.

"하하하. 러셀입니다. 제가 예전에 두 선수를 제각각 선발하여 두 번 참여했기에 의리상 이번엔 두 선수가 동참했습니다."

"러시아에서 온 알렉산드르입니다. 반갑습니다."

"러시아에서 온 디마입니다. 반갑습니다."

셋이 소개를 마치자 박수 소리가 한참 이어졌다.

"저는 처음인 콜롬비아의 삐룰로를 소개하겠습니다."

케빈은 삐룰로를 소개했는데, 다들 처음 보는 얼굴이었다.

"제 옆의 자비드 덕분에 좋은 경기에 참여하게 되었습니다. 반갑습니다."

"반갑습니다. 여러분. 자비드입니다. 저와 삐룰로의 우고 선수를 소개하겠습니다. 아직 젊습니다."

"안녕하세요. 콜롬비아에서 온 우고입니다."

우고는 부끄러운 듯 기어들어 가는 음성으로 자기소개를 했다.

강릉에서 체스 경기를 한 번도 하지 않은 새로운 참가자는 오직 우고 선수밖에 없었다.

체스-960에 막강한 실력을 보유한 선수가 참가를 희망했더라도 이번에 방문하는 선수들이 똘똘 뭉쳐서 반대했을 것이다.

이번엔 우리만의 리그라고. 강릉에서 경기를 치른 선수끼리의 우정의 무대 같은 리그라고.

-그럼 우고 선수는 뭐냐?

묻는다면 체스의 철학자가 특별히 초청한 선수라고.

체스-960 마에스트로(maestro - 지휘자)

이번 체스-960경기의 다크호스이며 비밀병기이기도 하고 변수가 가장 많은 우고 선수와 후원인 삐룰로.

말도 많고 탈도 많고 소문도 무성한 체스-960 마에스트로.

모인 사람들이 다시 살펴도 젊다 못해 어려 보이는 우고 선수는 20대 초반의 병약해 보이는 젊은이였다.

조금쯤은 선병질적인 기질이 몸에 밴듯한 핼쑥한 얼굴이었다.

체격이 왜소하다고 할 수는 없으나 운동이라곤 전혀 하지 않은 듯한 모습으로 햇빛은 본 적 없이 골방에 들어박혀 컴퓨터에만 열중하던 청소년 같은 그런 체취를 풍기고 있었다.

지혜로운 사람이라는 상징으로 지어준 이름이 우고(Hugo)이며, 콜롬비아 체스 신동으로 어릴 때부터 오직 체스-960만 연구하여 1번부터 960번까지 기물 배치는 물론 오프닝의 장단점까지 모두 바로 설명할 수 있는 경지에 올랐다고 한다.

랜덤을 돌려 어느 번호가 배당되어도 진형을 척척 갖추고 기물을 현란하게 지휘한다고 하여 콜롬비아의 체스인들은 젊디젊은 그를 체스-960의 마에스트로, 라는 별칭으로 부른다고 한다.

공식 체스대회는 불참인데, 후원인 삐룰로의 손짓에 따라 개인적인 체스 대국엔 참여하며 지금껏 체스-960대국에서는 한 번도 패배한 적이 없다고 암암리에 소문나있는 선수.

체스의 필로소퍼(philosopher - 철학자)

-체스의 AIQ(감성 지능).

-체스의 모순(矛盾-창과 방패).

이런 절차로 고귀하고 독특한 별칭을 헌정 받은 은둔자.

세계 여러 나라에서 체스의 그랜드마스터가 강릉으로 날아오고 모두 그의 신묘한 수법을 체감한 후 감탄, 찬사를 보냈다.

그중 가슴 벅찬 감성을 별칭으로 헌정하는 선수가 있었다.

대회를 마치고 7~8개월여 공백 기간이 흐른 후, 체스의 철학자 모습은 어딘가 상당히 달라져 보였다.

은둔자 같은 촌티를 벗고 예전보다 더 세련되었다고 해야 할까?

얼굴의 화상 자국을 긴 앞 머리카락으로 덮으려고 노력하던 그 모습은 간 곳 없고 머리도 좀 짧게 단정해졌으며, 화상 자국도 대부분 희미해져 있었다.

얼굴도 햇빛을 제대로 보지 못하는 도시인처럼 하얘져서 동해안 산속에 파묻혀 은둔하는 사람으로는 봐줄 수 없었다.

예전의 촌스러웠던 검은 테 안경이 오히려 지성적인 풍모가 엿보이도록 치장을 한껏 거들어주는 모습이었다.

만나지 못하는 기간에 얼굴 화상도 치료받은 듯하고 옷차림도 좀 더 세련되게 차려입어서 더 돋보이는 것일까?

알게 모르게 사람들은 둘을 비교하며 번갈아 주시하고 있었다.

대국 방식

"자, 이제 먼 나라에서 오신 선수단 소개는 모두 마쳤습니다. 내일은 선수단 전원이 시차 적응도 할 겸 하루 쉴 예정입니다. 모레 월요일은 오후 14:00 대국이며, 화요일부턴 오전 9:00부터 예정되어 있습니다. 여기 계신 대부분 선수는 강릉에서의 대국 경험을 했기 때문에 잘 적응하실 것이라 예상됩니다."

케빈은 잠시 선수단을 둘러보았다.

제안이나 이견이 튀어나올 수 있었기 때문이다.

케빈이 말한 그대로 모두 한 번쯤 경험한 터라 이의가 없었다.

혹시 처음 참가한 삐룰로가 어떤 불만을 들고나올까, 기다렸다.

-체스-960 각자 랜덤으로 돌려서 대국

-대국 시간 각 1:30분 타임아웃제

-모레 월요일 대국은 오후 14:00

-화요일 대국부터는 오전 9:00

-하루 한 판 대국 원칙

여기까진 대부분 알고 있는 사항이었다.

오직 우승자 한 명. 2등은 아무것도 없는 빈손이다.

일등부터 꼴찌의 순위가 명백히 드러나는 스위스식 리그 방식은 이번 경기에 필요 없었다.

"대국 시간은 모든 선수가 익숙한 각 1:30의 타임아웃제입니다. 총 8명의 선수가 참가하는데 오늘 리그전으로 할지 토너먼트로 할지 결정해야 합니다. 리그전이라면 어떤 방식의 리그전인지 그것도 선수단 여러분이 지금 결정해야 합니다."

"전 리그전으로 대국하는 것에 한 표입니다."
프랑스인 앙리가 먼저 손을 들었다.
"왜 리그전을 선택했는지 물어도 될까요?"
앙리 선수가 주장하는 리그전을 모두가 이해할 수 있게끔 케빈은 설명을 부탁하고 있었다.
"토너먼트로 경기한다면 첫판에 패배한 선수는 멀리 강릉까지 날아와서 너무 허망하다는 생각이 들 것 같아서입니다."
앙리는 선수로서 패배했을 때의 입장을 피력했다.
"지금 8명의 선수가 출전했는데 리그전으로 하루 한 판씩 진행하면 일주일이 걸립니다. 좀 지루하지 않을까요?"
케빈이 리그전의 시일을 짚었다.
"오전, 오후로 하루 두 판을 두는 방식도 있을 겁니다."

앙리는 리그전을 고수했다.

“저도 리그전을 선호합니다.”

디마가 손들었다.

“왜 리그전을 선호하는지 앙리와 다른 이유가 있나요?”

케빈이 침착하게 하나씩 점검하고 있었다.

“여기 강릉에서 5인 리그전 할 때 패가 많은 선수는 기권하고, 대국 수가 남은 경우에도 우승자가 정해졌을 때 참가한 선수가 수긍하여 경기를 마쳤다고 들었습니다. 선수마다 7판의 대국은 필요하지 않다고 짐작됩니다.”

디마는 전례를 들고 나왔다.

“혹시 또 다른 이유는 없나요?”

케빈은 디마를 보며 물었으나 모두에게 묻는 거와 같았다.

4인 조별리그 후 토너먼트를 주장할 만도 한데 제안은 없었다.

콜롬비아 후원인 삐룰로와 자비드, 우고 선수는 오고 가는 대국 방식에 대해 조용히 듣고만 있을 뿐 의견을 내지 않고 있었다.

“앙리 선수가 설명한 대로 토너먼트는 첫판 패배 후 집에 가야 한다면 후원인과 선수는 허망하면서 충격도 클 듯합니다.”

디마는 앙리의 주장을 보강하고 있었다.

“토너먼트를 선호하는 선수가 없으니 리그전을 하되 우승자가 결정되면 모든 대국을 멈추는 방식으로 진행하면 어떨까요?”
제프리가 나섰다.

케빈이 이번 경기를 총괄 진행하라고 일임했지만, 대국 방식을 케빈 마음대로 결정할 수는 없었다.
반대 의견이 나오면 다수결로 결정하면 잡음이 없을 것이다.
지금 리그전을 하자는 주장 외 별다른 의견이 없었다.
그렇다면 다수의 의견으로 몰고 가 결정할 사안이었다.

“지금 미국의 제프리가 리그전으로 진행하되 대국 수가 남았다 하더라도 우승자가 확정되면 경기를 멈추는 것에 동의하신다면 이 자리에서 거수로 결정하겠습니다. 이의가 있으신 분?”
케빈은 반대 의견이 없다면 결정하고 싶었다.
이견 없이 서로 고개를 돌려가며 주위를 살피고 있었다.
“그럼 제프리의 제안에 찬성하시는 분 손들어주세요.”
케빈의 요청에 선수단 모두 손을 들어 동의했다.
선수들은 경험했거나 어려울 것 없는 기본적인 사항이었다.
그리고 누가 의미 없는 체스 대국을 악착같이 두려고 하겠는가.
케빈은 선수단에 의한 명확한 결정으로 못을 박고 싶었다.

-우승자가 결정될 때까지의 풀 리그전

“그럼 지난 5인 리그처럼 선수 각자 고유번호를 부여받고 순서대로 대국하는 것으로 진행할까요?”

케빈은 회의에서 이것마저 확실하게 하고 싶었다.

“다시 한번 설명 부탁드려도 될까요?”

알렉산드르는 그런 진행에 대하여 잘 알면서도 주위를 일깨우며 명확하게 하고 싶었을까? 설명을 부탁했다.

“8명의 선수가 1번부터 8번까지 번호를 뽑으면 본인 고유번호가 되는 겁니다. 그다음 1회전부터 7회전까지 순서를 정합니다. 예를 들면 1회전 대국은 1-5. 2-6. 3-7. 4-8 이렇게 진행되며, 2회전은 고유번호가 이동하며 대국하는 방식입니다.”

케빈은 예전의 경험과 미리 구상한 대국 방식을 설명했다.

“승자는 승자끼리 패자는 패자끼리 대국하는 방식은 아니죠?”

다시 알렉산드르.

“그렇습니다. 그건 스위스식 리그전이죠.”

“잘 알겠습니다. 고맙습니다.”

알렉산드르는 케빈의 진행 방식을 명확히 알리는 역할을 했다.

오죽 한옥마을의 사물재에 19명이 둘러앉아 대국 방식은 그렇게 확정되었다.

우승자는 그렇게 결정이 되겠지만 대국자 중엔 3패만 하더라도 아마 기권하는 사례가 나올 가능성이 크다.
그렇게 예상한다면 대국 수는 더 줄어들 것이다.

"지금부터는 자유시간입니다. 숙소에서 푹 쉬시기 바랍니다. 내일 오전 10시에 이 사물재 앞으로 다들 모여주십시오."
토요일 회의를 마치면서 다음날인 일요일 아침은 각자 해결하고 10시까지 사물재 앞으로 집합하라고 당부했다.

한옥마을 객실마다 커피와 차 정도는 끓여 먹을 수 있는 도구가 비치되어 있다. 본인이 가져온 차 종류 등 간단히 먹고 나와도 되고, 강릉 고유의 맛집이 근거리에 자리 잡고 있다. 걸어가거나 택시를 잠깐 타고 가서 아침을 먹어도 되는 거리였다.

아침에 집합하면 대국장인 카페에 방문하기로 예정되어 있었다.
케빈은 특별한 상황이 발생하지 않는다면 카페 주인장에게 예전 5인의 리그처럼 고유번호를 뽑을 수 있도록 부탁할 예정이었다.
경기와 관련이 없는 제삼자가 중요 부분을 진행해 준다면 누가 보아도 공정할 것이다.

일요일 오전

오전 10시. 정확히 선수단 모두 한옥마을 사물재 앞에 모였다. 케빈에게 전날 미리 통보한 오정훈, 오정원 남매와 기정, 영하만 먼저 카페로 가고 없었다.
이젠 케빈이 앞장서기도 전 그 길이 익숙한 선수들이 삼삼오오 앞서 떠들면서 카페로 향했다.

케빈은 카페에 들어서며 선수의 고유번호 뽑기를 부탁해왔다.
이젠 기정을 믿고 기정을 통해 그 정도의 진행은 당연지사처럼 케빈은 카페 주인장에게 자연스러웠다.
잠시 카페의 체스 전시물을 자유롭게 감상하던 선수들을 케빈은 불러모았다.

"카페 대표가 여러분의 고유번호를 뽑는데 원시적인 방식으로 도움을 주실 겁니다. 어려울 거 없습니다. 1번부터 8번까지 적힌 쪽지를 여러분의 손으로 뽑은 후 여기에 기록만 하면 됩니다. 혹시 조작을 의심할지 모르므로 여기 미리 대국 순서를 적어서 벽에 붙여놓았습니다. 선수 여러분은 참고하시길 바랍니다."
케빈은 카페 입구의 한쪽 벽에 붙은 종이를 가리키며 설명했다.

대국 순서

1. 1-5. 2-6. 3-7. 4-8

2. 1-6. 2-7. 3-8. 4-5

3. 1-7. 2-8. 3-5. 4-6.

4. 1-8. 2-5. 3-6. 4-7

5. 1-4. 2-3. 5-6. 7-8

6. 1-3. 2-4. 5-7. 6-8

7. 1-2. 3-4. 5-8. 6-7

"원시적인 방식?"

그렇게 말하며 웃는 선수도 있었다.

어느 선수가 본인 휴대전화 카메라로 대국 순서를 사진 찍었다.

그 선수를 따라 다른 선수도 휴대전화 카메라에 담는다.

카페에 먼저 온 기정의 요청에 따라 1~7회전까지 대국 순서를 매직 펜으로 굵직하게 써서 벽에 붙여놓았었다.

나는 케빈의 설명과 진행에 따라 나무젓가락 정도의 종이를 8장 담은 컵을 내놓았다. 1번부터 8번까지 적힌 종이가 두 번 접힌 상태에서 본인 스스로 뽑는 방식이었다.

본인이 뽑은 것이므로 누구도 불만을 표출할 수 없었다.

특별히 뽑는 순서를 정하지 않고 선수가 눈치껏 컵 안의 종이를 하나씩 뽑아 들었다.

정해진 고유번호를 케빈이 받아 적고 내가 다시 정리했다.

미리 준비해 놓은 A4 용지에 매직 펜으로 굵게 적어 대국 순서 옆 벽에 붙여놓았다.

고유번호

1-제임스(영국)

2-벤자민(미국)

3-헨리(캐나다)

4-디마(러시아)

5-앙리(프랑스)

6-철학자(대한민국)

7-알렉산드르(러시아)

8-우고(콜롬비아)

다시 선수와 후원인들이 고유번호의 사진을 찍어댔다.

본인의 고유번호와 리그전의 1회전 상대를 확인하느라고 잠시 카페는 어수선하면서 술렁였다.

14. 기물 배치

일요일은 하루 쉬었다.

월요일은 오전에 팀마다 자유시간으로 보냈다.

선수단은 점심 식사를 마친 후 오후에 카페로 모여들었다.

경기는 2시부터 시작인데, 1시가 좀 넘은 시각부터 개인적으로 혹은 두세 팀이 함께 들어오기도 했다.

한옥마을에서 카페까지 걸어올 수 있고, 가까운 주변에 식당이 자리 잡고 있어서 선수단은 개인적으로 움직이기 편했다.

내가 살펴볼 때 일요일 오전보다 선수단은 생기가 돌았다.

역시 세계적인 선수들이라 대국 날 기분 전환에 뛰어났다.

카페는 손님맞이 4인용 탁자를 2인 대국용으로 미리 준비했다.

그리고 고유번호까지 대국 자리에 지정해놓아서 선수가 카페로 들어오면 본인 대국 자리를 찾아가도록 편리하게 설치해놓았다.

대국 순서

8. 1-5. 2-6. 3-7. 4-8

9. 1-6. 2-7. 3-8. 4-5

10. 1-7. 2-8. 3-5. 4-6

11. 1-8. 2-5. 3-6. 4-7

12. 1-4. 2-3. 5-6. 7-8

13. 1-3. 2-4. 5-7. 6-8

14. 1-2. 3-4. 5-8. 6-7

고유번호

1-제임스(영국) 크리스토퍼

2-벤자민(미국) 제프리

3-헨리(캐나다) 토마스

4-디마(러시아) 러셀-영국인

5-앙리(프랑스) 마티유

6-철학자(대한민국) 케빈. 오정훈. 오정원

7-알렉산드르(러시아) 러셀-영국인

8-우고(콜롬비아) 삐룰로. 자비드

1회전

1제임스(영국) vs 5앙리(프랑스)

2벤자민(미국) vs 6철학자(대한민국)

3헨리(캐나다) vs 7알렉산드르(러시아)

4디마(러시아) vs 8우고(콜롬비아)

선수 모두 입장하며 일단 정해진 대국 자리를 찾아가 앉았다.

아직 리그전 대국 개시까지는 시간적인 여유가 있었다.

선수들은 카페의 한가운데 자리 잡았으며 후원인들은 양쪽에서 참관할 수 있도록 자리를 배정했다.

후원인은 본인의 필요에 따라 양쪽을 오가며 참관할 수 있다.

후원인과 선수 모두 자리에 앉았다.

보스는 총괄 진행자로서 8인 리그전의 정해지지 않은 불규칙한 부분을 거론했다.

"랜덤을 돌렸는데 본인이 뽑았던 번호거나 다른 대국에서 뽑은 번호가 또 나온다면 어떡할까요?"

"체스-960은 동일 포지션도 있으나 대부분 백이 유리합니다."

"7회전까지 끝나고 2인 혹은 3인 동률이면 처리는?"

리그전 대국이 원활하도록 운영 원칙을 미리 정하자는 질문으로 토의를 벌인 후 결정되었다.

체스-960 리그전 운영 원칙

-하루 1인 1판 총 네 판의 대국을 치른다.

-랜덤을 돌려 본인 혹은 다른 선수가 뽑았던 번호가 나온다면,

다시 새로운 번호가 나올 때까지 랜덤을 돌린다.

-흑백 동일 포지션도 있으나, 먼저 두는 백이 유리하다.

고유번호 1, 2, 3, 4번은 1회전에 백으로 대국하고 2회전은 흑,

이런 방식으로 대국하는 것을 원칙으로 한다.

-5, 6, 7, 8번도 동일 방식이며, 백을 연속 가질 수 없다.

-7회전은 방법을 정하여 흑백을 미리 정하고 랜덤을 돌린다.

-최종적으로 2인 동률의 경우 승자 승 원칙.

-3인 동률의 경우 아마겟돈 체스로 3인 재대국.

-기타 : 정해 놓은 규칙 외 사항 발생 시 참관한 후원인 모두의

의견을 취합 다수로 결정한다.

처음부터 끝까지 참관하지 않은 후원인은 의견을 낼 수 없다.

처음부터 끝까지라는 조항은 혹 해외에서 베팅한 후원자가 옳고 그름을 따지려 들면 리그전 진행에 지장을 줄 수 있다.
그럴 경우가 발생할 수 있는 건 참관하던 후원자가 혹 돌발적인 상황에서 해외로 전화하면, 해외의 후원인이 베팅했다는 이유로 이의를 제기할 수도 있었다.
누가 누구에게 얼마를 베팅했는지 보스-케빈 통장에 고스란히 기재되어 있다. 이의 제기와 억지로 우긴다면 골치 아파진다.

지금 대한민국의 동해안 강릉에서 벌어지는 체스-960 리그전은 지극히 공식적이고 정상적인 경기는 아니었다.
체스-960경기를 공정하게 대국하려면 동일 기물 배치로 흑백을 한 번씩 번갈아 두어야 한다.
그런데 지금 그렇게 대국하기는 대국 수가 너무 많아진다.
하루 한 판 대국도 리그전은 1주일이 걸린다.

-어쩔 수 없이 서로 복불복인가?

후원인도 선수도 참가 희망했을 땐 심정적으로 동의한 것이다.
이런 경기 흐름을 타고 갈 수 있는 건 사전에 후원인과 선수가 동의했기 때문에 좀 불합리하지만, 진행이 가능하다.

무작위 추첨에 의한 동일 번호 하나로 8명 선수가 대국하는 게 공정하지만, 대국마다 각각 추첨하기로 했다.
백이 상당히 유리한 포지션이 나와서 백으로 대국 후, 다음에 흑으로 유불리의 동일 포지션이 나온다면 그 선수의 행운이다.
물론 예민하지만 그런 경우를 세세히 따지지 말자는 의미이다.
보스는 결정된 사항들을 A4용지에 매직으로 써서 대국 순서와 고유번호를 붙인 벽의 그 옆에 붙여놓았다.

“그럼, 지금부터 고유번호 1번부터 4번까지 순서대로 랜덤을 돌리겠습니다. 상대방은 자동으로 정해지는 시스템입니다.”
1~4번의 상대 5~8번까지는 자동으로 결정된다는 의미였다.
보스는 노트북의 체스-960에서 무작위로 돌렸다.

1제임스(영국) vs 5앙리(프랑스)

고유번호 1의 제임스와 5의 앙리가 가장 먼저 랜덤을 돌렸다.
공식 대국의 첫 추첨이라 모두 긴장된 상태로 지켜보았다.
“84번 당첨되었습니다.”
보스는 두 선수를 살펴보며 소리쳤다.
기물 배치 준비가 되었느냐는 물음이기도 했다.
보스가 참관인들이 지켜보는 가운데 기물 위치를 불러주었다.

84번(NBBNRKRQ) 라이트. 비숍. 비숍. 라이트. 룩. 킹. 룩. 퀸.

두 선수는 제임스가 백으로 기물 배치를 했다.

앙리는 흑으로 제임스 따라 기물을 배치하면 된다.

2벤자민(미국) vs 6철학자(대한민국)

이어서 고유번호 2벤자민 vs 6철학자 차례.

첫 번째 선수들의 무작위 추첨 운영을 지켜보던 2번의 벤자민이

한 손을 들고 준비되었음을 알린다.

그 불필요한 행동에 싱긋 웃는 이도 있었다.

"철학자를 상대로 체스-960은 자신 있다는 건가?"

그렇게 옆 사람에게 속삭이는 이도 있었다.

이번엔 참관인들이 지켜보는 가운데 제프리가 불러준다.

본인이 내세운 벤자민 선수에게 기운을 넣어주는 느낌이었다.

상당수의 이목이 그 체스판 위로 모여들고 있었다.

125번(NQRBNKBR) 라이트. 퀸. 룩. 비숍. 라이트. 킹. 비숍. 룩.

벤자민이 백으로 재빠르게 본인 앞에 기물을 하나씩 배치하고,

철학자는 마주 보게 기물을 천천히 옮겨 놓았다.

폰 여덟 개는 이미 올려져 있다. 벤자민 vs 철학자 기물 배치를 마쳤을 때 두어 사람이 나직하게 웅얼거리고 있었다.

"누가 유리한 거야?"

"체스-960은 늘 백이 유리하지."

"백이 선제공격하기 좋은 포지션 아닌가?"

"킹이 룩을 올라타는 캐슬링이 되겠는데…"

지켜보던 누군가 나직이 묘한 발언을 한다.

"…? 킹이 룩을 올라타다니?"

궁금함을 참지 못한 누군가 들릴락 말락 뒤미처 묻는다.

"철학자 대국을 관전하면 알게 될걸."

표준 체스와 변형 체스(체스-960)의 캐슬링은 거의 같다.

그러나 유사한 가운데 살짝 다른 측면이 존재한다.

표준 체스에 마치 캐슬링, 프로모션, 앙파상 등 억지스러운 규칙을 만들어 넣은 것처럼 살짝 억지스러운 면이 분명 존재한다.

킹이 킹만 움직여 캐슬링 할 수도 있고, 킹이 한 칸만 움직여 캐슬링 할 수도 있으며, 킹이 룩 위에 올라타 킹과 룩이 서로 위치를 바꿀 수도 있는 특징이 체스-960에는 존재한다.

벤자민 vs 철학자 대국에 나타날 수 있는 기물 배치였다.

대국자 앞에 놓고 그렇게 살짝 다른 캐슬링 방법을 구구절절이 낮은 음성으로 설명하기에는 분위기가 마땅치 않았다.

수십 년간 지금까지 체스-960 대국의 승패를 통계 냈을 때 전부 백의 승률이 앞선다. 심지어 60%가 넘는 경우도 조사되었다.

3헨리(캐나다) vs 7알렉산드르(러시아)

세 번째는 고유번호 3헨리 vs 7알렉산드르.

철학자, 우고 다음으로 실력을 가장 높이 평가받는 알렉산드르, 주목해야 할 대상이었다.

랜덤을 돌리기 전 서로 잘 아는 후원인들끼리 잡담하면서 하던 말은 "철학자한텐 밀렸지만, 표준 체스로 대국하면 알렉산드르가 우고 선수보다 우위에 설걸!" 이라고 누군가 선수의 실력에 대해 순위에 매기고 있었다.

보스가 노트북에서 손을 떼고 잠시 후 제프리가 외쳤다.

273번(BNRBKNRQ) 비숍. 나이트. 룩. 비숍. 킹. 나이트. 룩. 퀸.

체스판 위에 헨리가 백으로 하나씩 기물 배치하고 알렉산드르가 흑으로 그대로 따라 마주 보게 기물을 올려놓고 있었다.

배치를 마친 다음 헨리가 여유로운 웃음 짓는데, 알렉산드르는 "이건가?" 하는 거의 무표정 무반응이었다.

어떠한 포지션도 흑이 불리할 수밖에 없다는 데 따른 반응이다.

4디마(러시아) vs 8우고(콜롬비아)

마지막으로 네 번째, 디마와 체스-960(마에스트로) 우고 선수가 맞붙게 되었다.

이번 라운드에서 가장 관심이 가는 대국이었다.

보스가 디마와 우고를 호명하자 삐룰로, 자비드가 빠르게 보스 뒤쪽으로 걸어와 랜덤을 주시했다.

어쩌면 우고 선수가 마지막 순번이어서 미리 입회하려고 둘은 준비하고 있었을 것으로 추정된다.

후원인 삐룰로, 우고 선수는 강릉에서 후원과 경기가 처음이다.

부정적인 운영은 없는지, 미세하나마 대국하는데 불이익은 안 당하는지 삐룰로가 세심히 살펴야 했다.

“4디마, 8우고 361번.”

보스가 “361번” 이라고 번호를 먼저 소리쳤다.

우고는 고개를 들어 천장을 한번 쳐다본 후 체스판 위로 빠르게 흑의 기물을 척척 배치하고 있었다.

보스가 기물을 불러주면 디마가 백으로 기물을 a1부터 하나씩 올리고 흑의 우고가 정면으로 따라 놓아야 지극히 정상이었다.

흑의 우고 선수는 보스가 기물을 부르기도 전 이미 배열을 마친 다소 황당한 상태였다.
우고 선수가 의도했든 안 했든 상대의 기를 죽이는 배치였다.
디마는 그런 우고를 어이없게 쳐다보다가 보스를 응시했다.

-이게 맞습니까?

그런 눈빛이었다.
보스나 제프리는 앞선 대국자처럼 기물 위치를 곧바로 불러주지 않고 약간 뜸을 들이고 있었다.
천천히 노트북 안의 번호에 나온 기물 배치를 신중하게 살피는 척하며 슬쩍 우고 선수를 훔쳐보고 있었다.
선수단 모두 그런 보스의 의도를 잘 파악하고 있었다.
삐룰로도 그런 보스의 모습을 뒤에서 지켜보며 씩 웃고 있었다.
사소한 면이라도 부정적인 면만 없으면 그만이었다.
지금 누가 보아도 우고 선수가 불러준 번호만으로 기물 배치를 할 수 있는지 은연중 지켜본다고밖에 볼 수 없었다.
그런 짐작을 하며 보스 뒤의 삐룰로는 그저 웃는 중이다.
여유가 넘치는 삐룰로와 달리 자비드는 긴장한 모습으로 기물을 빨리 불러주지 않는 보스와 체스판 위에 기물을 척척 올려놓는 우고 선수를 번갈아 쳐다보느라 바빴다.

우고 선수는 순식간에 흑으로 여덟 개의 기물 배치를 끝냈다.

-음. 역시 체스-960가지를 전부 암기한 건가?

보스는 얼굴이 흐려지고 있었다.

디마를 걱정하는 게 아니라 철학자를 떠올렸기 때문이다.

보스는 그제야 361번 기물 위치를 불러주었다.

제프리가 불러도 되는데 그는 지금 어안이 벙벙한 지경이었다.

정신이 재빠르게 현실로 돌아오지 못하는 기색이다.

361번(NRKBBRQN) 나이트. 룩. 킹. 비숍. 비숍. 룩. 퀸. 나이트.

디마는 보스가 a1 나이트라고 불렀을 때 백으로 본인 왼쪽부터 기물을 배치하며 우고 선수의 흑 기물 배치를 살펴보았다.

먼저 배치한 기물이 모두 정면에서 일치했다.

-적이지만 신기하고 경이로웠다?

이런 표현이 적절할까?

디마는 스스로 문답하고 있었다.
그렇다면 이 포지션에 대한 오프닝의 장단점과 전략도 이미 잘 연구되어 잘 파악하고 있다는 것인가?
체스 세계에서, 체스판 위에서 어지간한 광경에는 놀라지 않는 디마라 할지라도 지금은 우고가 심정적으로 질리도록 만들었다.

-저 번호의 암기처럼 우고는 오프닝도 일사불란할까?
-저 기물 배치는 백이 많이 유리한가?
-백의 디마가 전략적으로 잘 풀어갈까?
-우고 선수가 흑으로 어떤 대응을 할까?

지켜보던 후원인 무리에서 두엇이 혼잣말하는지 소곤거리는지 모를 속삭임이 들려왔다.
거기에 확답을 할 수 있는 분위기도 아니고, 확답을 할 수 있는 실력을 갖춘 사람도 그들 중 없었다.

"아직 경기 개시 시간인 2시가 안 되었으니, 선수들은 잠시만 기다려주십시오. 2시 정각에 대국 개시를 선언하겠습니다."
보스는 대국 개시 시간이 남아 있으니 차를 마시든 환담을 하든 산책을 하든 마음대로 하는데 대국은 기다리라고 강조했다.